人类文明是一条切不断的长河。今天的传统就是昨天的现实，今天的现实就是明天的传统。

我们今天所面对的许多问题，古人也曾经面对过。古人的心灵和我们是相通的。闲暇时候，重温一下古人留下的名篇佳作，不仅可以获得美的享受，还可以汲取有益的人生智慧。

——题记

唐宋词十八讲

曾大兴◎著

中山大学出版社

图书在版编目（CIP）数据

唐宋词十八讲/曾大兴著. —广州：中山大学出版社，2012.7
ISBN 978-7-306-04176-0

Ⅰ.①唐…　Ⅱ.①曾…　Ⅲ.①唐宋词—诗词研究　Ⅳ.①Ⅰ207.23

中国版本图书馆 CIP 数据核字（2012）第 103952 号

出 版 人：祁　军
策划编辑：丁　俭
责任编辑：丁　俭　钟永源
封面设计：林绵华
责任校对：杨文泉
责任技编：黄少伟
出版发行：中山大学出版社
电　　话：编辑部 020-84111996，84113349，84111997，84110779
　　　　　发行部 020-84111998，84111981，84111160
地　　址：广州市新港西路 135 号
邮　　编：510275　　　　　传　真：020-84036565
网　　址：http://www.zsup.com.cn　E-mail:zdcbs@mail.sysu.edu.cn
印 刷 者：广州市怡升印刷有限公司
规　　格：787mm×1092mm　1/16　22.25 印张　282 千字
版次印次：2012 年 7 月第 1 版　2012 年 7 月第 1 次印刷
印　　数：1～3000 册　定　价：39.80 元

目　录

第一讲

唐宋时期的流行歌曲

词，就是歌词。唐、五代、两宋时期的词，就是为了配合燕乐的演唱而填写的歌词。通俗地讲，唐宋词，就是唐宋时期的流行歌曲。

一、词的名称

词的名称主要有如下几种：

1. 曲子词：如大家把从敦煌莫高窟发现的唐五代词称为“敦煌曲子词”，这是非常正确的。词最初的名称就叫“曲子词”，“曲子”代表音乐部分，“词”代表文学部分，“曲子词”这个名称，可以说最能体现词这种音乐文学的特点。

2. 曲子：敦煌莫高窟发现的唐五代词有一个最早的词集，叫《云谣集杂曲子》。契丹人称后晋的宰相和凝为“曲子相公”。

3. 歌曲：例如姜夔的词，就叫《白石道人歌曲》。

“曲子”、“歌曲”这两个名称，突出了词的音乐内涵，没有突出它的文学内涵。可见在唐宋时期词的音乐性是第一位的。

4. 乐府：例如苏轼的词，就叫《东坡乐府》。“乐府”这个名称，在今天看来有点模糊，容易让人把作为燕乐歌词的唐宋词与作为清乐歌词的汉魏乐府等同起来。

5. 长短句：例如辛弃疾的词，就叫《稼轩长短句》。“长短句”这个名称，也有点模糊。只注意到词的句式特点而忽略了它的音乐特点，其实《诗经》、《汉乐府》中的许多作品就是长短句。

6. 诗余：这个名称表明词只是诗之余，明显地含有轻视词的意味。例如宋代有个很流行的歌本，叫做《草堂诗余》。《草堂诗余》所收的作品都是为了应歌的。

比较而言，还是“曲子词”这个名称最好。

二、词的起源

1.《诗经》时代说。有人说词起源于《诗经》时代，这是为了提高词的地位，常州派就是这个观点，但是不符合事实。

2. 六朝说。有人说词起源于六朝，这是因为词的婉约风格与六朝乐府民歌有相似之处，实际上是把清乐歌词和燕乐歌词搞混了。

3. 中唐说。1900 年以前，许多人都认为词起源于中唐，依据就是王建、戴叔伦、刘禹锡、白居易、张志和等人的词。但是，自从敦煌曲子词于 1900 年被发现之后，多数人的认识就改变了。因为敦煌曲子词里有唐玄宗时代的作品。这说明词在盛唐就出现了。

4. 晚唐说。有人说词起源于晚唐。这是把词的产生与词的成熟搞混了。词从产生到成熟有一个过程。

5. 盛唐说。考察词的起源，必须掌握一个根本的原则，这就是燕乐的起源时间。

燕乐是一种“胡乐化的中国音乐”，古人称为“胡夷里巷之曲”。这种音乐有两个主要来源，一个是西域音乐，即“胡夷之乐”；一个是中原和江南的民间音乐，即“里巷之曲”。这种音乐，只能形成于隋、唐之际。这是因为国家统一了，内地和西域的交流频繁起来，西域的音乐才能大量地传到内地来，和中原、江南的民间音乐相融合。

燕乐形成于隋、唐之际，兴盛于唐玄宗开元、天宝年间。这个时期，是燕乐兴盛的时期。燕乐兴盛了，作为燕乐歌词的词才能产生。也就是说，词的产生，不能早于这个时候，也不会晚于这个时候。现在学术界多数人都主张盛唐说。

三、词的体制

词的体制，也就是词的形式特点。这个问题很复杂，这里讲几个主要的方面。

1. 词调。词调又称“词牌”，是词的音乐依据或格式。如《忆江南》、《苏幕遮》、《瑞龙吟》、《莺啼序》等。

按照字数的多少，词调可分为三种，即小令、中调、长调。

清人毛先舒《填词名解》云：“凡填词五十八字以内为小令，自五十九字始至九十字止为中调，九十一字以外者俱为长调也，此古人定例也。”

小令如《忆江南》（32 字）：

江南好，风景旧曾谙。

日出江花红胜火，春来江水绿如蓝。

能不忆江南？

中调如《苏幕遮》（78 字）：

碧云天，黄叶地。

秋色连波，波上寒烟翠。

山映斜阳天接水。芳草无情、更在斜阳外。

黯乡魂，追旅思。

夜夜除非，好梦留人睡。

明月楼高休独倚。酒入愁肠、化作相思泪。

长调如《瑞龙吟》（164 字）：

章台路。

还见褪粉梅梢，试花桃树。

愔愔坊曲人家，定巢燕子，归来旧处。

黯凝伫。

因念个人痴小，乍窥门户。

侵晨浅约宫黄，障风映袖，盈盈笑语。

前度刘郎重到，访邻寻里，同时歌舞。
唯有旧家秋娘，身价如故。
吟笺赋笔，犹记燕台句。
知谁伴、名园露饮，东城闲步？
事与孤鸿去。探春尽是、伤离意绪。
官柳低金缕。归骑晚，纤纤池塘飞雨。
断肠院落，一帘风絮。

另外，还有若干别的区分标准，我们就不多介绍了。

需要说明的是，关于小令、中调、长调的具体字数的区别虽有不同的说法，但是，小令、中调、长调的分类还是为大家所广泛接受的。就像短篇小说、中篇小说、长篇小说一样，篇幅的区别不是那么严格，但这个分类还是为大家所广泛接受的。

一个词调或者词牌，往往有多个名称，例如《忆江南》，又叫《梦江南》、《望江南》、《江南好》等，多达13个名称。

词调规定了词的格式，所谓“调有定句，句有定字，字有定声”。

早期的词人是按曲谱填词的。曲谱失传之后，人们就按词谱填词了。数以千计的曲谱是怎么失传的？至今还是一个谜。

词的格式和律诗的格式不同。律诗只有4种格式，即五言平起式、五言仄起式、七言平起式、七言仄起式，而词则有2300多个格式。

一个词调或者词牌往往有几种格式。每一词牌的格式，叫做词谱。康熙二十六年，万树编成《词律》一书，收了660调、1180多个格式；后来徐本立又增补了165调、495个格式；康熙五十四年，陈廷敬、王奕清等又编成《钦定词谱》一书，收了826调，2306个格式。

按照词谱的字数、平仄以及其他格式来写词，叫做填词。大家如果想填词，就得照词谱来填。如果觉得这两本书太复杂，就看简单一点的，如：

张海鸥主编的《诗词写作教程》，我参加编写了一部分；谢桃坊主编的《唐宋词谱萃编》，我也参与了编写。

2. 结构。词的结构有单片词，如《忆江南》；有双片词，如《苏幕遮》；也有三片词，如《瑞龙吟》。

单片词较少，三片词更少，双片词最多。吴文英的《莺啼序》是最长的，240字，分四片。这是极少见的。

片，又称阕。上片（上阕）的结尾一韵，叫"歇拍"，又叫"过拍"；下片（下阕）的开头，叫"过片"。如果下片开头的句式与上片开头不同，即换了句式，则称"换头"；也有人把上片结尾和下片开头合起来称为"过片"。

至于分三片者，如果每片开头都换了句式，则称"三换头"；如果第一、二片的句式一样，字数相等，则称"双拽头"，如《瑞龙吟》。

词的最后一韵（即结句）称"煞拍"。

好的词，过片既要有变化，又要意脉相承，所谓承上启下；煞拍要余韵悠然，不能一览无余。

3. 句式。词的句式，以长短不齐的杂言为主，少数是齐言，如《生查子》。

去年元夜时，花市灯如昼。

月上柳梢头，人约黄昏后。

今年元夜时，月与灯依旧。

不见去年人，泪满春衫袖。

4．领字。领字就是领起一句的字。

有一字领：

如："有桃花红，李花白，菜花黄。""正莺儿啼，燕儿舞，蝶儿忙"（秦观《行香子》）。

又如："对潇潇暮雨洒江天，一番洗清秋。渐霜风凄紧，关河冷落，残照当楼。"

有二字领。如："那堪片片飞花弄晚，濛濛残雨笼晴。"

也有三字领。如："怎奈向、欢娱暂随流水，素弦声断，翠绡香减。"

以上有着重号者即为领字，领字多用去声。这是因为去声激厉劲远，其腔高，有利于激起所领句子。

领字多用虚字或带感情色彩的字。如"有"、"正"、"对"、"渐"、"叹"、"那堪"、"怎奈向"，等等。

关于词的平仄和词韵，与诗相通的地方很多，这里不再讲。

四、词的体性

词的体性，就是词的文体特性，是词的精神实质。根据我的认识与概括，词的体性大约有如下 4 点：

1. 音乐性。从上古到汉代的“古诗”，原是可以入乐歌唱的，诗和乐曲的配合方式，是“以乐从诗”，即先做好诗，然后根据诗的节拍来制曲。汉代以后，由于诗、乐分途，不是所有的诗都能入乐歌唱，只能采择那些具有乐感的诗来合乐，所以，这个时候的诗乐配合方式是“采诗入乐”。汉代至唐代的“古乐府”，以及唐代的部分“绝句”，就是这样被入乐歌唱

的。盛唐以后，随着燕乐的广为流行，更有一种新的诗乐配合方式出现，这就是“倚声填词”，即先制好曲，然后根据乐曲的节拍来填词。唐、五代、北宋时期的词，多数就是这样产生的。（现在我们作一首歌曲，往往是先作词，再谱曲，其性质又和上古至汉代的“以乐从诗”一样了）所以我们读词，一定要注意它和音乐的关系。虽然，由于后来“曲谱”失传，词和音乐的关系逐渐分离，词人填词，只是按着“词谱”来填，填词的目的，也不再是为了入乐歌唱，词逐渐地由“嘴唱的诗”变成了“眼看的诗”，但是，我们通过它的平仄的变化、句读的长短和韵位的疏密等等，还是可以体会到它的音乐美感的。

2. 抒情性。中国的诗，尤其是汉族的诗，绝大多数都是抒情诗，真正的叙事诗是非常少的。但是一般的诗所抒发的情感，往往是“社会化的情感”，例如对国事的关心，对民生的重视，对社会现实的批评，对乡土的眷恋，对友谊的赞美，对自然山水的吟咏，对政治前途的期待或焦虑等等，多是被“政教伦理精神”过滤了的情感，多是经得起君臣、父子、兄弟、朋友、夫妇检验的情感，多是可以拿出去公开传播的情感，这种情感的内核与其说是“情”，不如说是“志”，所以古人一再强调“诗言其志”。诗中也有写爱情的，但是，这种爱情也往往是被“政教伦理精神”过滤了的爱情，是可以为大众广泛传颂的爱情，不再具有“私人化”的色彩。

词不一样，它所抒发的是一种“私人化的情感”，这种情感主要就是爱情，这种爱情包括夫妻之情，也包括情人之情。这种情人之情在“一夫多妻制”的古代，尤其是在浪漫的唐宋时期，一般来讲，是可以得到社会宽容的，但是，毕竟有违于“政教伦理精神”，因此是不能登大雅之堂的。词之所以在唐宋时期被称为“小道”、“艳科”、“诗余”、“薄技”等等，原因就在这里。有些词，虽然也包含了对国事的关心，对政治前途的期待或焦虑，等等，但都经过了“私人化”的处理，所谓“借闺房儿女之情，写家国身世之感”，它们和诗还是不一样的。这就使得词的题材范围比诗要狭窄一些，但是，狭窄也有狭窄的好处，毕竟深入到了人类灵魂世界的底层，毕竟让我们看到了古人的不带“人格面具”的情感生活，因而还是有重要的认识价值和审美价值的。诗言志，词言情，词是诗的一个补充。王国维《人间词话》讲：“词之为体，要眇宜修。能言诗之所不能言，而不能尽言诗之所能言。诗之境阔，词之言长。”就是这个道理。

3. 通俗性。古代的读书人都会写诗。诗是一个极为重要的交际工具。诗写得好，不仅可以为自己赢得良好的社会声誉，还可以博取功名和前程。例如在“以诗赋取士”的唐代，诗写得好是可以中进士的。由于诗是用来博功名、博前程的，至少是用来博声誉的，是要传之久远的，因此，古人写诗的态度都很认真，很郑重其事，甚至很有几分矜持。其作品本身，也大多符合“政教伦理精神”，都很雅致。真正为文化水平不高的平民百姓写诗的人是很少的，所以“俗”、“浅俗”、“通俗”等等，在古代的诗歌批评术语里都不能算作褒义词。“元轻白俗”这四个字，明显地含有贬义。

词不一样，它不仅不能为词人博取功名、前程和声誉，甚至还会坏了词人的功名、前程和声誉。北宋时的柳永就是一个很典型的例子。他本是一个官宦人家的子弟，出身很优越，才学也很好，但是由于填词太多，传播太广，没有给上流社会一个好印象，所以蹉跎半生，直到晚年才考取进士。后晋时的和凝在年轻的时候写过很多“曲子词”，“布于汴洛”，后来当了宰相，就连忙指示专人四处收集回来，付之一炬。“然相国厚重有德，终为艳词玷之。契丹入夷门，号为曲子相公”（《资治通鉴》卷二八二《后晋纪》三）。“曲子相公”这个绰号，显然是带有贬义的。词人的名声之所以没有诗人的名声那样“清雅”，那样“高贵”，原因不在词人本身，而在词。

词最初是为了歌女的演唱而创作的，而歌女，尤其是市井中的歌女，又是为了大众的艺术消费而演唱的。这就决定了它是一种俗文学，一种不登大雅之堂的文学，一种“小道”、“艳科”或“薄技”。由于是一种不登大雅之堂的文学，所以词人填词就不像诗人写诗那样，没有那么郑重其事，没有那么矜持。正因为不那么郑重其事，不那么矜持，反而容易出好作品，古人讲“夷然不屑，所以尤高”，就是这个道理。宋人的词比宋人的诗好，就是这个道理。南宋以后，尤其是姜夔、吴文英这一班人出现以后，词坛上掀起一股“复雅”的潮流。词人们为了提高词的地位，进而提高自己的地位，刻意把词往诗上面靠，他们像写诗一样写词，非常矜持，非常郑重其事，雕琢字句，卖弄典故，玩高雅，玩深沉，其结果是，词越来越雅化，越来越文人化，越来越脱离平民大众，词也就因此而衰落了。

4. 阴柔美。阴柔美是和阳刚美相对而言的。诗中不乏阴柔美的作品，但主要的审美形态还是阳刚美。《诗经》如此，《楚辞》如此，汉魏乐府如此，唐诗也是如此。只有南朝乐府和梁陈宫体算是例外。所以有人讲到唐宋词的源头时，要把它追溯到南朝乐府中的“吴歌”、“西曲”和梁陈的宫

体诗。虽然它们的音乐系统不同，但在审美形态上是有相通之处的。前人讲“词以婉约为宗”，讲“词之为体，要眇宜修”，就是指它的阴柔美。阴柔美的形成，一是由于词的演唱多用女声；二是唱词的环境多在歌筵舞席；三是词的作者多是南方人，或是有南方生活体验的人；四是词的情感多是男女恋情；五是词的形象多纤细秀美；六是词的语言多香艳绮丽；七是词的风格多委婉含蓄；等等。虽然后来出现了风格豪放的词，在审美形态上偏于阳刚，但是，豪放词在数量上既不占优势，在风格类型中也不占主体。而且词人们对于阳刚美的追求仍然是有节制的，主张刚柔相济，“刚健含婀娜”，“健笔写柔情”，等等。而真正一味粗豪、一味叫嚣的作品，一直都是不受欢迎的。

五、唐宋词的兴起与繁荣的原因

词的兴起与繁荣，原因很多，但是以下几点是至关重要的。

1. 城市经济的繁荣。唐宋词是一种音乐文学。它所配的音乐是燕乐。燕乐是当时的流行音乐。流行音乐的产生和发展，离不开繁荣的城市经济背景。城市经济繁荣，使得城市人口众多；城市人口众多，使得文化方面的消费需求旺盛。流行音乐的产生和发展，适应了广大城市人口的文化需要。唐代的燕乐，最初是在长安、洛阳等大城市流行，所以，唐代的词最初也是在这些大城市产生。唐代灭亡之后，国家进入50年的动乱时期。这时候，只有长江流域的西蜀和南唐这两个小国的经济条件最好，西蜀的成都、南唐的金陵，一个在长江头，一个在长江尾，成了两个最繁荣的大城市，成了两个燕乐最为流行的大城市，也成了两个词的创作中心。北宋开国之后的前30年，词坛是比较寂寞的。这是因为经过长期的战乱，城市经

济有一个恢复的过程。30 年以后，北宋的首都东京（开封）等大城市又繁荣起来，东京是当时全世界最繁华的大都市，于是燕乐又流行起来，词坛也开始繁荣起来。

2. 歌妓制的发达。中国的歌妓在周代就产生了，但歌妓制的发达，是在隋唐以后。歌妓制的发达，也与城市经济的繁荣有密切关系。道理很简单，哪里的经济发达，哪里的有钱人多，歌妓就往哪里流动。唐、五代、两宋时期，长安、洛阳、扬州、成都、金陵、杭州等大城市最为繁荣，这些城市的歌妓也最多。

宋代的统治者鼓励士大夫“多积金帛、田宅以遗子孙，歌儿舞女以终天年”，所以五品以上的士大夫都有经济条件购买和蓄养歌妓。士大夫家的歌妓叫“家妓”；官府的歌妓叫“官妓”；社会上的歌妓叫“私妓”。歌妓中又有“歌妓”、“舞妓”、“乐妓”。这些歌妓，既是流行歌曲的传播者，也是流行歌曲的催生者，唐宋词人的许多词就是为了她们的演唱而创作的。歌妓对于唐宋词的繁荣起到了至关重要的作用。

3. 帝王的提倡。中国是一个诗的国度。在中国古代的帝王中，会写诗的人很多。因为他们会写诗，所以就提倡写诗。诗写得好可以得官，因此写诗的人就很多，于是中国就成了一个诗的国度。

词也是这样，其兴盛有赖于帝王的提倡。唐代会写词的帝王有唐玄宗李隆基，唐宣宗李忱，唐昭宗李晔，一个盛唐，一个中唐，一个晚唐；五代时的帝王会写词的有后唐庄宗李存勖，前蜀后主王衍、后蜀后主孟昶，南唐中主李璟，南唐后主李煜。宋代会写词的皇帝也有不少，宋仁宗赵祯，宋徽宗赵佶，宋钦宗赵桓，宋高宗赵构，宋孝宗赵慎，而宋词最繁荣的时期，恰好就在仁宗朝、徽宗朝、钦宗朝、高宗朝、孝宗朝。

4. 文体的新变。王国维《人间词话》讲：“四言敝而有《楚辞》，《楚辞》敝而有五言，五言敝而有七言，古诗敝而有律绝，律绝敝而有词。盖文体通行既久，染指遂多，自成习套。豪杰之士，亦难于其中自出新意，故遁而作他体，以自解脱。一切文体所以始盛终衰者，皆由于此。故谓文学后不如前，余未敢信。但就一体论，则此说固无以易也。”到了盛唐，唐诗达到鼎盛。鼎盛过后，就开始走下坡路。到了晚唐，一切好诗都做完了，近体诗这种诗体开始衰落。于是，有创新精神的诗人们（豪杰之士）就开始寻求新变，恰好燕乐的演唱需要词的配合，于是词就应运而生。

第二讲

敦煌曲子词和唐代文人词

一、敦煌曲子词

敦煌曲子词，是指封存在敦煌莫高窟藏经洞内的、唐五代的歌词抄本。1900 年，由于一个偶然的原因，这个藏经洞被打开了。发现了许多唐代的抄本，这些抄本，除少数被收藏于北京图书馆之外，多数都被国外的一些考古学家和收藏家盗走，并分藏于英、法、俄、日等国的图书馆，后来又被中国学者抄写、拍照、影印回国。在这些抄本中，有现存最早的曲子词集《云谣集杂曲子》30 首，还有 169 首词散见于其他抄本。

敦煌曲子词是现存最早的唐五代燕乐歌词。敦煌曲子词的被发现，是词学史上的一件大事。这些作品改变了人们关于词的起源的看法，也丰富了人们关于词的题材、体式、语言和风格的认识。过去人们大都认为燕乐歌词起源于中唐，但是据考证，敦煌曲子词中的《感皇恩》（四海清平）、《阿曹婆》（本当只言三载归）等作品，大约作于唐玄宗开元年间。由此可以推断，唐宋燕乐歌词，应该是起源于盛唐。

敦煌曲子词大都为民间词，充分体现了民间文学的精神：

一是作者多为无名氏；

二是题材广泛；

三是体式多样（如字数不定、韵位不拘、平仄通押、兼押方音、常用衬字等）；

四是语言多质朴自然；

五是风格多清新刚健。

菩萨蛮

枕前发尽千般愿[①]。要休[②]且待青山烂。水面上秤锤浮。直待黄河彻底枯。

白日参辰[③]现。北斗回南面。休即未能休。且待三更见日头。

【注释】

①愿：盟誓。②休：罢休，这里指断绝婚姻关系，即休妻。③参辰：两星名。参（shēn）星属参宿，在西方；辰星属心宿，在东方。参、辰二星此出彼没，在夜间尚且不会同时出现，何况是在白天？

【导读】

可以说，这首词是一段“婚誓”。“枕前”二字，表明这一对青年男女已经生活在一起了。既然已经生活在一起了，女方就要求男方必须对她负责任，不能始乱终弃，于是男方就发尽“千般”誓言。这里选择了其中的六种，说除非是青山烂掉、秤锤浮上水面、黄河彻底干枯、参星和辰星同时出现在白天、北斗星回到南面、半夜三更见到太阳，他们的关系才会断绝。事实上，这些物事都是不可能出现的。这位男士是“以不可实现之事，示不可变异之心”。这首词有如下几个特点：

一是感情真挚；

二是想象奇特而丰富；

三是语言朴实；

四是风格刚健；

五是形式自由。

这些特点，都只能在早期的民间词里见到。在唐宋词里，这样的词是非常珍贵的。

鹊踏枝

叵耐灵鹊多谩语[①]。送喜何曾有凭据？几度飞来活捉取。锁上金笼休共语。

比拟[②]好心来送喜。谁知锁我在金笼里。欲[③]他征夫早归来，腾身却放我向青云去。

【注释】

①叵（pǒ）耐：不可耐，不可容忍。灵鹊：喜鹊。五代王仁裕《开元天宝遗事》：“时人之家闻鹊声皆以为喜兆，故谓灵鹊报喜。”民谚：“喜鹊叫，亲人到。”谩（màn）：欺瞒。②比拟：唐代俗语。比：本来；拟：打算。③欲：愿。

【导读】

这首词写一个妇人和喜鹊之间的一段故事。民俗以为，喜鹊叫，则亲人到，而妇人由于没有见到自己思念的征夫归来，以为喜鹊是在欺骗她，心生怨恨，就把它锁进了笼子。喜鹊虽然委屈，但也明白妇人的心事，只有祈盼她的征夫早日归来，自己才能重返自由世界。

这首词，上片写妇人的怨恨心理，下片写喜鹊的善良愿望，这样的想象和构思也是非常奇特的。

这首词在格律上也是比较自由的。它的句式为七、七、七、七；七、八、七、九句式，我们后面要介绍的南唐冯延巳的几首《鹊踏枝》，都是七、四、五、七、七；七、四、五、七、七句式，没有任何变化。这再一次说明民间词在形式上是自由的，文人词则比较拘谨。

二、唐代文人词

李白词

李白（701—762），字太白，号青莲居士，祖籍陇西成纪（今甘肃秦安）。隋末，其先祖因罪谪居安西都护府之碎叶城（今吉尔吉斯斯坦共和国之托克马克城），李白就出生在那里；5岁时，随父迁居绵州彰明县（今四川江油县）之青莲乡；23岁时，也就是唐玄宗开元十二年（724），出川远游，居安陆（今天的湖北安陆）；35岁，也就是玄宗开元二十四年（736），移居任城（今天的山东任城）；40岁，天宝元年（741），应诏入京，供奉翰林；三年后，被玄宗赐金放还；安史乱时，隐居庐山；永王璘举兵东巡，被辟为僚佐；肃宗至德二年（757），永王兵败受到牵连，被系浔阳狱，随之长流夜郎；后遇赦东还；62岁，也就是代宗宝应元年（762），病逝于安徽当涂（今安徽当涂）。

李白是中国古代最具有自由意识、批判精神和浪漫情怀的大诗人。他的出现，是中国文学史上乃至整个中国文化史上的一个奇迹，著有《李太白全集》。中华书局版《全唐五代词》收其词13首，其著作权多存争议。

菩萨蛮

平林[①]漠漠[②]烟如织。寒山一带伤心碧[③]。暝色入高楼。有人楼上愁。

玉阶空伫立[④]。宿鸟归飞急。何处是归程？长亭连短亭[⑤]。

【注释】

①平林：平原上的树林。②漠漠：云烟密布的样子。③碧：本是一种青绿色，这里应指墨绿色，或黛绿色。因为夜幕已降临，平原上的树林看起来已有些模糊，山的颜色不可能还是白天那样的青绿。伤心碧：可以有两种解释。一是非常碧。杜甫《滕王阁子》："清江锦石伤心丽。""伤心"二字，是个程度副词；二是寒山的深绿，令远行的游子为之惆怅、迷茫和伤心。④玉阶：驿楼的台阶，不一定是玉石做的，用"玉"

字，不过是要写得美一点。伫（zhù）立：久久地站立、凝望。⑤亭：驿亭，古代官道上供来往行人休息、换马的馆舍。白居易《六帖》卷三“馆驿门”：“十里一长亭，五里一短亭”。

【导读】

这首词相传是李白所作。宋释文莹《湘山野录》卷上说：“此词不知何人写在鼎州（今湖南常德市）沧水驿楼，复不知何人所撰。魏道辅泰见而爱之。后至长沙，得古集于子宣（曾布）内翰家，乃知李白所作。”

后人遂以为此词“始见”于《湘山野录》，其实在此之前，各本《尊前集》早已收录。文莹可能未见《尊前集》，故“不知何人所撰”。据考察，宋人并不怀疑这首词的作者是李白。最早持怀疑态度的，是明人胡应麟，后来胡震亨、吴衡照等人也随声附和。关于这个问题的讨论，可参见葛景春《近六十年来李白词真伪讨论综述》(《文学评论丛刊》第31辑)。

这是一首成熟的文人词，写游子思乡，在题材上虽无新意，在语言、格律和结构诸方面却很精致。以结构而论，它的上片是由远而近，“平林”一句是远景，“寒山”一句是中景，“暝色”一句是近景，“有人”一句是特写；下片则是由近而远，“玉阶”一句是特写，“宿鸟”一句是近景，“何处”二句是中景和远景。这种结构是非常严谨的，一句也挪移不得。只有文人作词，才会这样精心撰述。

忆秦娥①

箫声咽。秦娥梦断秦楼月。秦楼月。年年柳色，霸陵②伤别。

乐游原上清秋节③。咸阳古道音尘绝④。音尘绝。西风残照，汉家陵阙⑤。

【注释】

①秦娥：长安（今陕西西安）一带的女子。刘向《列仙传》卷上载：秦穆公有个女儿叫弄玉，爱吹箫。秦宫中有个乐工，叫箫史，善吹箫。秦穆公以女妻之。箫史每日教弄玉吹箫，作凤鸣之声，能招致凤凰。有一天，夫妇二人都随凤凰归去，做了神仙。这里暗示这个长安女子曾经有过一段像弄玉、箫史那样的浪漫故事。梦断：梦醒。②霸陵：汉文帝刘恒的陵墓。霸陵附近有霸水，霸水上面有霸桥。《三辅黄图》载：“霸桥，在长安东，跨水作桥。汉人送客至此桥，折柳赠别。”这种风俗一直延续到唐代。《天宝遗事》载：“长安东霸陵有桥，来迎去送，皆至此为离别之地，故人呼之为销魂桥。”

霸，一作灞。③乐游原：在长安东南的修正坊，是汉唐时期著名的游览胜地。海拔450米左右，站在原上可以俯视全城。清秋节：九月九日重阳节，人们习惯于在这一天登高，这种习俗一直延续到今天。④咸阳：在长安西北，是汉、唐时期由长安往西北的必经之路。音尘：车马行进时扬起的声音和尘土。⑤陵阙：陵是陵墓，阙是陵墓前面的建筑。

【导读】

此词始见于宋邵博《邵氏闻见后录》卷一九。邵氏云："李太白词也。予尝秋日饯客咸阳宝钗楼上，汉诸陵在晚照中，有歌此词者，一座凄然而罢。"而此前有李之仪《忆秦娥·用太白韵》，此后，有《唐宋诸贤绝妙词选》、《草堂诗余》等宋人词集均不怀疑李白的著作权。最早持怀疑态度的是明人胡应麟，清人王琦、杨希闵等也随声附和。参见葛景春《近六十年来李白词真伪讨论综述》（《文学评论丛刊》第31辑）。

这首词写思妇怀人，在题材方面虽无新意，但是在意象的组合与意境的开拓方面却很有特点。作品所写之景既非一时一地，视角也几经变化，意象跳跃，但是并不给人以散乱之感，原因就在于有一个中心意象统摄了所有的意象，这个中心意象就是"秦娥"。

"箫声"、"秦楼月"和"柳色"，是离别之象，

"咸阳古道"是功名之象，

"霸陵"、"汉家陵阙"是死亡之象。

秦娥的丈夫为了功名而告别自己的爱人，踏上西去的咸阳古道，经年之后却音信全无，就算他能博得一个功名回来，那又如何？最终不过一抔黄土，夕阳下的“汉家陵阙”，就是一个最真实的昭示。作品由离别写到功名，由功名写到死亡，它的意境是非常深远的。

王国维《人间词话》指出：“‘西风残照，汉家陵阙’，寥寥八字，遂关千古登临之口。”诚非过誉。写离别而能写到个体的生命意识与历史的兴亡之感，决非一般作者所能做到。如此看来，此词的作者即便不是李白，也当是一位不知名的大手笔。

张志和词

张志和，生卒年不详。初名龟龄，字子同，号烟波钓徒、玄真子、浪迹先生，婺州金华（今属浙江）人。他曾于唐肃宗乾元、上元间（公元758—761年）游太学，登明经第；献策肃宗，颇受赏识，命待诏翰林，授左金吾卫录事参军；不久因事贬南浦尉；唐代宗大历九年（公元774年）游湖州刺史颜真卿幕，作《渔歌子》5首；后不详所终。工诗词，善书画，《全唐诗》存其诗词9首，《全唐文》存其文2篇，《全唐五代词》收其词5首。

渔歌子

西塞山前白鹭飞[①]。桃花流水鳜鱼[②]肥。青箬笠[③]，绿蓑衣[④]。斜风细

【注释】

①西塞山：在今浙江湖州。白鹭：白鹭鸶，多觅食于湖沼水田，喜群居。湖北的黄石也有

雨不须归。

一个西塞山，但此山非彼山。②鳜（guì）鱼：欲称桂鱼，青黄色，大口细鳞，味道鲜美。③箬（ruò）笠：斗笠，用竹篾、箬叶编制而成。④蓑（suō）衣：雨衣，用棕毛编织而成。

【导读】

这首词以鲜明的色彩、流丽的音韵、自然的语言和极富于生机的一组形象营造了一个和谐的、天人合一的境界，表达了一种远离尘嚣、远离功名的怡然自得之情，所谓“山光水色，渔父家风”是也。

这首词的特点是：

1. 色彩鲜明；

2. 音韵流丽；

3. 语言自然；

4. 形象极富于生机。

这首词问世之后，颜真卿（书圣）、陆鸿渐（茶圣）等遂和之，唐宪宗曾写真求访。

日本嵯峨天皇于弘仁十四年（唐穆宗长庆三年，即823年）作《和张志和〈渔歌子〉五首》，据说日本填词即滥觞于此。

北宋时，“东坡尝以其成句用入《鹧鸪天》，又用于《浣溪沙》，然其所足成之句，犹未若原词之妙通造化也”（刘熙载《艺概》）。它的影响是非常大的，一千多年来一直脍炙人口。

刘禹锡词

刘禹锡（772—842），字梦得，洛阳（今属河南）人，德宗贞元九年（793）进士，十九年（803）为监察御史；顺宗即位，擢屯田员外郎，判度支盐铁案，参与“永贞革新”；宪宗即位，贬连州刺史，斥朗州司马；元和十年（815）召还，再出为播州刺史，改连州刺史；穆宗长庆元年（821），移夔州刺史，四年，徙和州刺史；文宗大和元年（827）召还，授主客郎中分司东都；三年，为礼部郎中；此后又做过苏州、汝州、同州刺史；开成元年（836）迁太子宾客、分司东都；武宗会昌二年（842）卒。著有《刘梦得文集》。《全唐五代词》收其词39首。

我们今天讲他的四首《竹枝》，两首《浪淘沙》，一首《忆江南》。在《唐诗十二讲》里，我们也介绍了他的《竹枝》，那是把它们作为诗来讲的。其实《竹枝》首先是词。《花间集》收有孙光宪的两首《竹枝》。

竹　枝

山桃红花满上头，蜀江春水拍山流。

【注释】
①侬：我。

花红易衰似郎意，水流无限似侬[1]愁。

【导读】

这首词写爱情，用比兴。比，就是比喻；兴，就是象征。花的特点是火热，但是易衰；水的特点是缠绵，且悠然不尽。风格流丽，有民歌风味。

竹　枝

瞿塘嘈嘈[1]十二滩，此中道路古来难。

长恨人心不如水，等闲[2]平地起波澜。

【注释】

①瞿塘：即瞿塘峡，长江三峡之一，在今重庆奉节县境内。峡口有巨大的礁石，名滟滪堆，每到五月，江水暴涨，礁石被淹，行船人看不见，常有触礁翻船之事故。李白《长干行》："十六君远行，瞿塘滟滪堆。五月不可触，猿声天上哀。"即指此。1958年，国家整治航道，滟滪堆被炸平。嘈嘈：形容江水的沉重舒长之声。②等闲：无端。

【导读】

这首词写世道人心。瞿塘峡水起波澜，那是因为峡中有大石使江水受阻所致。人心不如水，是因为人喜欢搞是非，没事也要搞点事出来，无端也要搞点事出来，所以叫"等闲平地起波澜"。搞是非的人，并不一定是别人有什么错，并不一定是别人得罪了他，而是他觉得别人挡了他的道，碍了他的事，所以要整别人。要整掉别人，得找个理由啊，于是就搞出一点是非来。

把人心比作水，说人心不如水。既用比喻，又用对比。

竹　枝

山上层层桃李花，云间烟火是人家。银钏[1]金钗来负水，长刀短笠去烧畲[2]。

【注释】

①钏：镯子。②烧畲（shē）：一种原始的耕作方法。焚烧田地里的草木，用草木灰作肥料。杜甫《秋日夔府咏怀》："烧畲度地偏。"钱谦益笺引旧注："楚俗烧榛种田曰畲。先以刀芟治林木曰研畲。其刀以木为柄，刃向曲谓之畲刀。"

【导读】

这首词写民俗。人家住在山上，山上重重叠叠都是桃李花，环境非常优美。

人们在这优美的、远离尘嚣的环境中生活。女人们戴着"银钏金钗"来山下负水，就是用桶或瓦罐背水；男人们拿着长刀、戴着矮小的斗笠去烧畲，先把山上的草木砍下来，然后点火燃烧。

环境很优美，民风很淳朴，很和谐。山里的农民不爱搞是非。爱搞是非的是城里那些做官的人。刘禹锡讲"长恨人心不如水，等闲平地起波澜"，那是指城里人，指官场的人。

竹　枝

杨柳青青江水平，闻郎江上唱歌声。东边日出西边雨，道是无晴①却有晴。

【注释】

①晴：与“情”谐音，有双关意。

【导读】

这首词写爱情。

“杨柳青青江水平”，夏天之景；“东边日出西边雨”，夏天之景。

刘禹锡为官47年，有一半时间是在贬谪之地度过的。他是一个仕途坎坷的人，也是一个性情开朗的人。有的人在贬谪之地度日如年，他不是这样。他能以积极的心态走进民间，考察民俗风情，从民间艺术中汲取丰富的营养。其《〈竹枝〉序》云：

> 四方之歌，异音而同乐。岁正月，余来建平（按：即今重庆市巫山县一带），里中儿联歌《竹枝》，吹短笛击鼓以赴节。歌者扬袂睢舞，以曲多为贤。聆其音，中黄钟之羽。卒章激讦如吴声，虽伧佇不可分，而含思宛转，有淇澳之艳。昔屈原居沅、湘间，其民迎神，词多鄙陋，乃为作《九歌》，到于今荆楚鼓舞之。故余亦作《竹枝词》九篇，俾善歌者飏之，附于末。后之聆巴渝，知变风之自焉。

刘禹锡的《竹枝》就是这样产生的。

以上四首《竹枝》，第一、四首写爱情，第二首写人心，第三首写民俗。第一、二首用比喻，第三首用白描，第四首用谐音，每一首各有个性，又都有共同的特色，这就是色彩鲜明，音节嘹亮，风情宛然，都受了荆楚、巴蜀一带民歌的影响。

浪淘沙

莫道谗言如浪深[①]，莫言迁客[②]似沙沉。千淘万漉[③]虽辛苦，吹尽狂沙始到金。

【注释】
①谗言如浪深：谗言怎么会像浪一样深呢？是说谗言积累了很多。这里的“浪”，就是指水。②迁客：被流放的官员，这里指作者自己。迁客怎么会似沙沉呢？是说被迁谪的人，像沙子一样的沉没了，没有人问讯，被人们遗忘了。③千淘万漉：千万次地淘洗过滤。漉(lù)：过滤。

【导读】

刘禹锡由于参与唐顺宗领导的“永贞革新”，被宪宗、穆宗皇帝流放、弃置长达 23 年。他长期遭受政敌们的谗毁和排斥，但始终不低头，不认错，不悔改。他坚信自己是正确的，而且一直保持乐观。这首词，不仅真实地反映了词人那坚定、乐观的心态，也昭示了一个真理：一个人到底是真金，还是沙子，只有经过千淘万漉才能见出。

这是一首齐言的《浪淘沙》。这首词也是用比喻，而且一连用了两个。像浪一样深的谗言，像沙一样沉没的迁客。

浪淘沙

日照澄洲江雾开，淘金女伴满江隈[①]。美人首饰王侯印，尽是沙中浪

【注释】
①淘金：金有矿金，有沙金。淘金是指淘沙金，即用水洗的

底来。

方法从沙子里选出沙金。江隈（wēi）：江流的弯曲之处。这种地方的沙子沉淀得多，风浪又比较小。

【导读】

这首词，写社会的不平等。太阳照着澄澈的江洲，浓雾开了，看到了许多淘金女伴在江流的拐弯处淘金。她们淘来的金子都到哪里去了？都被有权有势的人拿走了，做了美人头上的首饰，做了侯王的金印。

这首词，可与宋人张俞的《蚕妇》诗对读。张诗云：

昨日入城市，归来泪满巾。

遍身罗绮者，不是养蚕人。

二者都是揭露社会不平的名篇，都体现了作者深刻的社会批判意识与伟大的人道主义精神。但张诗比较直白，刘词则要形象得多。

刘禹锡也有长短句的词。如：

《忆江南》

和乐天春词，依《忆江南》曲拍为句。

春去也，多谢洛城人①。弱柳从风疑举袂②，丛兰裛露似沾巾③。独坐亦含嚬。④

【注释】

①多谢：殷勤致意。②袂：衣袖。③裛露：沾湿。④嚬：皱眉。

【导读】

这首词题下有原注："和乐天春词，依《忆江南》曲拍为句。"这个注告诉我们，早期的词，是按"曲拍"填写的。

这首词写对春天的留恋，但一开始并不直接说，不从正面说，而是说春天离去之时，对洛城人的致意，说弱柳、丛兰的不舍。最后才说到人，所谓"独坐亦含嚬"是也。

况周颐称此词为"流丽之笔"，说它"下开子野、少游一派"。

白居易词

白居易（772—846），字乐天，晚号香山居士，祖籍太原，迁于下邽（今陕西渭南），本人生长于郑州新郑，德宗贞元十六年（800）进士；宪宗元和三年（808）拜左拾遗；十年，贬江州司马；十三年，转忠州刺史；穆宗即位，入为主客郎中、知制诰；长庆二年（822），除杭州刺史；敬宗宝历元年（825），除苏州刺史；次年，以病罢官。武宗会昌二年（842），以刑部尚书致仕；六年卒。白居易虽是北方人，但在江南做过一任司马，三任刺史。他在作诗之余，兼而作词，与他的江南生活经历有关。著有《白氏长庆集》。《全唐五代词》收其词28首。

竹　枝

瞿塘峡[①]口水烟低，白帝城[②]头月向西。

【注释】

①瞿塘峡：参见刘禹锡《竹枝》（瞿塘嘈嘈十二滩）注①。

②白帝城：在今重庆市奉节县

唱到竹枝声咽处，寒猿暗鸟一时啼[3]。

白帝山上。西汉末，公孙述据此称帝，号白帝，山、城皆由此得名。③寒猿句：郦道元《水经注》卷34《江水》："每至晴初霜旦，林寒涧肃，常有高猿长啸，属引凄异，空谷传响，哀转久绝，故渔者歌曰：巴东三峡巫峡长，猿鸣三声泪沾裳。"暗：隐藏。

【导读】

这首词描述了《竹枝》的音乐特点。据刘禹锡《〈竹枝〉序》介绍，《竹枝》这种民歌唐时流行于建平（今巫山一带），其风格特点为"含思宛转"。他自己所作的10首《竹枝》，即带有这个特点，如怨如慕，如泣如诉，听者难以为怀。白居易作有4首《竹枝》，也有这个特点。如："竹枝苦怨怨何人？夜尽山空歇又闻。""江畔谁家唱《竹枝》，前声咽断后声迟。"可见，早期的《竹枝》与后来流行于全国各地、专咏风土的《竹枝》并不一样，后者清新明快，前者多悲伤哽咽。

忆江南

江南好，风景旧曾谙[1]。日出江花红胜火，春来江水绿如蓝[2]。能不忆江南？

【注释】

①谙（àn）：熟悉。②蓝：植物名，有多种，这里指蓼蓝，其叶子可制作蓝色的染料。

【导读】

江南的景色美不胜收，千言万语也道不尽。为何短短的27个字就给人留下了难忘的印象？其奥秘在于：

1. 使用回忆的口吻；

2. 站在北方人的角度；

3. 运用典型化的方法。

审美需要一定的距离，一是时间的距离，一是空间的距离。当时人写当时景，未必写得好；当地人写当地景，也未必写得好。有了时空的距离，还要善于选择。在众多的江南美景中，白居易只选择了日出时的江花与春来时的江水。这两种色彩鲜明、姿态妩媚灵动的物象，是气候温暖湿润的江南所特有的，北方很难见到，所以一经拈出，便脍炙人口。

长相思

汴水[①]流，泗水[②]流，流到瓜洲[③]古渡头。吴山[④]点点愁。

思悠悠，恨悠悠，恨到归时方始休。月明人倚楼。

【注释】

①汴（biàn）水：古河名，源出今河南荥（xíng）阳，流经开封，至江苏徐州转入泗水。②泗水：古河名，源出今山东蒙山南麓，流至江苏淮阴，注入淮河。③瓜洲：镇名，在今江苏邗（hán）江县南，位于长江北岸，大运河入长江处。④吴山：江南一带的群山。

【导读】

这首词写一个女子对爱人的思念。她的爱人由汴水入泗水，由泗水入运河，一路向南。她的思绪也随着爱人的行踪一路向南。水悠悠则思悠悠，思悠悠则恨悠悠。结拍五字是一幅绝美的图画。明月装饰了她的妆楼，她装饰了词人的梦。

第三讲

花间词

“花间词”这个名称，因《花间集》而得名。《花间集》由赵崇祚编定于后蜀广政三年（940），收词500首，词人18家。在这18家词人中，有16人是五代人，其中西蜀14人，荆南1人，后晋1人；有2人是唐代人，即温庭筠和皇甫松。皇甫松的年代离五代稍近；温庭筠的年代就比较远了，《花间集》编定时，他已经去世75年了。

关于《花间集》的基本情况，至少有两个问题必须明确。第一，它以西蜀词为主，但不全是西蜀词。第二，它以五代词为主，但不全是五代词。

《花间集》收录温庭筠的词多达66首，几乎收录了他全部的词（69首）。收录韦庄的词多达48首，也是几乎收录了他全部的词（54首）。这两位词人的作品占了《花间集》所收作品的22.8%。这个比例是相当高的，超过了人均数（27.7首）的两倍。

他们二人并称“温韦”，在唐五代词史上的地位是很高的。他们创造了词史上的两种代表性的风格，一个是秾丽，一个是疏淡。这两种风格的影响非常深远。

一、温庭筠词

温庭筠（801—866），本名岐，字飞卿，祖籍祁县（今山西祁县），居于鄠县（今陕西户县）。他是宰相温彦博的后人，出身名门，但是在政治上很不得志，多次参加进士考试，都没被录取；56 岁为随县尉，65 岁为国子助教，66 岁贬方城尉。

温庭筠貌丑，号“温钟馗”，然才思敏捷。孙光宪《北梦琐言》卷四：

> 温庭筠“才思敏捷，尤工小赋。每入试，押官韵作赋，凡八叉手而八韵成，多为邻铺假手，号曰‘救数人’也”。（按：亦号“温八叉”）
>
> “宣宗爱唱《菩萨蛮》词，令狐相国假其新撰密进之，戒令勿他泄，而遽言于人，由是疏之。温亦有言云：‘中书堂内坐将军’，讥相国无学也。”

温丑而多才，“性倨傲”，不修边幅，又好讥刺权贵，故为时所忌，终生不遇。他死后多年，才因韦庄上奏而追认为“进士”。

温庭筠能诗擅词。他的诗写得比较清丽，在诗坛和李商隐齐名，号称“温李”；词则写得比较秾丽，在词坛和韦庄齐名，号称“温韦”。他是文人当中第一个大量写词的人，被尊为文人词的“鼻祖”。他的《金荃集》，今已不传。《全唐五代词》收其词 69 首。

菩萨蛮

小山重叠金明灭①，鬓云欲度②香腮雪。懒起画蛾眉，弄妆梳洗迟。

照花前后镜，花面交相映。新帖绣罗襦③，双双金鹧鸪。

【注释】

①小山：屏山，即屏风上的小山。有人说是小山眉，差矣。词中明明说是“蛾眉”。“金明灭”：早晨的阳光映射在屏山上，忽明忽暗，闪烁不定。
②鬓云欲度：鬓发缭乱之状。
③帖：同贴字。襦：短袄。

【导读】

这首词写一个女子晨起梳妆。作品用了许多富丽的字眼来写她的居室、美貌和妆扮，全是实字，没有一个虚字，没有一个直接表露主观感情的句子，主人公的内心世界似乎隐藏得很深。但是通过“懒”字、“迟”字和“双双”二字，还是可以窥见她的心情。为什么“懒起”？为什么“梳洗迟”？“双双金鹧鸪”这一句，可以说是透露了大半的秘密。原来她的慵懒、迟缓，是因为生活的孤单和寂寞。值得注意的是，“懒起画蛾眉”，毕竟还是起了，画了；“弄妆梳洗迟”，毕竟还是妆扮了，梳洗了，甚至还簪了花，打了反镜，在短袄上新贴了金鹧鸪的图案。这说明她的内心里还是有所期待的。

这是一个失意的、同时又怀着追求的女性。这就给后来的批评家留下了丰富的想象空间，以为词人是在借一个爱情上失意的女性，来写一个政治上失意的文士。例如，清代常州词派的创始人张惠言就这样讲：“此感士不遇也，篇法仿佛《长门赋》……‘懒起’二字含后文情事。‘照花’

二句，《离骚》初服之意”（《茗柯词选》）。张惠言的话不能说是没有原因的，但是，由于说得太具体，太肯定，反而招致后世词家的不满。近人王国维就这样讲：“固哉，皋文（张惠言）之为词也，飞卿《菩萨蛮》、永叔《蝶恋花》、子瞻《卜算子》，皆兴到之作，有何命意？皆被皋文深文罗织”（《人间词话》）。

事实上，温庭筠一生仕途失意。其诗作《过陈琳墓》云：“曾于青史见遗文，今日飘蓬过此坟。词客有灵应识我，霸才无主始怜君。石麟埋没藏野草，铜雀荒凉对暮云。莫怪临风倍惆怅，欲将书剑学从军。”他是一个怀才不遇的人，而《菩萨蛮》14首，据说是在宰相令狐绹的授意之下，写呈给宣宗皇帝的，他借此机会，在作品中寄托一点政治上的失意之感，也不是不可能的。

唐五代词和南宋词不一样，南宋的某些词一眼就可看出有寄托，唐五代词不是这样。某些有寄托的作品往往是在有寄托和无寄托之间，不可指实，但也不可全然否定。事实上，“有寄托和无寄托之间”，才是寄托的最高境界。

更漏子

玉炉香，红蜡泪。偏照画堂秋思[1]。眉翠[2]薄，鬓云残。夜长衾枕[3]寒。

梧桐树，三更雨，不道[4]离情正苦。一叶叶，一声声，空阶滴到明。

【注释】

①秋思（sì）：秋天的愁思。这里指怀着秋思的人。②眉翠：涂在眉毛上的翠色。③衾枕：被子和枕头。④不道：不管，不顾。

【导读】

从色彩上看，这首词上片浓，下片清；从形象密度上看，上片密，下片疏；从风格上看，上片含蓄，下片明快。有人以为此词“不类温作”，这是因为没有注意到温庭筠作词，本来就有两幅笔墨、两种风格，只是比较而言，以秾丽为主。

梦江南

梳洗罢，独倚望江楼。过尽千帆皆不是，斜晖脉脉水悠悠。肠断白蘋洲。

【导读】

温庭筠的词有的比较秾丽、比较朦胧，有的则比较清丽、比较明快。这首《梦江南》属于后者。写离愁，画面开阔，意境清悠而淡远。

〔对于温庭筠词的评价〕

从张志和、韦应物、刘禹锡、白居易等中唐文人的燕乐歌词来看，词的题材还是比较丰富的，语言、风格也比较清新自然，文人词还保留了若干民间词的精神，如果在晚唐，能出现一位词体观念比较开放的大手笔，文人词是有可能继承和弘扬民间词的优良传统并走上一条前景广阔的道路的。但是没有。晚唐文人词的代表人物是温庭筠。温庭筠是和李商隐齐名的一位诗人，他的诗，尤其是他的乐府诗，深受“吴歌”、“西曲”和梁陈宫体的影响，讲究声调和色彩，风格偏于秾丽、绵密一路。温庭筠精通音律，长期生活在南方，又经常出入秦楼楚馆一类的歌舞场所，他就循着他作乐府诗的路子来填词，这就使得他的词和他之前的张志和、韦应物、刘禹锡、白居易等人的相比，尤其是和民间词相比，题材要狭窄一些，多数作品的语言、风格也不够清新自然。由于他在唐五代文人中是第一个大量填词的人，文人小令的体制又是在他的手上基本定型的，因此后蜀的赵崇祚在编《花间集》时把他排在了第一位。

二、韦庄词

韦庄（836—910），字端己，京兆万年（今陕西西安）人，著名诗人韦应物四世孙。他幼时侨居下邽（陕西渭南）；僖宗乾符六年（879），居长安；次年，黄巢入京师，庄陷兵中；中和二年（882），居洛阳；次年，作《秦妇吟》，时人呼为“《秦妇吟》秀才”；同年开始游历江南；十年后再入长安，于昭宗乾宁元年（894）中进士，为校书郎；乾宁四年奉使入蜀。

光化三年（900），韦庄擢左补阙，奏请追赐李贺、皇甫松、李群玉、陆龟蒙、赵光远、温庭筠、刘体仁、陆逵、傅锡、平曾、贾岛、刘稚圭、罗邺、方干等“词人才子”为进士，获准。

天复元年（901），韦庄再入蜀，为王建掌书记；次年，于浣花溪寻得杜工部草堂遗址；天祐元年（904），朱全忠篡唐自立；四年，劝王建称帝，定开国制度，为吏部侍郎兼平章事；蜀高祖武成三年（910）年卒，谥文靖。著有《浣花集》。《全唐五代词》收其词54首。

浣溪沙

夜夜相思更漏残，伤心明月凭栏杆，想君思我锦衾寒。

咫尺①画堂深似海，忆来唯把旧书看，几时携手入长安？

【注释】

①“咫尺”句：写女子所居之处，虽与自己相去不远，但重重阻隔，无由相见。唐人崔郊《赠去婢》：“公子王孙逐后尘，绿珠垂泪滴罗巾。侯门一入深如海，从此萧郎是路人。”

〔本事〕

杨湜《古今词话》云：

> 庄有宠姬，资质艳丽，兼善词翰，王建闻之，托以教内人为词，强庄夺去，庄追念悒怏，作《谒金门》（空相忆）云云，情意凄婉，人相传播，盛行于时。姬后闻之，遂不食而卒。

《尧山堂外纪》、《十国春秋》等书皆记此事，前人说词亦多引为本事，可参考。

我的导师曾昭岷先生指出：

> “杨湜《古今词话》，胡仔虽曾指之‘牵合为说，殊无根蒂’，但杨去五代未远，传闻亦有所据，不可谓纯属虚构。且韦庄正因有此一真实感情经历，故其词中如《荷叶杯》、《女冠子》、《浣溪沙》、《谒金门》、《小重山》诸阕，写得真切具体，直抒胸臆，使词从仅供传唱之艳曲，进而为词人用以抒写情怀而极具个性之文学矣”（曾昭岷校订《温韦冯词新校·前言》，上海古籍出版社，1988 年版）。

【导读】

这首词写室迩人远、咫尺天涯之感，非常沉痛。

荷叶杯

记得那年花下，深夜，初识谢娘[①]时。水堂西面画帘垂，携手暗相期。

惆怅晓莺残月，相别，从此隔音尘。如今俱是异乡人，相见更无因。

【注释】

①谢娘：唐宋时代歌女的代称，这里代指词人所恋之“宠姬”。

女冠子

四月十七，正是去年今日，别君时。忍泪佯低面，含羞半敛眉。

不知魂已断，空有梦相随。除却天边月，没人知。

【导读】

韦庄的词叙事性很强，主观情感也浅显明白。这首词即是写词人当时和自己的“宠姬”不得不别的情景，真切具体，令人同情。如果我们把这首词和他的诗《悔恨》、《独吟》、《虚席》、《旧居》联系起来看，和他同一类型的词如《浣溪沙》（夜夜相思更漏残）、《小重山》（一闭昭阳春又春）、《荷叶杯》（记得那年花下）、《女冠子》（昨夜夜半）、《谒金门》（空相忆）等联系起来看，可以说，《古今词话》所载王建夺姬之事，未见得是凭空捏造。

女冠子

昨夜夜半，枕上分明梦见，语多时。依旧桃花面，频低柳叶眉。

半羞还半喜，欲去又依依。觉来知是梦，不胜悲。

【导读】

韦庄的这位被人夺去的“宠姬”，原是很漂亮的。词人还有一首《浣溪沙》（惆怅梦余山月斜）形容她的漂亮：“暗想玉容何所似？一枝春雪冻梅花，满身香雾簇朝霞。”但是自从被人夺去之后，就再也见不着了，百般思忆之中，唯有形诸梦寐。这首词就是写自己在梦中见到这位“宠姬”时的情景，非常真切，也非常悲伤。

思帝乡

春日游，杏花吹满头。陌上谁家年少？足风流①。

妾拟将身嫁与，一生休②。纵被无情弃，不能羞！③

【注释】

①足风流：够风流，帅呆了。②休：足够了。③不能羞：不以为羞，值得。

【导读】

这是一首代言体的词，与词人自己的爱情生活无关。作品写的是一位女子的爱情心理。她在春天郊游时，偶然遇到一个风流少年，当时就想嫁给他；如果能够嫁给他，便觉此生无憾；纵然被他抛弃了，也不觉得是什么见不得人的事。虽然这一切都不过是她的内心活动，并未付诸实施，但是我们由此看到了她那热情、大胆、直率的个性。这是很有几分“现代意识”的。

菩萨蛮

人人尽说江南好，游人只合[①]江南老。春水碧于天，画船听雨眠。

垆[②]边人似月，皓腕凝霜雪[③]。未老莫还乡，还乡须断肠[④]。

【注释】

①合：应当。②垆：卖酒的台子，用土垒成，四方高，中间低，便于安放酒缸。这里用《史记·司马相如传》中“文君当垆”的典故，比喻江南酒店卖酒的美女。③皓腕凝霜雪：洁白的手腕像凝结的霜雪。《西京杂记》卷二：“文君姣好，眉色如望远山，脸际常若芙蓉，肌肤柔滑如脂。”④须：应。断肠：极为伤心。

【导读】

韦庄有过十年（883—893）游历江南的经历。晚年居蜀期间（901—910），他写过一组《菩萨蛮》，共五首，回忆他在洛阳和江南的生活。这首词是《菩萨蛮》组词中的第二首，是回忆江南的。

作品不但写了江南的春水，写了躺在船舱里听雨的感觉，还写了江南的酒肆，以及当垆卖酒的美女，既是一幅风景画，也是一幅民俗风情画。“安史之乱”以后，国家的经济重心转移到江南，江南的安定、富庶、美景和民俗，由此成为诗词创作中的一个热门题材。这首词，上来便说“游人只合江南老”，末尾又强调“未老莫还乡，还乡须断肠”，词人把话说得这样明白，这样决绝，是因为他是一个北方人，而且是因为逃避战乱才到南方来的，对于当时南、北两地的巨大反差，他有着太深的记忆，太多的感慨。

〔关于韦庄词的评价〕

过去的学者讲韦庄词，都强调他的疏淡的风格。这一点本人不持异议。

我要强调的是，韦庄的词，带有很重的叙事色彩。他的词，往往把时间、地点都交代得很具体。例如：

“四月十七，正是去年今日。”

“记得那年花下，深夜，初识谢娘时。水堂西面画帘垂。”

“昨夜夜半，枕上分明梦见，语多时。”等等。

词本是一种抒情文学，韦庄的词也是抒情的，但是在这种抒情文学中，增加一些叙事文学的元素，就可以让读者感到更真实、更亲切，更拉近了作者和读者之间的距离。

当代有一位歌手叫刀郎，他的作品为什么那么受欢迎？在我看来，除了浓厚的西部风情，除了他那独特的、既有几分阳刚、又有几分沙哑的嗓子，还有一点，就是作品的叙事性很强，拉近了自己和观众的距离，让人感到真实和亲切。例如：

“2002 年的第一场雪，比以往时候来得更晚一些。停靠在八楼的二路汽车，带走了最后的一片黄叶。”（《2002 年的那一场雪》）

“那夜我喝醉了拉着你的手，胡乱地说话。”（《冲动的惩罚》）

“为了十年前二道桥你迷人的一笑，十年后我徘徊在这无人的街道。”（《关于二道桥》）

刀郎成功了。许多人都羡慕。但是刀郎的成功之秘，许多人并不知道。所以，我们主张古今贯通。了解古代，才能更好地了解当代；熟悉当代，才能更好地解读古代。

把刀郎的词和韦庄的词做一个比较，应该是很有意义的，虽然刀郎本人可能并不知道韦庄。

三、皇甫松词

皇甫松，名一作嵩，字子奇，号檀栾子，生卒年不详，睦州新安（今浙江淳安）人，著名古文家皇甫湜（shí）之子。工诗词，擅属文，然久试不第，终生未仕。唐昭宗光化三年（900），韦庄上奏，追认李贺、温庭筠、皇甫松等“才子词人”为进士。《全唐五代词》收其词22首。

梦江南

兰烬①落，屏上暗红蕉②。闲梦江南梅熟日③，夜船吹笛雨萧萧。人语驿边桥。

【注释】

①兰烬：蜡烛的余烬，状如兰心，故名。②红蕉：美人蕉，芭蕉之一种，四季开花，深红色。③梅熟日：梅，是指果梅，不是指梅花。梅熟日：春末夏初。

【导读】

一个人梦见什么，与他在临睡之前的所见所闻、所思所感是有关联的。皇甫松深谙此理，所以在写这个“闲梦”之前，写了烛光微弱之时屏风上的暗淡的美人蕉。美人蕉是热带、亚热带植物，在我国，只有长江以南地区才会生长。这个“红蕉”便成为一个引子，把他引入江南的梦里：那是梅子黄熟的春夏之交，夜雨潇潇地下，似乎给人以寂静之感，而船上传出的笛声，还有桥头上传来的人语声，则使人感到寂静中有生气。这是一幅静中有动、悠闲淡远的生活图景，所以词人称之为“闲梦”。王国维讲：皇甫松的《忆江南》，“情味深长，在《乐天》、《梦得》之上。”（《人间词话》）这首词是不是在乐天、梦得之上，是一个见仁见智的问题，而称其“情味深长”，可谓至当。

四、鹿虔扆词

鹿虔扆，生卒年、籍里、字号均不详，后蜀后主孟昶广政年间（938—965），为永泰军节度使，进检校太尉，加太保；国亡不仕。《全唐五代词》收其词6首。

临江仙

金锁重门荒苑静，绮窗①愁对秋空。翠华一去②寂无踪。玉楼歌吹③，

【注释】

①绮窗：有彩绘或雕花的窗子。

②翠华：用翠鸟的羽毛装饰的旗子，皇帝仪仗所用。这里代

声断已随风。

烟月不知人事改，夜阑④还照深宫。藕花⑤相向野塘中。暗伤亡国，清露泣香红。

指皇帝的车驾。翠华一去：孟昶被俘至开封。③吹：鼓吹，这里指各种乐器所演奏的乐曲。④夜阑：夜深。⑤藕花：荷花。

【导读】

这首词写亡国之痛。

西蜀这个小国，乃是五代十国时期的一个地方割据政权，它的灭亡，同南唐的灭亡一样，是中华大帝国结束分裂状态、走向统一的一个必然，从大历史的角度来看，这是一件好事。不然的话，让那些地方军阀继续割据，“你方唱罢我登场”，其结果只能是山河破碎，生灵涂炭。但鹿虔扆不会这样想。他是后蜀的重臣，按照那种狭隘的君臣之义，他的“暗伤亡国”，他的“国亡不仕”，还是一种“守节”的表现。

从文学的角度来看，这首词是一首很成功的作品。它的意义至少有三点：

一是扩大了词的题材领域，比李后主的同类作品早了10年。

二是把这种亡国之后的荒凉景象写得很真切，也很典型，让人形象地感觉到亡国之后是个什么样子。“藕花相向野塘中”，这一句与牛峤的《江城子》“越王宫殿、蘋叶藕花中”同一境界。

三是透过历史的风云变幻，写出了人世的沧桑之感。因为即便是一个蕞尔小国的灭亡，也涉及许多人的命运浮沉。

五、牛希济词

牛希济（872？—？），狄道（今甘肃临洮）人，词人牛峤之侄。遭世乱，流寓于蜀，依叔父峤；前蜀时，任起居郎、翰林学士、御史中丞；前蜀亡，随后主入洛，任后唐雍州节度副使。其后事迹不详。《全唐五代词》收其词 12 首。

生查子

春山烟欲收①，天淡星稀小。残月脸边明，别泪临清晓②。

语已多，情未了。回首犹重道。记得绿罗裙，处处怜③芳草。

【注释】

①烟欲收：夜雾渐渐收敛，天快亮了。下面的“天淡星稀”、“残月”、“清晓”，都是写这个时辰。②怜：爱怜。

【导读】

这首词写一对恋人的离别，把清晨的景色、双方话别的情态都写得很真切。不过最精彩的，还是“记得绿罗裙，处处怜芳草”这两句，因为记得女子当时穿的是绿色罗裙，所以，无论走到哪里都对那绿色的小草充满了怜爱。从美学上讲，这是一种移情作用。南朝江总有一首《赋庭草》：“雨过草芊芊，连云锁南陌。门前君试看，是妾罗裙色。”牛希济这首词，可能受到江诗的启发，但联想更自然，意味更深长，可谓青胜于蓝。

〔关于“花间词”的评价〕

西蜀（包括前蜀和后蜀），由于避处四川盆地，地理环境封闭，较少受到战争的影响，政治上相对安定，土地肥沃，气候宜人，因此经济发达，号称“天府之国”。加之从王建到王衍，从孟知祥到孟昶，西蜀各君主都爱好文学与音乐，都爱好词。于是，在他们的周围，就汇集了一批有才华的词人，造成了“西蜀词”的繁荣。

后蜀的赵崇祚编《花间集》时，之所以要把已经去世75年的温庭筠的词收进来，还要把他的名字排在第一位，除了温词本身的成就，还有一个很重要的原因，就是他们这一代人的词体观，需要在前代词人的作品里

得到印证或确认。赵崇祚的朋友欧阳炯在《花间集序》里，把他们这一代人对词的体性和功能的认识讲得很明白，这就是："镂玉雕琼，拟化工而迥巧；裁花剪叶，夺春艳以争鲜……则有绮筵公子，绣幌佳人，递叶叶之花笺，文抽丽锦；举纤纤之玉指，拍按香檀。不无清绝之词，用助娇柔之态。"听歌的是"绮筵公子"，唱歌的是"绣幌佳人"，只有"镂玉雕琼"、"裁花剪叶"一般的文字，才能与歌女的"娇柔之态"相适应。那么，在唐代词人中，哪一位的词才最符合这个标准呢？当然是温庭筠了。温庭筠作为"文人词鼻祖"的地位，就是这样被确立的。

《花间集》是最早的也是规模最大的唐五代文人词的一个总集，它的影响是极为深远的。两宋的词人对《花间集》的态度，就像唐代的诗人对《文选》的态度，那是很虔诚的。如果有人说，某某人的词像《花间》，那意思就是说，他的词"当行"、"本色"、"得词体之正"，这是一个很高的评价。这样，词的相对狭窄的发展路子，就通过温庭筠的创作和《花间集》的标榜，正式地确立下来了。

诚然，《花间集》里还有牛峤、鹿虔扆等人写国家兴亡的深沉之作，有毛文锡写边塞风光与报国情怀的慷慨之作，还有皇甫松、韦庄、欧阳炯、李珣、孙光宪等人写江南和岭南风物的清新之作，不完全是"用助娇柔之态"的"丽锦"文字，它体现了西蜀词人在题材和风格上求新求变的一面，这是应该予以肯定的。但是，这样的词无论是从数量上讲，还是从题材、风格类型上讲，都不占西蜀词的主流，这也是毋庸讳言的。

第四讲

南唐词

五代时的燕乐歌词创作中心，除了西蜀，还有南唐。南唐词的代表人物是中主李璟、后主李煜和宰相冯延巳。

一、冯延巳词

冯延巳（903—960），一名延嗣，字正中，广陵（今江苏扬州）人。南唐烈祖李昇时，他为秘书郎，累迁驾部郎中、元帅府掌书记；中主保大元年（943），拜谏议大夫、翰林学士，迁户部侍郎；四年，自中书侍郎拜平章事；五年，以伐福州兵败，罢为太子少傅，出为昭武军节度使；九年，任冠军大将军，召为太弟太保，领潞州节度使；十年，拜左仆射，同平章事；以尽失湖湘地，罢为左仆射，后复同平章事；十五年（957），以周师尽陷江北地，罢为太子少傅；宋朝开国的那一年（宋太祖建隆元年，公元960）去世，享年58岁。

冯延巳一生三度为宰相，是南唐中主时期的一位重要人物，也是一位有争议的人物。前人评论他的词多涉及他的为人。如冯熙《阳春集序》说他“俯仰身世，所怀万端，揆之六义，比兴为多。其忧生念乱，意内言外，迹之唐五季之交，犹韩致尧之于诗”。而张惠言《词选》则斥其“专蔽固嫉，又敢为大言”。谓“《蝶恋花》数章，盖为排间异己而作”。陈廷焯《白雨斋词话》，虽极称其词忠爱缠绵，而亦鄙其人为无足取。真正为冯延巳翻案的人，要数夏承焘先生。大家如果有兴趣，可以看他的《冯正中年谱》。

张惠言、陈廷焯等人之所以深贬冯延巳的为人，主要是受了史虚白之子所作《钓矶立谈》一书的影响。而该书对冯延巳颇多朋党攻击之辞。

为什么冯延巳总是受到深贬呢？

1. 南唐文武官员各有党派。宋齐丘、陈觉、李征古、冯延巳、冯延鲁、魏岑、查文徽为一党，简称“宋党”；孙晟、常梦锡、萧俨、韩熙载、江文蔚、钟谟、李德明为一党，简称“孙党”。后周入侵南唐的时候，“宋党”主张武力抵抗，但往往事与愿违。其后宋党先败，宋齐丘、陈觉、李征古皆被诛，不如孙晟、李德明皆能死国事。南唐被北宋所灭，其遗民往往把责任都推在“宋党”头上。

2. “孙党”的韩熙载、徐铉都很长寿，文采倾动一时，士人仰慕，于是多讨好“孙党”而贬低“宋党”。

3. 史虚白与韩熙载是好朋友，是“孙党”的人物，生前受到“宋党”的压制。故其子作《钓矶立谈》，对冯延巳多攻击之辞。

值得注意的是，即便是《钓矶立谈》一书，对于冯延巳的才学，亦颇多欣赏之辞：“冯延巳之为人，亦有可喜处。其学问渊博，文章颖发，辩说纵横，如倾悬暴雨，听之不觉膝席之屡前，使人忘寝与食”。冯延巳有词集名《阳春集》。《全唐五代词》收其词 112 首。

鹊踏枝

谁道闲情抛掷[①]久？每到春来，惆怅还依旧。日日花前常病酒[②]。不辞镜里朱颜瘦[③]。

河畔青芜[④]堤上柳。为问新愁，何事年年有？独立小桥风满袖。平林新月[⑤]人归后。

【注释】

①闲情：也就是后面所说的“惆怅”、“新愁”。抛掷：解脱、消除。②病酒：饮酒过量，身体不适。③不辞：不惜。朱颜瘦：容颜憔悴。④青芜：丛生的青草。⑤平林：平原上的树林。新月：阴历每月头三四天的月亮。

【导读】

这首词写了一份非常执著的感情，这份感情像条件反射似的，每到春天，便来困扰着他。他力图解脱，整天借酒浇愁，甚至都病酒了，容颜憔悴了，但怎么也解脱不了。这究竟是什么样的感情？有人把词中的“闲情”二字解释为爱情，恐怕没有这么简单，似乎有所寄托。冯延巳长期遭受政治对手们的攻击，又多次遭到降职处分，而南唐的国势，在他主政期间，可以说是风雨飘摇。他希望有所振作，但总是不能如愿。他的内心深处恐怕有许多“忧生念乱”的成分。作为一名高官，不至于为了一份男女之情，把自己搞得那样憔悴不堪。冯煦《阳春词序》云：“周师南侵，国势岌岌，中主既昧本图，汶暗不自强，强邻又鹰瞵而鹗睨之，而务高拱，溺浮采，芒乎芴乎，不知其将及也。翁负其才略，不能有所匡救。危苦烦乱之中，郁不自达者，一于词发之。其忧生念乱，意内而言外，迹之唐五季之交，韩致尧之于诗，翁之于词，其义一也。”这段话可以供我们参考。

鹊踏枝

几日行云何处去[1]？忘却归来，不道春将暮[2]。百草千花寒食路[3]，香车系在谁家树[4]？

泪眼倚楼频独语，双燕来时，陌上相逢否？撩乱春愁如柳絮，悠悠梦里无寻处。

【注释】

①行云：流动的云，通常比喻游子，这里比喻在外游荡、寻欢作乐的男子。②不道：不顾，不管。③寒食：节令名，在清明节前一两天。相传这个节日起于战国时代。晋文公为悼念抱木而焚的介子推，下令全国禁火三天，只能吃寒冷的食品，故名寒食。寒食、清明之际，百草千花，使人目迷五色。④香车：这里指男子所乘之车。“香车系在谁家树”，是说她所思念的那个男人，不知在哪里寻花问柳。

【导读】

这首词的主人公是个失意、无助的女子。她虽然被那个寻花问柳的男人疏远、遗忘，甚至是遗弃，但她还是那么痴迷，白天含着眼泪问归来的双燕，问不出结果，晚上还要带着“撩乱春愁”，去悠悠无边的梦境里去寻找男人的身影。

中国古代诗词素有比兴、寄托的传统。这个失意、无助而又痴心不改的女子，与古代那些虽被疏远、贬斥仍然对皇帝怀有愚忠和期待的文士是很有几分类似的。冯延巳曾经有过的遭遇很容易让人产生这种联想，只是不便指实而已。

鹊踏枝

庭院深深深几许？杨柳堆烟，帘幕无重数。玉勒雕鞍游冶处[①]，楼高不见章台路[②]。

雨横风狂三月暮，门掩黄昏，无计留春住。泪眼问花花不语，乱红飞过秋千去[③]。

【注释】

①玉勒雕鞍：代指华贵的车马。勒：马笼头。游冶处：歌楼妓馆。②章台：原是汉代长安的一条繁华街道的名称，后来代指游冶之地。③乱红：纷乱的落花。

【导读】

这首词和上一首词不但人物的遭遇和命运相同，连情感特点、思维方式都是相同的。都是写一个失意、无助的女子，都是那种被寻花问柳的男人疏远、遗忘甚至遗弃的命运，都是那样的痴迷，都因为无助而询问“非我族类”的生物，或者燕，或者花。

这一首和上一首不同的地方在于：

第一，发端三句，使得主人公的身份更明确。她是住在深宅大院里的一个富贵人家的女子，是一个良家女子，不是风尘女子，这就凸显了她的“遇人不淑”的命运。

第二，过片三句，既写出了她的现实处境，更写出了她对青春易逝、年华老去的担忧，也就是说，写出了她的生命意识。

第三，结尾两句，泪眼问花比泪眼问燕意蕴更丰厚。毛先舒云：“因花而有泪，此一层意也。因泪而问花，此一层意也。花竟不语，此一层意

也。不但不语，且又乱落，飞过秋千，此一层意也。人愈伤心，花愈恼人，语愈浅，而意愈入。”（《古今词论》引）

谒金门

风乍起，吹皱一池春水。闲引鸳鸯香径里[1]，手挼红杏蕊[2]。

斗鸭阑干独倚[3]，碧玉搔头斜坠[4]。终日望君君不至，举头闻鹊喜[5]。

【注释】

①闲引：闲得无聊地逗引。②挼（ruó）：搓揉。③斗鸭阑干：圈养斗鸭的栅栏。古代贵族有斗鸭之爱好，如同斗鸡、斗蛐蛐一样。④碧玉搔头：碧玉簪。⑤举头望鹊喜：参见敦煌曲子词《菩萨蛮》（叵耐灵鹊多谩语）注①。

【导读】

在冯延巳的全部词作中，这首词不能算是优秀之作，但是由于中主李璟的一次调侃而颇为人知。据马令《南唐书》卷 21 载，中主李璟尝戏延巳曰：“‘吹皱一池春水’，干卿何事？”延巳曰：“未如陛下‘小楼吹彻玉笙寒’。”其实，这首词如果说有些创意，也就在开头这两句，它是一语双关，风乍起，既吹皱了一池春水，也卷起了这个贵妇人心中的涟漪。她由此想起了自己的丈夫。至于后面的逗引鸳鸯、搓揉红杏、倚靠斗鸭栏杆等等，也都不过是些百无聊赖的行为。“举头闻鹊喜”，预示会有一个团圆的结局，比较肤浅，缺乏韵味。

二、李璟词

李璟（916—961），字伯玉，本名景通，改名瑶，后名璟，徐州（今属江苏）人，南唐烈祖李昇之长子。璟10岁，官驾部郎中；15岁，为兵部尚书参知政事；16岁，为司徒同平章事；20岁，为太尉副元帅；21岁，封吴王；27岁嗣皇帝位；42岁那年，兵败于后周，去皇帝号，称国主，奉后周正朔；46岁，即北宋建立的第二年（961），卒于南都（今江西南昌）；在位19年，庙号元宗，又称中主。

龙衮《江南野史》载：李璟“音容闲雅，眉目若画。尚清洁，好学而能诗。天性儒懦，素昧威武”。《全唐五代词》收其词4首。

浣溪沙

手卷真珠上玉钩[①]，依前春恨锁重楼。风里落花谁是主？思悠悠。

青鸟不传云外信[②]，丁香空结雨中愁[③]。回首绿波三楚暮[④]，接天流。

【注释】

①真珠：即珍珠，这里指珍珠帘。②青鸟：神话传说中的鸟，代指爱情信使。《汉武故事》：西王母约会汉武帝，命青鸟先期飞降承华殿，通报信息。③结：含苞不吐，比喻心情郁结。李商隐《代赠二首》：“芭蕉不展丁香结，同向春风各自愁。”④三楚：南楚、东楚、西楚。

【导读】

这首词写离愁别恨，背景是春天。“风里落花谁是主”、“丁香空结雨中愁”两句，借落花的飘零无依、丁香的郁结不展，写人物的命运，令人动容。

浣溪沙

菡萏香销翠叶残[①]，西风愁起绿波间。还与韶光共憔悴[②]，不堪看。

细雨梦回鸡塞远[③]，小楼吹彻玉笙寒[④]。多少泪珠何限恨，倚阑干。

【注释】

①菡萏（hán dàn）：荷花的别称。②韶光：美好时光，青春年华。③梦回：梦醒。鸡塞：鸡鹿塞，在今内蒙古自治区杭锦后旗西北部。④吹彻：吹到最后一曲，即把一套曲子吹完。彻：大曲中的最后一遍。

【导读】

这首词也写离愁别恨，但背景是秋天。王安石曾把这首词误记为李后主的词。据胡仔《苕溪渔隐丛话》前集卷59引《雪浪斋日记》云：“荆公（王安石）问山谷（黄庭坚）：‘作小词，曾看李后主词否?’云：‘曾看。’荆公云：‘何处最好?’山谷以‘一江春水向东流’为对。荆公云：‘未若“细雨梦回鸡塞远，小楼吹彻玉笙寒”最好。’”前引马令《南唐书》卷21载，冯延巳也认为这一联最好。近人王国维则持不同看法。其《人间词话》云：“南唐中主词：

‘菡萏香销翠叶残，西风愁起绿波间。’大有‘众芳芜秽，美人迟暮’之感。乃古今独赏其‘细雨梦回鸡塞远，小楼吹彻玉笙寒。’故知解人正不易得。”

“众芳芜秽，美人迟暮”语出屈原《离骚》：“哀众芳之芜秽兮，恐美人之迟暮。”王国维说“菡萏香销翠叶残，西风愁起绿波间”这两句，大有“众芳芜秽，美人迟暮”之感，是说他从这两句词里，看到了美好生命的凋谢，感觉到事业未成的恐慌。而“细雨”二句，写少妇梦醒之后的怅惘，虽然很真实，很细腻，但毕竟只停留在“思妇怀人”这个层面，还没有进入到“生命意识”这个层面。王国维的看法是很值得注意的。

三、李煜词

李煜（937—978），字重光，初名从嘉，号钟隐，徐州（今属江苏）人，李璟第六子。煜初封安定郡公，进郑王，徙吴王。宋建隆二年（961）初，立为太子，留金陵监国。同年，中主李璟卒，李煜在金陵嗣皇帝位，时年24岁，在位15年。太祖开宝八年（975），宋灭南唐，李煜和他的一班文武大臣被俘至汴京（今河南开封），称臣于宋，时年39岁。太平兴国三年（978），被宋太宗赵光义用药毒死，时年42岁，史称南唐后主。

李煜是一个具有真性情的人，正是这种真性情，最终要了他的命。宋代王铚《默记》载：

徐铉归朝，为左散骑常侍，迁给事中。太宗一日问：“曾见李煜否?”铉对以“臣安敢私见之?”上曰:“卿第往,但言朕令卿往相见可矣。”铉遂径往其居,望门下马,但一老卒守门。徐言:“原见太尉。”卒言:“有旨不得与人接,岂可见也?”铉云:“我乃奉旨来见。”老卒往报。徐入,立庭下久之。老卒遂入取旧椅子相对。铉遥望见,谓卒曰:“但正衙一椅足矣。”顷间,李主纱帽道服而出。铉方拜,而李主遽下阶引其手以上。铉告辞宾主之礼,主曰:“今日岂有此礼?”徐引椅少偏乃敢坐。后主相持大哭,乃坐,默不言,忽长吁叹曰:“悔当时杀了潘佑、李平。”铉既去,乃有旨再对,询后主何言?铉不敢隐。遂有秦王赐牵机药之事。牵机药者,服之前却数十回,头足相就如牵机状也。又后主在赐第,因七夕命故妓作乐,声闻于外。太宗闻之大怒。又传“小楼昨夜又东风”及“一江春水向东流”之句,并坐之,遂被祸云。

所谓“悔当时杀了潘佑、李平”,详见陆游《南唐书·潘佑传》:开宝六年,佑愤切上疏,极论时政,尝言:“今陛下取则奸回,败乱国家,不及桀纣孙皓远矣。臣终不能与奸臣杂处,事亡国之主”。后主遂发怒,以佑素与李平善,意佑狂直多平激之,乃先收平属吏,并使收佑。佑闻命自刭,年三十六。

徐铉这个人虽然是南唐旧臣,但是毕竟已经投降了宋朝,做了宋朝的官。他对李煜的感情是复杂的。一方面,他同情李煜的遭遇;另一方面,他也不敢为了李煜而得罪宋太宗。平时的日子,他根本就不敢来见李煜,这一天怎么就来了呢?就李煜这方面来讲,皇帝早就下令,不允许他见任何人，这一天怎么就允许他见徐铉呢？对于这两个问题，我们当然无法知道李煜当时是怎么想的。但是根据史书记载，李煜见到徐铉之后，根本就没问他是怎么来的？似乎对他来的动机一点都不怀疑。见到他就大放悲声，把自己的悔恨也对他说了。这就是真性情的表现。如果李煜不是那样真性情，而是对徐铉有所防范，有所保留，那么自己的悲伤和后悔，宋太宗怎么会知道呢？

由此可见他的真性情到了何种地步。

有人把刘禅和李煜作比较：

> 人笑禅騃，不知禅黠。“小楼昨夜又东风”，歌声未毕，牵机随至。
>
> ——《五代诗话》引《蓉槎蠡说》

说刘禅能够忽悠司马昭，而李煜却不懂得忽悠宋太宗。还有人说刘禅忽悠司马昭，是得自于家传。当年他父亲刘备，不是也把曹操忽悠了吗？

刘家父子两人会忽悠人，这都是事实。但是，这不足以证明李煜愚蠢。李煜的问题不在愚蠢，而在真性情。

可能有人会说，搞政治而不懂得忽悠人，不是愚蠢是什么？其实，李煜根本不适合搞政治。李煜搞政治，做皇帝，完全是一个历史的误会。

李煜有十兄弟，他是老六，前面还有五个哥哥。按照“立长不立幼”的惯例，他是不可能被立为太子做皇帝的。对于这一点，他自己是很清楚的，所以不做“非分之想”。但是，由于生成一副帝王之相，反倒受到自己的亲哥哥、太子弘冀的猜忌，［清］吴任臣《十国春秋·南唐·后主本纪》：

> 广额，丰颊，骈齿，一目重瞳子。文献太子恶其有奇表，从嘉避祸，惟覃思经籍。

文献太子就是他的长兄弘冀。从嘉，就是李煜最初的名字。覃思经籍，就是深入思考古代的典籍。

为了避免太子的猜忌和迫害，李煜只有远离政治，专心读书，把自己的全部心思都寄托在音乐、绘画、书法、诗词和佛经上面。

为了向太子，也向所有的人表明自己的人生态度，他先后为自己取了几个雅号：钟峰白莲居士，钟峰隐居，钟峰隐者。

“钟峰”，就是南京的钟山；“居士”，就是在家里修行的人；“白莲居士”，就是像白莲一样出污泥而不染的居士。常言道：“大隐隐于朝，中隐隐于市，小隐隐于野。”李煜隐于钟山下的皇宫，可以说是一个大隐士。他的这些雅号，再清楚不过地表明了他的一种处世态度。这就是：远离政治，与世无争。

人的性格，在很大程度上就是环境造成的。李煜的危险处境，使得他选择一种远离政治、与世无争的生活方式和处世态度，久而久之，就养成了一种单纯的性格，即一种真性情。

常言道：“天道不测，造化弄人。”李煜的一生就应验了这句话。出乎他的意料，也出乎当时所有人的意料，就在他 23 岁的时候，命运发生了戏剧性的变化。

这一年的九月，太子弘冀因病去世。而在太子去世之前，李煜的其他四个哥哥早已先后去世。那么，按照惯例就只能是由他来接班了。

25 岁的那一年，李煜被正式立为太子。做太子不到五个月，他父亲（中主李璟）去世，李煜继位做了皇帝，也就是南唐后主。

由于命运的安排，虽然李煜无意间做了南唐国主，但是，就他的个人条件以及当时的形势来看，他是否合适做这个国主呢？事实证明，他做这个国主显然是不合适的。

李煜做皇帝固然不合适，但是做词人就太合适了。王国维《人间词话》讲：

> 词人者，不失其赤子之心者也。故生于深宫之中，长于妇人之手，是后主为人君所短处，亦即为词人所长处。

李煜的词，就是这种真性情、这种赤子之心的真实流露。无论是前期写宴乐、写艳情、写闲愁，还是后期的怀故国、伤往事，他都是这样真率坦白，实话实说，区别只在前期作品不似后期那样悲伤而已。

刘斧《翰府名谈》云：

> 李主姿貌绝美，艺祖曰：公非贵貌也，乃一翰林学士耳。

李煜聪颖过人，多才多艺，工书，善画，精音律，尤长于词。《全唐五代词》收其词 40 首。

清平乐

别来春半，触目愁肠断。砌下落梅如雪乱，拂了一身还满。

雁来音信无凭，路遥归梦难成。离恨恰如春草，渐行渐远还生。

【导读】

由于性情真率，李煜写起词来也就特别自然，不雕饰，不堆砌，多白描，少用典。这首《清平乐》就是一个很好的例子。这是他前期的作品，写男女之间的离情别绪，不是那种亡国之恨。全词没有一个雕饰的字眼，没有一个典故，多是性灵语，如同天籁。

以“离恨恰如春草，渐行渐远还生”这两句为例。以春草喻离愁，前人早已有之。如淮南小山《招隐士》：“王孙游兮不归，春草生兮萋萋。”江淹《别赋》：“春草绿色，春水碧波，送君南浦，伤如之何?”白居易《赋得古原草送别》：“离离原上草，一岁一枯荣。野火烧不尽，春风吹又生。”等等，都是流传千古的名句。但是，李煜写春草和前人不一样。

前人写春草，视点是固定的，所有的春草在同一时空内尽入眼底；李煜写春草，视点是移动的，一路看过去，越看越多，似乎没有尽头，用这延绵不绝的春草来比喻延绵不绝的离愁，可以说是非常新颖。但是看起来又很自然，没有任何雕琢的痕迹。

捣练子令

深院静，小庭空。断续寒砧[1]断续风。

无奈夜长人不寐，数声和月到帘栊[2]。

【注释】

①砧（zhēn）：捣衣服时垫在底下的石头，即捣衣石。②帘栊（lóng）：带帘子的窗户。栊：窗户。

【导读】

理解这首词，关键在于“寒砧”这个意象。“砧”是捣衣石，捣衣是思妇所为。在古代，每到秋季，思妇们要为在外边的征夫、游子添置御寒之衣，所以“砧”字前边冠一“寒”字。捣衣这个行为本身包含着对征夫或游子的思念、牵挂和企盼，而“无奈夜长人不寐，数声和月到帘栊”这两句，正是写思妇听到捣衣之声时的所闻和所感。因此，这是一首写男女之思的词，当是李煜前期的作品。

浪淘沙

往事只堪哀，对景难排。秋风庭院藓侵阶。一行珠帘闲不卷，终日谁来。

金锁[1]已沉埋，壮气[2]蒿莱。晚凉天静月华开。想得玉楼瑶殿影，空

【注释】

①金锁：铁锁链。三国后期，东吴人用铁锁链横断长江，以抵抗北方司马氏的水军，结果仍然无济于事。刘禹锡《西塞山怀古》：“王浚楼船下益州，金陵王气黯然收。千寻铁锁沉江底，一片降幡出石头”。②壮气：王者之气。蒿莱：野

照秦淮[③]。

草。这一句写王气告终。③秦淮：秦淮河，横贯南唐的首都金陵。

【导读】

这是李煜后期的作品，是他被囚禁在汴京的时候写的。作品所表达的，不再是那种男女之间的离愁别恨，而是一种痛彻心扉的亡国之恨。全词感慨苍凉，画面开阔，这是前期作品所没有的。但是性情仍然真率，语言仍然自然，早期所形成的基本特点并没有改变。

虞美人

春花秋月何时了[①]，往事知多少？小楼昨夜又东风，故国不堪回首[②]月明中。

雕阑玉砌[③]应犹在，只是朱颜改[④]。问君能有几多愁？恰似一江春水向东流。

【注释】

①了：了结。②回首：回忆，回顾，不是真正回头去看，阻隔了千山万水，想看也看不到。③雕阑玉砌：指南唐的宫殿。雕阑：雕花的栏杆；玉砌：玉石的台阶。应犹：推测之辞。有的版本作“依然”，似不妥。词人根本就看不到故国的雕阑玉砌，怎么能用“依然”二字？这里据《唐宋诸贤绝妙词选》改正。④朱颜改：词人自谓容颜憔悴。有人把“朱颜改”解释为“雕阑玉砌”经过风蚀雨侵，褪色了，不妥。词人远隔千山万水，怎么知道“雕阑玉砌”褪色了？正因为是讲自己容颜憔悴，才能接上后边的“问君能有几多愁”这一句。

【导读】

如上所述，这首词成为导致李煜惨死的一个原因。

从艺术上讲，这首词最为人所称道者，在结拍二句："问君能有几多愁？恰似一江春水向东流。"这是"以水喻愁"的一个典范。在李煜之前，也曾有人"以水喻愁"，如李白《横江词》："一水牵愁万里长。"

但李白用的是平叙句，只写了水的绵长，没有写出它的动态，所以他的愁，就缺乏一种震慑人心的感染力；李煜不一样，他用的是设问句，这一问一答，本身就有一种跌宕起伏之感，加之他所描写的水是一种动态，这就让人感觉到一种滔滔江水的气势，他的愁便有了一种震慑人心的感染力。

李煜之后，以水喻愁的人就多了。如：

欧阳修《踏莎行》："离愁渐远渐无穷，迢迢不断如春水。"

秦观《江城子》："便做春江都是泪，流不尽许多愁。"

贺铸《木兰花》"漫将江水比闲愁，水尽江头愁不尽。"

李涉《再宿武关》："关门不锁寒溪水，一夜潺湲送客愁。"

这些都是以水的绵长喻愁的无穷，但是都缺乏动态感，缺乏气势，因此也就缺乏震慑人心的感染力。其实语言问题，从来就不只是一个形式问题，它是和感情的内涵、质量、意义密切相关的。欧阳修、秦观、贺铸、李涉诸人所写的都不过是个人一己之愁，而李煜写的则是家国之愁。这种愁，内涵更丰富，质量更厚重，意义更深刻，因而也就更能震慑人心。

破阵子

四十年来家国[①]，三千里地山河[②]。凤阁龙楼[③]连霄汉，琼枝玉树作烟萝[④]。几曾识干戈？

一旦归为臣虏，沈腰潘鬓消磨[⑤]。最是仓皇辞庙[⑥]日，教坊[⑦]犹奏别离歌。垂泪对宫娥[⑧]。

【注释】

①四十年来家国：南唐的历史，从公元937年立国，到975年灭亡，实际39年。②三千里地山河：南唐的版图，全盛时拥有今江苏、安徽省的大部分、江西省的全部和湖北、福建省的小部分。马令《南唐书》云：南唐“共三十五州之地，号为大国”。③凤阁龙楼：帝王所居的楼阁。④烟萝：草树茂密，烟聚萝绕。⑤沈腰：据《南史·沈约传》：约“与徐勉素善，遂以书陈情于勉，言已老病，百日数旬，革带常应移孔，以手握臂，率计月小半分。欲谢事求归老之秩”。后来人们把“沈腰”作为腰肢瘦减的代名词。潘鬓：典出潘岳《秋兴赋》：“斑鬓发以承弁兮。”后来人们把“潘鬓”作为鬓发斑白的代名词。⑥辞庙：辞别祖先，亦即辞别故国。庙：帝王的祖庙，也是国家的象征。⑦教坊：朝廷设置的掌管音乐的机构。⑧宫娥：宫女。

【导读】

这里虽然用了沈腰、潘鬓这两个典故，然而在古代诗词中，这两个典故是熟典，并不生僻。这首词的结拍三句，追忆了当时仓皇辞别故国时的情景。据袁文《瓮牖闲评》卷五载：

苏东坡记李后主去国词云：最是仓皇离庙日，教坊犹奏别离歌，挥泪对宫娥。以为后主失国，当恸哭于庙门之外，谢其民而后行；乃对宫娥听乐，形于词句！余谓此决非后主词也，特后人附会为之耳。观曹彬下江南时，后主预令宫中积薪，誓言若社稷失守，当携血肉以赴火。其厉志如此，后虽不免归朝，然当是时更有何教坊，何暇对宫娥也！

又毛先舒《南唐拾遗记》云：

案此词或是追赋。倘煜是时犹作词，则全无心肝矣。至若挥泪听歌，特词人偶然语。且据煜词，则挥泪本为哭庙，而离歌乃伶人见煜辞庙而自奏耳。

按：苏轼、袁文的理解均有误，毛先舒所言也未必是。

据王铚《默记》记载：李煜到开封之后，曾经给金陵的旧宫人写信，信中说："此中日夕，只以眼泪洗面。"宫人，就是这首词所写的"宫娥"。据夏承焘先生考证，李煜的宫娥有名字传下来的就有黄保仪、流珠、乔氏、庆奴、薛九、宜爱、意可、窅娘、秋水、小花蕊等多人（见《唐宋词人年谱·南唐二主年谱》）。李煜做了阶下囚，还给旧日的宫娥写信，说自己"此中日夕，只以眼泪洗面"。那么当年"垂泪对宫娥"也不是不可能的。

浪淘沙

帘外雨潺潺，春意阑珊①。罗衾②不耐五更寒。梦里不知身是客，一晌③贪欢。

独自莫凭栏，无限江山。别时容易见时难。流水落花春去也，天上人间。

【注释】

①阑珊：衰残。②罗衾：用丝绸做的被子。③一晌：片刻。

〔关于南唐词的评价〕

南唐词的成就，从总体上看，是超过了以《花间集》为代表的西蜀词的。王国维讲："词至李后主而眼界始大，感慨遂深，遂变伶工之词为士大夫之词。"又说："冯正中词虽不失五代风格，而堂庑特大，开北宋一代风气。与中、后二主词皆在《花间》范围之外，宜《花间集》中不登其只字也"（《人间词话》）。

南唐词虽不乏"娱宾而遣兴"之作，但是，它那强烈的忧生念乱之感与亡国破家之痛，却是西蜀词里非常少见的。有人不同意王国维的意见，说："《花间集》多西蜀词人，不采二主及正中词，当由道里隔绝，又年岁不相及有以致然，非因流派不同，遂尔遗置也。王说非是。"（龙榆生《唐宋名家词选》）其实《花间集》结集的时候，虽然后主李煜只有 4 岁，但冯延巳已有 38 岁，中主李璟已有 25 岁，都已染濡词笔，为什么就不能收他们两位的词呢？说到“道里隔绝”一层，其实西蜀和南唐一在长江头、一在长江尾，再怎么“隔绝”也不像西蜀和后晋那样一在南方、一在北方，为什么《花间集》偏偏收了后晋和凝的词，而不收南唐李璟和冯延巳的词呢？王国维的说法未必“非是”，而龙榆生的说法则未必“是”。

李煜是一个非常有才华的亡国之君。在中华民族五千年的历史上，先后出现过83个亡国之君。在所有的亡国之君之中，李煜的才华是首屈一指的。

李煜在绘画、书法、音乐、文学、佛学方面都有很高的造诣，尤其是在词的创作方面，达到了一个无人可及的高度。近代词学名家况周颐《历代词人考略》云：

> 后主词无上上乘，一字一珠，勿庸选择。

“上乘”是一个佛教用语，在这里是指文学艺术的最高境界，也就是通常所说的“上品”。

现代词学名家唐圭璋先生《李后主评传》云：

在词一方面，第一就要推到李后主了。

李后主的词，最突出的特点就是真实，自然，体现了词人的真性情，不假雕饰，如同天籁。可以说，李后主是“词中的后主”，“词中的皇帝”。

第五讲

北宋前期词（上）

一、潘阆词

潘阆（？—1009），字逍遥，号逍遥子，广陵（今江苏扬州）人。他是有点传奇色彩的人，曾卖药于京师，太宗至道元年（995），因宦者王继恩荐，召对于崇政殿，赐进士及第，授四门国子助教；未几，坐卢多逊党，被追还诏书。潘阆变姓名，改着僧服，藏匿于中条山寺院。真宗咸平（998—1003）间返京师，府尹收系之，真宗释其罪，以为滁州参军，后卒于泗州。

潘阆的诗颇为时人所重，苏轼认为不在石延年、苏舜卿之下。著有《逍遥集》。唐圭璋编纂、王仲闻参订、孔凡礼补辑之《全宋词》（中华书局1999年版）收其词11首。

酒泉子

长忆观潮[①]，满廓[②]人争江上望。来疑沧海尽成空，万面鼓声中。

弄潮儿[③]向涛头立，手把红旗旗不湿。别来几向梦中看，梦觉尚心寒[④]。

【注释】

①观潮：观赏钱塘江口之大潮。在钱塘江口，每逢海潮袭来之时，潮头壁立，高达丈余，波涛腾涌，极为壮观，尤以每年阴历八月十八日为最盛。②满廓：满城。吴自牧《梦粱录》"观潮"条记载，每到观潮之日，临安（今杭州）市民"倾城而出，车马纷纷"。③弄潮儿：在波涛中游泳嬉戏的健儿。周密《武林旧事》"观潮"条载："吴儿善泅者数百，皆披发文身，手持十幅大彩旗，争先鼓勇，泝迎而上，出没于鲸波万仞中，腾身百变，而旗略不沾湿，以此夸能。"④心寒：心惊胆战。

【导读】

此词区区49字，竟把钱塘观潮的盛况、潮来时的壮观景象、弄潮儿的卓越表现以及词人自己的感受写得有声有色，惊心动魄。潘阆一连写了十首《酒泉子》，分咏杭州的风物之美与游赏之乐，宋人黄静以为“放怀湖山，随意吟咏，词翰飘洒，非俗子所可企望”。（《潘阆〈酒泉子〉跋》）

酒泉子

长忆西湖，尽日凭栏楼上望。三三两两钓鱼舟。岛屿正清秋。

笛声依约[①]芦花里。白鸟成行忽惊起。别来闲整钓鱼竿。思入水云寒。

【注释】

①依约：依稀，仿佛。

【导读】

这首词写西湖的秋景，动静相宜，俨然一幅有声画。宋释文莹《湘山野录》卷下载：“阆有清才，尝作《忆余杭》一阕（词如上略），钱希白爱之，自写于玉堂后壁。”又杨湜《古今词话》载：“石曼卿见此词，使画工彩绘之，作小景图。”由此可见宋人对它的喜爱。

二、范仲淹词

范仲淹（989—1052），字希文，吴县（今江苏苏州）人，幼而孤。母贫无所依，再嫁长山朱氏，从其姓，名说。既长，发愤读书，于真宗大中祥符八年（1015）进士及第，为广德军司理参军，改亳州节度推官，始归迎其母，还姓更名；历任枢密副使、参知政事、河东陕西宣抚使等；卒赠兵部尚书，谥文正。著有《范文正公文集》。《全宋词》录其词5首。

渔家傲

塞下[①]秋来风景异，衡阳雁去[②]无留意。四面边声连角起[③]，千嶂里，长烟落日孤城闭。

浊酒[④]一杯家万里，燕然未勒[⑤]归无计。羌管悠悠霜满地，人不寐，将军白发征夫泪。

【注释】

①塞（sài）下：这里指西北边塞地区。塞：边塞。②衡阳雁去：即雁去衡阳。衡阳有回雁峰，为南岳七十二峰之一，相传南飞的大雁至此而回。王勃《滕王阁序》："雁阵惊寒，声断衡阳之浦。"③边声：边塞地区的各种声音。角：号角。李陵《答苏武书》："胡笳互动，牧马悲鸣，吟啸成群，边声四起，晨坐听之，不觉泪下。"④浊酒：颜色浑浊的米酒，廉价的酒。⑤燕（yān）然未勒：还没有建立功名。燕然：山名，即今外蒙古的杭爱山。据《后汉书·窦宪传》：窦宪、耿秉出击匈奴，大获全胜，遂登燕然山，刻石纪功而还。勒：刻。⑥羌管：笛子。羌，古代西北少数民族名。相传羌人最早制作笛子，故名笛为羌笛，或羌管。

【导读】

这首词上片的关键词在于“风景异”三字，下片的关键词在于“归无计”三字。雁去衡阳、边声四起、千嶂壁立、长烟漫卷、夕阳西下、孤城锁闭，皆所谓“风景异”者；乡关万里、燕然未勒、浊酒浇愁、羌管惊心、将军白发、征夫撇泪，皆所谓“归无计”者。写“风景异”，壮而含悲；写“归无计”，悲而不失其壮。准确地讲，这首词的风格不是豪放，而是悲壮。

仁宗宝元（1038—1039）初至庆历三年（1043），范仲淹曾任陕西经略安抚副使、环庆路经略安抚使和陕西经略安抚招讨使，带兵驻守西北边塞。他对这一带的地理环境以及戍边将士的思想感情，有着深切的了解和体认。宋人魏泰《东轩笔录》卷十一载：“范文正公守边日，作《渔家傲》乐歌数阕，皆以‘塞下秋来’为首句，颇述边镇之劳苦。欧阳公（修）尝呼为穷塞主之词。”

中国古代文人多视带兵打仗为建功立业之捷径，豪气冲天，壮志凌云，及至到了戍边之地，又每每不耐苦寒，魂系桑梓，悲不自胜。《汉书·班超传》载：超“家贫，常为官佣书以供养。久劳苦，尝辍业投笔叹曰：‘大丈夫无它志略，犹当效傅介子、张骞立功异域，以取封侯，安能久事笔砚间乎?’”后来真的让他在西域带了31年兵，封了“定远侯，食千户”，如愿以偿。可是这时候的班超又是个什么心态呢？他在写给皇帝的报告中说：“蛮夷之俗，畏壮侮老。臣超犬马齿歼，常恐年衰，奄忽僵仆，孤魂弃捐……臣不敢望到酒泉郡，但愿生入玉门关。”一副可怜兮兮的样子。这些人一生都在“功名情结”和“故土情结”之间徘徊挣扎，真正豪放的时候是不多的。范仲淹又何尝不是这样？有人把范仲淹的这首《渔家傲》称为宋代第一首豪放词，并不确切。

苏幕遮

碧云天，黄叶地，秋色连波，波上寒烟翠。山映斜阳天接水。芳草无情、更在斜阳外。

黯乡魂①，追旅思②，夜夜除非，好梦留人睡。明月楼高休独倚，酒入愁肠，化作相思泪。

【注释】

①黯（àn）乡魂：因思念家乡而黯然神伤。②追旅思（sì）：摆脱不了羁旅之中的愁思。

【导读】

这是一首羁旅行役词。上片写倚楼之所见，蓝天，黄叶，绿水，橙色的夕阳，水天相接，芳草无际，色彩既鲜明，画面亦开阔；下片写月夜之所感，除了梦里的温馨，全都是对家乡、对爱人的牵挂，全都是愁苦，全都是眼泪，感情很真挚，话语也很沉痛。

元人王实甫的《西厢记》第四本第三折有一段很有名的唱词："碧云天，黄花地，西风紧，北雁南飞。晓来谁染霜林醉，总是离人泪。"即由此词脱胎而来。

御街行

纷纷坠叶飘香砌①。夜寂静、寒声②碎。真珠帘③卷玉楼空，天淡银河垂地。年年今夜，月华如练④，长是人千里。

愁肠已断无由醉。酒未到、先成泪。残灯明灭枕头攲⑤，谙尽孤眠滋味。都来⑥此事，眉间心上，无计相回避。

【注释】

①香砌：花坛。②寒声：树叶在秋风中发出的声音。③真珠帘：珠帘。④练：白色的丝织品。⑤枕头攲（qī）：斜靠着枕头。⑥都来：算来，或统统。

【导读】

这首词写离情别绪，比上一首还要沉痛。上一首是"酒入愁肠，化作相思泪”，这一首居然“酒未到，先成泪”。上一首从行人的角度着笔，这一首从居者的角度着笔。上一首的主人公是男性，这一首是女性。

但是，这一首和上一首也有一个共同的特点，这就是画面开阔。上一首是“山映斜阳天接水，芳草无情，更在斜阳外”，这一首是“天淡银河垂地。年年今夜，月华如练，长是人千里”。虽然情感不过是男女之情，但是由于画面开阔，不给人以逼仄、狭小之感。

这首词也是很有影响的。李清照《一剪梅》的名句“此情无计可消除，才下眉头，却上心头”。即脱胎于此词结拍三句。

三、张先词

张先（990—1078），字子野，湖州乌程（今浙江湖州）人，仁宗天圣八年（1030）进士，明道间（1032—1033）尝为宿州掾，康定（1040）初为吴江令，次年签判嘉禾；皇祐二年（1050），晏殊知永兴军，辟为通判；后来又知渝州、虢州；熙宁间（1068—1077），以尚书都官郎中致仕，来往于杭州、吴兴间，与苏轼、李公择、柳瑾等相唱和。85 岁时他还娶了一妾，活了 89 岁。

张先一生致力于诗词写作，至老不辍。著有《张子野词》。《全宋词》收其词 165 首。

一丛花令

伤高怀远几时穷？无物似情浓。离愁正引千丝乱①，更东陌、飞絮②濛濛。嘶骑③渐遥，征尘不断，何处认郎踪？

双鸳池沼④水溶溶。南陌小桡⑤通。梯横画阁黄昏后，又还是、斜月帘栊⑥。沉恨细思，不如桃杏，犹解嫁东风。

【注释】

①千丝：这里指纤细的柳条。②飞絮：飘飞的柳絮。③嘶骑（jì）：嘶叫的马。④池沼：池塘。⑤小桡（ráo）：小船。桡：船桨。⑥帘栊（lóng）：有帘的窗户。栊：窗户。

【导读】

宋人晁补之在讲到张先词的时候说："张子野与柳耆卿齐名，而时人以子野不及耆卿。然子野韵高，是耆卿所乏处。"（吴曾《能改斋漫录》卷16引）平心而论，张先在词的题材的开拓、词调的创制、铺叙手法的运用、语言的多样化方面，均不及柳永。"时人以子野不及柳永"，应该说是比较客观的评价。张先长于小令而不长于慢词，即便偶尔写慢词，也还是用小令的做法，缺乏铺叙的才能与组织结构的手段。所谓"子野韵高，是耆卿所乏处"，当是指他的词，多有小令的含蓄、蕴藉，不似柳永慢词的明白、畅快。然而这首《一丛花令》却有些特别，它写一个女子对丈夫的思念，有伤感，更有怨恨，其风格可以说是在含蓄、蕴藉和明白、畅快之间，本色当行，恰到好处。尤其是结拍三句，深受人们的喜爱。宋人范公偁《过庭录》载："子野郎中《一丛花》词云：'沈恨细思，不如桃杏，犹解嫁东风'，一时盛传。永叔尤爱之，恨未识其人。子野家南池，以故至都谒永叔，阍者以通，永叔倒屣迎之曰：'此乃桃杏嫁东风郎中'！"

天仙子

时为嘉禾小倅，以病眠，不赴府会。①

水调②数声持酒听，午醉醒来愁未醒。送春春去几时回？临晚镜。伤流景③。往事后期空记省④。

沙上并禽池上暝⑤，云破月来花弄影。重重帘幕密遮灯，风不定，人初静，明日落红应满径。

【注释】

①嘉禾：即北宋时的秀州，南宋时为嘉兴府，治所在今浙江嘉兴市城区。小倅（cuì）：小官，副职。张先自庆历元年（1041）起任嘉禾（秀州）判官，为知州掌文书的佐吏。府会：府中的宴会。②水调：隋唐时流行的一种燕乐曲调，相传为隋炀帝开汴河时所制。③流景：流逝的光阴。④往事句：往日的事情已经消逝，往后的期约遥远无凭，这一切都只是徒自留在记忆里。记省（xǐng）：记忆。⑤并禽：成对的禽鸟。暝：天黑。

【导读】

这是一首伤春之作。它非常细腻地写出了一种似水流年之感和惜春之情。与《一丛花令》不一样，这一首的风格显得相当含蓄、蕴藉。"云破月来花弄影"这一句，尤为人们所称道。胡仔《苕溪渔隐丛话》前集卷37

引范正敏《遁斋闲览》云：“张子野郎中以乐章擅名一时，宋子京尚书奇其才，先往见之，遣将命者谓曰：‘尚书欲见“云破月来花弄影”郎中。’子野屏后呼曰：‘得非“红杏枝头春意闹”尚书耶?’遂出，置酒尽歌。盖二人所举，皆其警策也。”这一句的好处，在于写出了月下花影的摇曳之态。王国维《人间词话》云：“‘云破月来花弄影’，著一‘弄’字，而境界全出矣。”就是说这一个“弄”字，写出了花影的动态感。

青门引

乍暖还轻冷。风雨晚来方定。庭轩寂寞近清明，残花中酒[①]，又是去年病[②]。

楼头画角风吹醒。入夜重门静。那堪更被明月，隔墙送过秋千影。

【注释】

①中（zhòng）酒：饮酒过量，身心不适。②去年病：即中酒。

【导读】

这一首也是伤春之作。张先对“影”这个形象很敏感，在他的词里，曾经多次出现“影”字。《苕溪渔隐丛话》前集卷37引《古今词话》云：“有客谓子野曰：‘人皆谓公张三中，即心中事、眼中泪、意中人也。’公曰：‘何不目之为张三影?’客不晓，公曰：‘“云破月来花弄影”；“娇柔懒起，帘压卷花影”；“柳径无人，堕风絮无影”此余平生所得意也’。”

其实“娇柔懒起，帘压卷花影”和“柳径无人，堕风絮无影”，不仅不如“云破月来花弄影”，也不如“那堪更被明月，隔墙送过秋千影”。理由是：第一，“帘压卷花影”并不是一个美的形态，“堕风絮无影”则根本就没见到影，而明月下的“秋千影”，则具有一种动态之美；第二，“秋千影”是由“明月”“隔墙”送过来的，“隔墙”之人是个什么人？心情如何？既引起了词人的牵挂，又引起了他的孤独感，这就丰富了作品的情意内涵，不单单是“捕风捉影”而已。

菩萨蛮

牡丹含露真珠[①]颗，美人折向庭前过。含笑问檀郎[②]，花强妾貌强？

檀郎故相恼，刚道花枝好。[③]花若胜如奴，花还解语无？

【注释】

①真珠：即珍珠。②檀郎：情郎。西晋有个美男子叫潘岳，小名檀奴，时人呼为“檀郎”。后来作为对夫婿或所钟情的男子的美称。③刚道：偏道，偏要说。

【导读】

词是一种抒情色彩很浓的文学，小令尤其如此，但是这首小令却打破常规。它不仅能叙事，还能写对话，而且还把对话写得很生动，可以看出人物的性格来。这是很难得的。

木兰花

乙卯吴兴寒食[①]

龙头舴艋吴儿竞[②]，笋柱秋千游女[③]并。芳州拾翠[④]暮望归，秀野踏青来不定。

行云[⑤]去后遥山暝，已放[⑥]笙歌池苑静。中庭月色正清明，无数杨花过无影。

【注释】

①乙卯：宋神宗熙宁八年（1075），张先时年86岁。吴兴：今浙江湖州。寒食：节令名，在清明节前一两天。参见冯延巳《鹊踏枝》（几日行云何处去）注③。②龙头舴艋（zé měng）：一种蚱蜢式的小龙船。吴儿：吴地的青少年，赛龙舟的选手。竞：指赛龙舟。③笋柱秋千：用竹子做的秋千架。游女：寒食节出来踏青的少女。④拾翠：拾翠鸟的羽毛。⑤行云：比喻踏青的女子。⑥放：停止。

【导读】

这首词写寒食节。上片写赛龙舟、荡秋千、拾翠与踏青等热闹情景；下片写夜深人静之时的月光，以及月光下面飘飞着的杨花。值得注意的是，作品中再一次出现了“影”字。清人李调元

《雨村词话》卷一云："'张三影'已胜称人口矣，尚有一词云：'无数杨花过无影'，合之应名'四影'。"其实何止"四影"？联系上边所举的例子，已经有"五影"了（据统计，张先的词里一共出现过17个影字）。这些"影"，或是月影，或是秋千影，或是花影，都是一种优美的具有动态感的形象，通过这些"影"字，可以看到张先的审美理想偏于优美而非壮美。

第六讲

北宋前期词（下）

一、晏殊词

晏殊（991—1055），字同叔，抚州（今属江西）人，15岁以神童入试，赐同进士出身，为人诚实，能讲真话。他30岁为翰林学士，35岁为枢密副使，42岁为参知政事，50岁为枢密使，52岁拜同中书门下平章事（宰相），65岁卒，谥元献。

晏殊历仕真宗、仁宗两朝，长达50年。这50年，正是北宋王朝天下太平、经济文化长足发展的黄金时期。他一生虽然有过三次被贬的经历（一次罢枢密副使，一次罢参知政事，一次罢相），但为时并不长，加起来不到17年，而所贬之地，也都离王畿不远，均在今安徽、河南、陕西境内。其他时间则是一路攀升，平步青云。他做了一辈子的太平官，是个有名的“富贵闲人”。古往今来，富贵者难得清闲，清闲者难得富贵，他是二者兼而有之。这个“富贵闲人”在为官之余喜欢做些什么呢？一是写诗作文，二是编纂类书，三是饮酒、听歌、填词，几乎无日不燕饮。

著有《晏元献遗文》一卷，《珠玉词》一卷。《全宋词》收其词140首。

浣溪沙

一曲新词酒一杯，去年天气旧亭台。夕阳西下几时回？

无可奈何花落去，似曾相识燕归来。小园香径独徘徊。

【导读】

前人称晏殊的诗“辞多旷达”，“闲雅有情思”，说白了，就是言富贵而不露富贵相。他自称“余每吟咏富贵，不言金玉锦绣而惟说其气象”。他以所作“楼台侧畔杨花过，帘幕中间燕子飞”，“梨花院落溶溶月，柳絮池塘淡淡风”为例，说“穷儿家有这景致也无”？这就是“富贵闲人”的诗。

晏殊的词，也是“富贵闲人”的词，但是词中的“富贵闲人”和诗中的“富贵闲人”有所不同。好的文学，贵在忧世忧生。诗中的“富贵闲人”既不忧世，也不忧生。词中的“富贵闲人”虽不忧世，但偶尔忧生。这首《浣溪沙》就是如此。“一曲新词酒一杯”，写的就是一个“富贵闲人”的诗酒风流。但是人寿有限，自然无情，这种诗酒风流的生活又能延续多久？总不可能长生不死吧？于是，这“富贵闲人”便时常有一种似水流年之感，有一种“人生忽如寄，寿无金石固”的焦虑，这便是他的忧生意识。

他的忧生，虽然不关乎政治上的困顿，也不关乎人事上的纷扰，更不关乎日常生活中的饥寒，只关乎人的健康和寿命，但是，这种忧生意识也是具有重要意义的。这是中国文学的一个传统。在《古诗十九首》里，就有许多这样的感喟。晏殊的不同之处，在于能把这种忧生意识写得很含蓄，很委婉，很优雅，就像他写富贵而不露富贵相一样，这就容易赢得人们的同情和好感，尤其是那些怀有似水流年之感的读者。

浣溪沙

一向①年光有限身，等闲②离别易销魂。酒筵歌席莫辞贫。

满目山河空念远，落花风雨更伤春。不如怜取眼前人。

【注释】
①一向：一晌（shǎng），一会儿，片刻。②等闲：无端，没来由。

【导读】

这首词也是忧生之作。“满目”句照应“等闲”句，“落花”句照应“一向”句。说人寿本来就有限，还要加上那么多的离别，真正快乐的日子就更有限了。与其这样，还不如饮酒听歌，及时行乐。他的这个意思，在《古诗十九首》里也很普遍。例如：“人生天地间，忽如远行客。斗酒相娱乐，聊厚不为薄。”“人生忽如寄，寿无金石固……不如饮美酒，被服纨与素。”“生年不满百，常怀千岁忧。昼短苦夜长，何不秉烛游。”等等，不一而足。但是《古诗十九首》说得比较直白，晏殊则说得稍微含蓄一点。尤其是“满目山河空念远，落花风雨更伤春”这两句，能够营造一种氛围，使人在明白一个基本事实之外，还会生起一种苍茫、惆怅的美感。

及时行乐是古人应对死亡的一种态度，这种态度有它消极的一面，但是透过这种态度，我们也看到人们对于生命的眷念，因而还有它积极的一面。

踏莎行

小径红稀，芳郊绿遍。高台树色阴阴见[①]。春风不解禁[②]杨花，濛濛乱扑行人面。

翠叶藏莺，朱帘隔燕，炉香静逐游丝[③]转。一场愁梦酒醒时，斜阳却照深深院。

【注释】

①阴阴见（xiàn）：暗暗地显露出来。②禁：禁止，管束。③游丝：空中飘浮的昆虫所吐之丝。

【导读】

这首词把暮春之景写得很细致，很有特点。尤其是结拍两句，很有一些感染力。作品流露出一种淡淡的惜春之情和迟暮之感，透过这种情感，我们依然可以看到词人对于死的恐惧与生的眷念。清人张惠言、黄苏认为此词别有政治寄托，未免穿凿附会。

蝶恋花

槛菊[①]愁烟兰泣露，罗幕轻寒，燕子双飞去。明月不谙离恨苦，斜光到晓穿朱户[②]。

昨夜西风凋碧树[③]，独上高楼，望断天涯路。欲寄彩笺兼尺素[④]，山长水阔知何处？

【注释】

①槛（jiàn）菊：栏杆内的菊花。槛：栏杆。②朱户：朱红色的门。③凋碧树：树上的绿叶凋残。④彩笺、尺素：均指书信。彩笺：彩色的笺纸；尺素：一尺见方的白绡。《古诗》："客从远方来，遗我双鲤鱼。呼儿烹鲤鱼，中有尺素书。"

【导读】

这首词写的是秋景，表达的是一种怀人的情绪。其风格也稍微激越一点，不再那么含蓄典雅。近人王国维非常欣赏"昨夜西风"三句，在《人间词话》里曾经两次提到。一云："《诗·蒹葭》一篇，最得风人深致。晏同叔之'昨夜西风凋碧树，独上高楼，望尽天涯路'，意颇近之，但一洒落，一悲壮耳。"一云："古今之成大事业、大学问者，必经过三种之境界：'昨夜西风凋碧树，独上高楼，望尽天涯路。'此第一境也。'衣带渐宽终不悔，为伊消得人憔悴。'此第二境也。'众里寻他千百度，蓦然回首，那人却在，灯火阑珊处。'此第三境也。此等语皆非大词人不能道。"第一条谈风格，属于文学的批评；第二条是引申，属于文化的批评。皆有见地，值得参考。

山亭柳

赠歌者

家住西秦[①]，赌博[②]艺随身。花柳上，斗尖新[③]。偶学念奴声调[④]，有时高遏行云[⑤]。蜀锦缠头[⑥]无数，不负辛勤。

数年往来咸京道[⑦]，残杯冷炙[⑧]谩消魂。衷肠事，托何人？若有知音见采，不辞遍唱阳春[⑨]。一曲当筵落泪，重掩罗巾。

【注释】

①西秦：古秦国之地，北宋时的永兴军路，以及秦凤路和京西南路的一部分，即今陕西省一带。晏殊曾知永兴军。②赌博：本指用斗牌、掷色子等形式，拿钱财作赌注比输赢。苏轼《乞降度牒修定州禁军营房状》：“城中有开櫃坊人百余户，明出牌榜，召军民赌博。”赌博艺随身：当是指靠随身伎艺谋生，并非用钱财作赌注。③“花柳”二句：在花街柳巷卖唱，以别致新颖的新曲取悦于人。尖新：别致。④念奴：唐玄宗时代著名的女高音歌唱家。元稹《连昌宫词》：“力士传呼觅念奴，念奴潜伴诸郎宿。”作者自注：“念奴，天宝中名倡，善歌。每岁楼下酺宴，累日之后，万众喧隘。严安之、韦黄裳辈辟易而不能禁，众乐为之罢奏。明皇遣高力士大呼于楼上曰：‘欲遣念奴唱歌，邠二十五郎吹小管逐，看人能听否？’未尝不悄然奉诏，其为当时所重也如此。”⑤高遏行云：即响遏行云，形容歌声高亢嘹亮。《列子·汤问》谓秦

青善歌，“声振林木，响遏行云”。⑥蜀锦缠头：以蜀锦作为赏赐。缠头：以锦帛一类的财物送给歌舞艺人。⑦咸京道：从咸阳到京兆府治所在地长安的官道。⑧残杯冷炙（zhì）：喝剩的酒，冷了的肉。炙：烤熟的肉。杜甫《自京赴奉先县咏怀五百字》：“残羹与冷炙，到处潜悲辛。”谩消魂：徒自伤心。谩，徒自，空。⑨阳春：高雅的歌曲。宋玉《对楚王问》：“客有歌于郢中者，其始曰《下里》、《巴人》，国中属而和者数千人……其为《阳春》、《白雪》，国中属而和者不过数十人。”

【导读】

这首词写一位歌女的命运。她的歌原是唱得很好的，也曾缠头无数，但是后来却失意了，风尘仆仆，备受冷落。她有心事，但无人可诉；有才艺，但无知音见采。想到自己的不幸遭遇，她禁不住一再地当筵落泪。

这首词在晏殊的词里要算一个“别调”。作品一改往日含蓄温婉的风格，显得很有几分激切。有人认为当是晏殊知永兴军时所作。晏殊一生有过三次降职使用。第一次是在天圣五年（1027）正月，罢枢密副使，以刑部侍郎知宋州，改应天府（今河南商丘），但第二年即被召回。第二次在明道二年（1033）四月，罢参知政事，以礼部尚书知亳州（今安徽亳州），宝元元年（1038）自陈州（今河南淮阳）召还。第三次在庆历四年（1044）九月，罢相，以工部尚书知颍州（今安徽阜阳），庆历八年移陈州，皇祐元年（1049）移许州（今河南许昌），二年秋，迁户部尚书，以观文殿大学士知永兴军（今陕西西安）；五年秋，自永兴军移知河南，兼西京留守，迁兵部尚书，封临淄公。至和元年（1054）以疾归京师，二年卒。知永兴军，是其迁谪最远之地，时间也最长，前后达三年。对于宋代其他著名词人来讲，这种遭遇根本算不得什么，但是对他这样一个“富贵闲人”来讲，却是一次最为严重的挫折。他在这首词里，借歌女的命运写自己的失意，这是可以理解的。

破阵子

燕子来时新社①，梨花落后清明。池上碧苔三四点，叶底黄鹂一两声。日长飞絮轻。

巧笑东邻女伴②，采桑径里逢迎。疑怪③昨宵春梦好，元是今朝斗草赢④。笑从双脸生。

【注释】

①“燕子”句：相传燕子每年于春社时南来，秋社时北归，故称“社燕”。新社：社日刚到。社：又称社日，是古代祭祀土地神的日子，分春、秋两社。②巧笑：美好的笑。《诗经·卫风·硕人》：“巧笑倩兮，美目盼兮。”③疑怪：难怪，怪不得。④元是：原是。斗草：以草赌输赢的一种游戏。

【导读】

这首词写清明前后生机盎然的景致，以及农家少女的清纯与快乐，清新明丽，具有浓郁的生活气息。这样的作品在晏殊的词里是很难得的，体现了他在词的题材、风格上试图有所突破。

二、欧阳修词

欧阳修（1007—1072），字永叔，号醉翁，晚号六一居士，吉州永丰（今属江西）人。4 岁丧父，其叔父欧阳晔在随州任推官，母郑氏携其往依之；家贫，其母自教之；10 岁时，得见韩愈文集六卷遗稿，乞归，读而爱之；仁宗天圣六年（1028），携文谒翰林学士胥偃于汉阳，偃大奇之，留置门下，资送入京，后以女妻之。

修为仁宗天圣八年（1030）进士，历任知制诰、翰林学士、枢密副使、参知政事等，为官41载，享年65岁，卒谥文忠。

欧阳修是一个很有个性、敢做敢言的人。景祐三年（1036），因替被贬的范仲淹抱不平而得罪谏官高若讷，由馆阁校勘坐贬夷陵县令；庆历五年（1045），作为范仲淹庆历新政的支持者，因新政失败，由龙图阁直学士降知滁州；熙宁四年（1071），因反对王安石变法，不接受检校太保、宣徽南院使的职务而移知蔡州。他的被贬，多是因为与人政见不合，虽然他的政见未必都正确。例如：支持范仲淹的庆历新政，他是正确的；反对王安石的熙宁变法，就未必正确。

欧阳修倡导自然流畅的古文，反对险怪奇涩的“太学体”。嘉祐二年（1057），借“知贡举”的机会，把那些务为险怪之语的应试者一律罢黜，取苏轼、苏辙、曾巩等人及第，从而刷新了一代文风。苏轼说他“论大道似韩愈，论事似陆贽，记事似司马迁，诗赋似李白”。（《六一居士集叙述》）这个评价可以说是很高的。欧阳修在经学、史学、金石学、文学方面均有杰出成就。就文学成就来讲，可以说是文第一，词第二，诗第三。他的著作有多种版本。词集方面有《欧阳文忠公近体乐府》和《醉翁琴趣外编》，又名《六一词》。《全宋词》收其词242首。

生查子

去年元夜时，花市灯如昼。月到柳梢头，人约黄昏后。

今年元夜时，月与灯依旧。不见去年人，泪满春衫袖。

【导读】

这首词本是欧阳修作，但是有人不同意。他们或者说是朱淑真作（见杨慎《词品》卷二），或者说是秦观作（见《续选草堂诗余》卷上），或者说是李清照作（见方回《瀛奎律髓》卷16）。其实，他们什么证据也没有，他们只是觉得欧阳文忠公乃一代儒宗，道德文章垂范天下，不可能写出这种香艳小曲，否则，有损于他的形象。他们不明白，欧阳修的人格构成是多层面的，有时候是正人君子，有时候又是风流才子。再说，这首词本身也并不香艳，它写的乃是人生的一种失落感或惆怅感，这种感觉可以说是人人都有的，唐人崔护的《过都城南庄》，不也是写的这种感觉吗?

玉楼春

尊前①拟把归期说。未语春容先惨咽。人生自是有情痴，此恨不关风与月。

【注释】

①尊前：酒席上。尊，同樽，酒杯。②翻新阕：由旧曲翻制成新曲。③直须：必须，定要。洛城花：洛阳牡丹，这里也指

离歌且莫翻新阕[②]。一曲能教肠寸结。直须看尽洛城花[③]，始共春风容易别。

洛阳美女。

【导读】

这首词是欧阳修早年在洛阳任西京留守推官时的作品，上、下片的结句都很经典。王国维讲："永叔'人间（生）自是有情痴，此恨不关风与月'，'直须看尽洛城花，始与（共）春风容易别'，于豪放之中有沉着之致，所以尤高。"（《人间词话》）

踏莎行

候馆[①]梅残，溪桥柳细，草薰风暖摇征辔[②]。离愁渐远渐无穷，迢迢不断如春水。

寸寸柔肠，盈盈粉泪，楼高莫近危栏[③]倚。平芜[④]尽处是春山，行人更在春山外。

【注释】

①候馆：旅馆。②草薰风暖摇征辔："草薰风暖"四字，语出江淹《别赋》："闺中风暖，陌上草薰。"薰：香草，引申为香气。辔（pèi）：缰绳。③危栏：高高的栏杆。④平芜：平坦的草地。

【导读】

这首词写别情，上片从行人着眼，下片从居者着眼，可以说是把别情写得很到位了。这首词的上、下片结句也很经典。"离愁渐远渐无穷，迢迢不断如春水"两句，用水的绵长来比喻离愁的绵长；"平芜尽处是春山，行人更在春山外”两句，用草的有尽来反衬思念的无尽，可与李煜《清平乐》的“离恨恰如春草，渐行渐远还生”相媲美。

朝中措

平山堂[1]

平山栏槛倚晴空，山色有无中。手种堂前垂柳[2]，别来几度春风。

文章太守，挥毫万字，一饮千钟。行乐直须年少，尊前看取衰翁。

【注释】

①平山堂。欧阳修庆历年间知扬州时所建，在今扬州市西北蜀岗法净寺内。叶梦得《避暑录话》卷一：“欧阳文忠公在扬州作平山堂，壮丽为淮南第一。上据蜀岗，下临江南数百里，真、润、金陵三州，隐隐若可见。公每署时，辄凌晨携客往游。”②手种堂前垂柳：宋张邦基《墨庄漫录》卷二：“扬州蜀岗上大明寺平山堂前，欧阳文忠公手植柳一株，谓之‘欧公柳’，公所谓‘手种堂前垂柳，别来几度春风’者。”

【导读】

这首词为欧阳修送朋友赴任扬州而作。作品描写了平山堂前的风景，表达了别后的思念，体现了一种风流旷达的生活态度。苏轼很欣赏“山色有无中”这句词。其

《水调歌头》(快哉亭作)有句云:“长记平山堂上,欹枕江南烟雨,渺渺没孤鸿。认得醉翁语,山色有无中。”

浣溪沙

堤上游人逐画船,拍堤春水四垂天。绿杨楼外出秋千①。

白发戴花君莫笑,六幺②催拍盏频传。人生何处似尊前?

【注释】

①绿杨楼外出秋千:意谓在绿杨掩映的楼外可以看到秋千在飘荡。王维《寒食城东即事》:“秋千竟出绿杨里。”又冯延巳《上行杯》:“柳外秋千出画墙。”②六幺:即《绿腰》,又作《录要》,唐宋时歌舞大曲的名称。女子独舞,节奏由慢而快,舞姿轻盈柔美。

【导读】

这首词写词人晚年的一种风流旷达的生活。“绿杨楼外出秋千”这一句,受到人们的激赏。宋人吴曾《能改斋漫录》卷16引晁补之的话说:“欧阳永叔《浣溪沙》云:‘堤上游人逐画船,拍堤春水四垂天,绿杨楼外出秋千’,要皆绝妙。然只一‘出’字,自是后人道不到处。”

采桑子

群芳过后西湖①好,狼藉残红②。飞絮濛濛,垂柳阑干尽日风。

笙歌散尽游人去,始觉春空。垂下帘栊,双燕归来细雨中。

【注释】

①西湖:这个西湖是指颍州(今安徽阜阳)的西湖,非杭州西湖。②狼藉残红:零乱的落花。

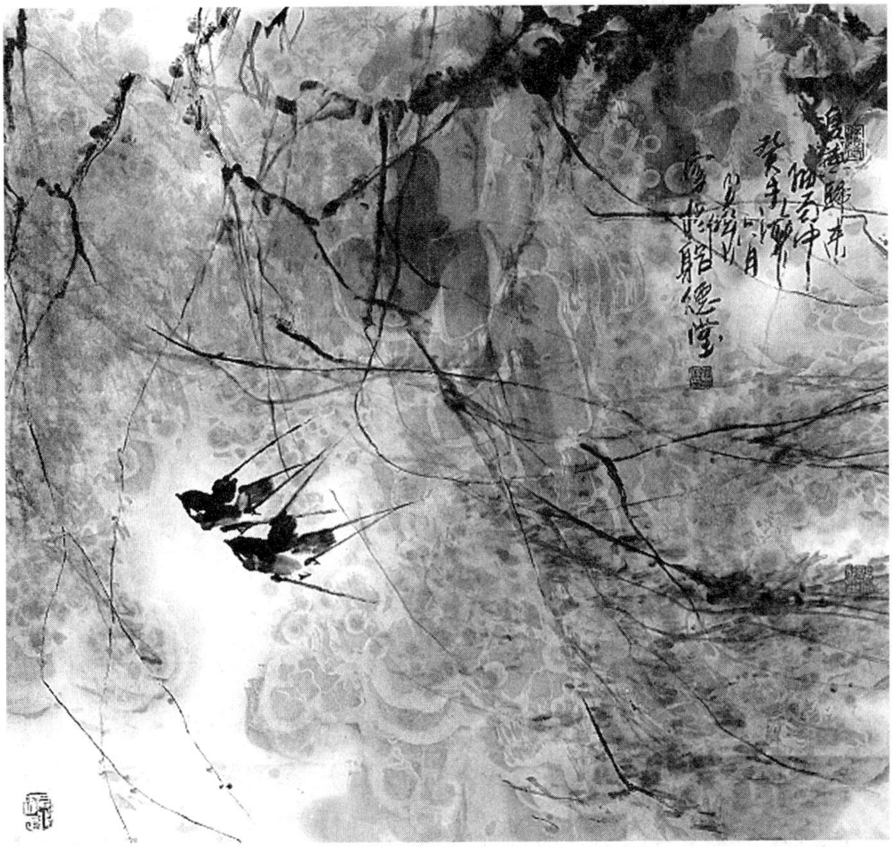

【导读】

欧阳修早年曾知颍州，晚年又退居颍州，他对这里的山水风物有很深厚的感情。《采桑子》就是他晚年退居颍州时所作，共 10 首，全是歌咏颍州西湖的春、夏之景。

古人写景，尤其是写春景，往往和伤春、离别一类的情绪糅和在一起，往往显得很伤感，很失落。欧阳修不是这样。他笔下的西湖之景是明媚的，富有生机的，他的情绪也是快乐的，这与他晚年的达观心态有关。即如这首词，虽然写了满地落花，但不给人以凋零之感；虽然写了濛濛飞絮，但不给人以迷茫之感；虽然写了雨中双燕，但不给人以孤独之感。落花、飞絮、细雨、飞燕等等，都是自然界的一种原生状态，一个达观的人看到这些，心里是平和的，也是愉悦的。

采桑子

轻舟短棹西湖好，绿水逶迤①。
芳草长堤，隐隐笙歌处处随。

无风水面琉璃滑②，不觉船移。
微动涟漪，惊起沙禽掠岸飞。

【注释】
①逶迤（wěi yí）：弯弯曲曲连绵不绝的样子。②琉璃滑：像琉璃一样平而光滑。

〔关于晏欧词的评价〕

前人讲："冯延巳词，晏同叔得其俊，欧阳永叔得其深。"这说明冯延巳对这两位江西籍词人的影响是很大的。欧阳修的祖籍是吉州永丰，旧称庐陵。他出生在四川（其父时任绵州推官），生长在随州，但是他时刻不忘自己是庐陵人，写诗作文，每每署名"庐陵欧阳修"。可见他是深受江西文化影响的。至于晏殊，则是生长于抚州临川。这两个江西人之所以能够受到冯延巳的影响，当与冯延巳曾任抚州刺史有关。冯延巳的流风余韵，影响了这两位江西人。所以讲到江西词，是不能不讲到冯延巳的。

冯词既有"俊"的一面，也有"深"的一面。晏同叔主要得其"俊"，偶尔也得其深，如《山亭柳》等；欧阳永叔主要得其"深"，偶尔也得其"俊"，如《采桑子》等。

第七讲

柳永词

一、柳永的生平

柳永，初名三变，字景庄，崇安（今福建省武夷山市）人。这个名字来源于《论语·子张》："君子有三变，望之俨然，即之也温，听其言也厉。"后来，他因为生了一场病，祈求长寿，遂改名永，字耆卿。关于柳永的生年和卒年，曾经有过多种说法，但是都没有确证，不能肯定。不过有一点是可以肯定的，这就是他中进士的时间是在宋仁宗景佑元年（1034）。

从宋人笔记的有关记载以及柳永作品所描写的有关内容来看，他的年代与范仲淹、张先、晏殊同时而早于宋祁、欧阳修，这是没有争议的。

柳永在中进士之后，做过睦州团练推官、晓峰盐场监官等地方官，最后做到屯田员外郎，故世称"柳屯田"，著有《乐章集》。《全宋词》收其词213首。

讲柳永，必然会涉及他和歌妓的关系。为了把这个问题讲清楚，我们先从宏观上讲讲词人和歌妓的关系。

二、词人和歌妓的关系

妓，又称作伎，本谓女乐。唐宋时的歌妓，也就是艺伎，即歌舞艺人。她们是凭着自己的伎艺来谋生的，是艺术工作者，与后来以卖淫为主的娼妓是大不相同的。

1. 歌妓的身份

歌妓的身份，就其职业来讲，主要有三种，一是歌妓、二是舞妓、三是乐妓。

歌妓以唱歌为主。例如有一个词牌叫《念奴娇》。这个“念奴”，就是唐玄宗时代的一个非常有名的女高音歌唱家。据元稹的《连昌宫词》介绍，唐玄宗在河南郡寿安县（也就是现在的河南省宜阳县）有个行宫，叫做“连昌宫”。每逢年节，玄宗在宫楼下设宴，接连几天，万人拥挤喧哗，不能禁止，众乐为之罢奏。唐玄宗叫宦官高力士在楼上大喊，“现在叫念奴唱歌，众人能听否?”念奴一发声，场面立刻安静下来。所以我认为，念奴就是一位女高音歌唱家。

舞妓以跳舞为主。例如杜甫有一首诗，叫《观公孙大娘弟子舞剑器行》，这个公孙大娘，就是唐玄宗开元时期的著名舞蹈家。她的弟子李十二娘，则是唐代宗时代的著名舞蹈家。她们跳的是一种“健舞”，这种舞蹈是和“软舞”相对而言的。看这种舞，令人慷慨激昂。据杜甫讲，著名书法家张旭看了公孙大娘的“剑器”舞之后，草书大有长进。杜甫本人年轻的时候，看过公孙大娘的舞，晚年又看过公孙大娘弟子李十二娘的舞，感慨万端，因此写下了这首著名的诗。

乐妓以弹奏乐器为主。白居易的《琵琶行》中写的那个琵琶女，就是一名乐妓。唐宋词的演奏乐器，在唐五代、北宋是以琵琶为主，在南宋是以箫笛为主。《琵琶行》中的那个乐妓，年轻的时候，可以说是红得发紫。所谓“五陵年少争缠头，一曲红绡不知数”。那些有钱人家的子弟，争着给他送财物。一支曲子演奏下来，不知要收到多少“红绡”，也就是那种精美的丝织品。

歌妓、舞妓、乐妓，并称为女乐，或称为声妓、声乐。在许多时候，又统称为歌妓。许多歌妓，往往是能歌善舞的，歌、舞、乐样样在行。所以，歌妓既是一个“专称”，专指唱歌的艺人；也是一个“通称”，即所有的歌舞艺人都可以称作“歌妓”。

古代歌妓的社会地位是很低贱的。她们与犯罪之后被籍没入官的奴婢，与在籍田、屯田和矿山、工场做工的官奴，与供帝王宫廷、中央和地方官署以及富贵之家使用的杂役一样，都属于“贱民”。古代的歌妓没有独立的户口，她们的“籍”是附属于宫廷、官署、军队或主家户籍之下的。宋代刑法规定：“奴婢贱人，律比畜产。”（窦仪《宋刑统》卷六）主家可以将她们买卖或赠送他人。她们如果被放遣的话，必须除“籍”，必须具申牒经官府批准“除附”；如果户主要收她们为妾，也得经官府“除附”、“免贱”之后方可。

我国封建社会长期保留着奴隶社会的残余。歌妓和其他奴隶不一样的地方，在于不必被迫参加生产劳动，可以算是有特殊技艺的高级奴婢。她们衣着华丽，出入歌筵舞席，侍宴官府，交接达官贵人，然而她们仍然是身隶“乐籍”、婢籍和娼籍的“贱民”。

少数歌妓，如北宋时的李师师、崔念月及南宋时的唐安安等，生活优裕，甚至蓄有部分私产，而多数歌妓的生活却是非常不幸的。

就其来源和隶属关系来讲，歌妓的身份大约有三种：一是官妓，二是家妓，三是私妓。

(1) 官妓

唐宋时代的官妓，包括教坊的歌妓、军营中的歌妓、中央和地方官署的歌妓。宋代的官妓主要来自于私妓。她们是民间私妓中色艺俱佳者，由官府指派或选定，强令其加入“乐籍”。

宋代的地方官妓又称“营妓”。“营”是“乐营”的“营”，不是“军营”的“营”。“营妓”不是军营的官妓，也不是在军营中活动的娼妓。“乐营”的首领叫“乐营将”。

唐宋时代的地方官府，每当有宾客或达官贵人过境，都得开宴会，都有歌舞表演，让官妓用歌舞来招待客人。

宋代规定，官员可以享受官妓的歌舞服务，但不能要求她们提供性的服务。否则就要受处分。

在这种歌舞表演、送往迎来的场合，官妓稍不如官府之意，便会受到严厉的处置。所以，她们的人格是受不到尊重的。她们总是希望脱离官府，脱籍或从良。然而落籍得由地方最高行政长官批准。

(2) 家妓

宋代的家妓之盛，可以和唐代相比，甚至有过之。“两府（中书省和枢密院)、两制(翰林学士和知制诰)家内各有歌妓,官职稍如意,往往增置不已。”宋代士大夫家,凡五品以上者,往往蓄妓。例如欧阳修家有妙龄歌妓“八九妹”;苏轼“有歌舞妓数人”。张炎的祖父有“名妓数十辈”。

家妓主要来自贫苦人家。贫苦人家遭遇破产,往往卖女为奴。一些歹徒往往专门收养这些女子,教以歌舞,然后再出卖,名为“养瘦马”。

家妓是主家奢侈生活的一种装饰品。她们身着绫罗,生活较其他奴婢优厚,但仍然是奴隶。稍有不如意,便遭遇打骂凌辱。

(3)私妓

私妓,指市井妓女。私妓中有以卖淫为主的,其中之歌妓则以卖艺为主兼而卖淫。私妓大多数是误入娼籍,“有自幼丐,有或佣其下里贫家,常有不调之徒,潜为渔猎;亦有良家子为其家聘之,以转求厚赂,误陷其中则无以自脱。初教之歌令,而责之其赋甚急。微涉退怠,则鞭扑备至”。(孙棨《北里志》)也有立券约限期卖入娼家的。

宋代的重要商业都市中,凡歌楼、酒馆、平康诸坊和瓦市等处,都是私妓们出没的地方。所谓“争妍卖笑,朝歌暮弦,摇荡心目”。(周密《武林旧事》)

另外,像朝廷御宴、官府公宴、富户宴乐、三学斋会、缙绅同年会、乡会等活动,也常招私妓应承。

名噪一时的李师师、唐安安等,便是这种私妓。

身入娼籍的私妓,不仅受制于娼家,还受官府的管辖,还得供官府役使。

官妓、家妓、私妓，她们的位置是可以相互转换的。私妓可以转而为官妓、家妓，而官妓、家妓也有可能再次沦落为私妓。无论怎么转换，她们都是“贱民”，侥幸落籍从良的人是极少数。

2. 歌妓和词人的关系

歌妓从小就学习歌舞。她们聪明美丽，有音乐的天赋和才能。像陈凤仪、周韶、琴操、严蕊、乐苑这样的歌妓，不仅能歌善舞，还会吟诗作词。所以，宋代的词人对歌妓多取欣赏的态度。

就政治遭遇来讲，宋代的词人大体上可以分为两种：一种是在政治上较早得志的词人，像范仲淹、晏殊、宋祁、欧阳修、苏轼、黄庭坚、辛弃疾这些人。他们为官之后，家里都蓄有歌妓。他们所接触的歌妓，主要就是家妓，包括自己家的家妓、朋友家的家妓，还有一部分是官署里的官妓。这些人可以称之为士大夫。

一种是政治上得志较晚，甚至是终生不得志的词人，像柳永、晏几道、秦观、姜夔、吴文英这些人。他们年轻的时候所接触的歌妓，主要是市井上的私妓，还有一部分官妓。

这些人可以称之为文人。

士大夫对歌妓的态度基本上是一种玩赏的态度。高高在上的地位，使得他们对歌妓的思想、情感和命运缺乏真正的了解，少数人对歌妓的人格，甚至缺乏应有的尊重。在他们的词里，我们较少看到对歌妓的命运的同情。

文人对歌妓的态度则是一种欣赏加同情的态度。在政治上的坎坷遭遇，使得他们能以一种相对平等的心态和人文的眼光看待歌妓。他们对歌妓的了解是比较深入的。他们和歌妓之间有很深的友谊，甚至是很深的爱情。例如：在柳永的词里，记载了秀香、英英、瑶卿、虫虫、翠娥、心娘、佳娘、师师、安安等许多歌妓的名字，描写了她们优美动人的形象，表达了对她们的欣赏和思念。在晏几道的词里，则记载了小莲、小鸿、小蘋、小云、小叶、玉箫、小玉、小蕊、小琼、小颦、玉真、阿茸、小杏、小梅、珍珍等人的名字，描写了她们的优美的形象，表达了对他们的欣赏与怀念。

宋词中大量的以恋情为题材的作品，其所恋的对象，并不是正常婚姻关系中的大家闺秀，或者小家碧玉，而是属于社会底层的歌妓。文人和歌妓的爱情，往往是真诚而感人的。这是因为他们的婚姻，有许多是出于政治上、经济上的种种考虑而结成的，没有多少真正的感情可言。他们的配偶，往往既没有歌妓那样的美貌，也没有歌妓那样的音乐、舞蹈方面的才华，更缺乏那种浪漫气质。她们是按照封建礼教的标准塑造出来的女人。

由于这些文人对歌妓的感情是真诚的，加之又有出色的才华，所以他们就赢得了歌妓的爱慕，甚至是崇拜。不少歌妓往往因为能够擅长歌唱某一位著名词人的作品而当红一时，如“唐州娼马望儿者，以能歌柳耆卿词著名籍中”。“中吴车氏，号秀卿，乐部中之翘楚者，歌美成曲得其音旨。”

唐宋时期的一些大都市，如长安、洛阳、扬州、成都、江宁（现在的南京）、东京（现在的开封）、临安（现在的杭州），商品经济比较发达，市民意识比较活跃，加之统治者提供享乐，所以整个社会从上至下，弥漫着一股浪漫、享乐之风。一般来讲，当时的人们对于词人与歌妓之间的那种浪漫行为是持理解、宽容甚至是欣赏态度的。今天我们评价唐宋词人和歌妓的关系，也要采取一种历史的，客观的，宽容的态度，因为那是一个浪漫的时代。

三、对柳永的两个误解

柳永是一位为宋词的发展作出了重要贡献，在文学史上具有深远影响的词人。然而，就是这样一位词人，在1000多年的时间里，长期遭到深度的误解。关于他的误解主要体现在以下两个方面：

1. 关于柳永的人品

宋代有些士大夫一谈到柳永，就说他“薄于操行”。所谓“薄于操行”，也就是指他跟歌妓的关系比较密切。跟歌妓的关系比较密切的人，如果是一个有功名、有官职的士大夫，就叫风流浪漫；如果是一个没有功名、没有官职的文人，就叫“薄于操行”。其实，宋代的士大夫除了王安石和司马光之外，都跟歌妓的关系比较密切，连范仲淹都不能免俗。但是人们并不说他们“薄于操行”，因为他们是士大夫，他们接触的歌妓主要是“家妓”，而柳永接触的歌妓则主要是“私妓”。“私妓”的成分比较复杂，有的以卖淫为主，有的以卖艺为主。柳永是个词人，是个音乐家，他接触的“私妓”，无疑是以卖艺为主的。但是那些攻击他的人，谁肯做这种具体的区分呢？

柳永出生在书香门第，出生在“奉儒守官”之家。柳永的父亲柳宜在南唐官至监察御史，在北宋官至工部侍郎。善为文章，与著名文人王禹称、夏竦交谊甚厚。柳永父辈六人，都是朝廷命官，其中有明确及第时间的进士就有三个：

柳宜：太宗雍熙二年（985）进士，官至工部侍郎；

柳宣：官至大理司直天平军节度判官；

柳置：真宗大中祥符八年（1015）进士；

柳宏：真宗咸平元年（998）进士，官至光禄寺卿；

柳采：官至礼部侍郎；

柳察：官至水部员外郎。

柳永兄弟三人，也都是进士和朝廷命官：

长兄柳三复：真宗天禧二年（1018）进士，官至比部员外郎；

次兄柳三接：仁宗景祐元年（1034）进士，官至都官员外郎；

柳永（三变）：仁宗景祐元年（1034）进士，官至屯田员外郎。

柳永的子侄一辈，就目前所发现的材料，至少有两个进士：

柳涚（柳永之子）：仁宗庆历六年（1046）进士，官至著作郎；

柳淇（柳三接之子）：皇祐五年（1053）进士，著名书法家。

一个家庭，祖孙两代出了八个进士，可见是一个典型的书香门第。柳永就出生在这样一个家庭里。

这样的书香门第有一个鲜明的特点，就是奉行儒家的处世原则，奉行“学而优则仕”的人生信条，奉行儒家的伦理道德。

据宋代著名文学家王禹称的《建溪处士赠大理评事柳府君墓碣铭并序》介绍，柳永的祖父柳宜“以行义著于州里，以兢严治于闺门，乡人有小忿争，不诣官府，决其曲直，取公一言。诸子诸妇，动修礼法，虽从宦千里，若公在旁，其修身训子有如此者”。

柳永从小就有明确的人生目标，这就是读书做官。他小时候写过一篇《劝学文》：“父母养其子而不教，是不爱其子也；虽教而不严，是亦不爱其子也；父母教而不学，是子不爱其身也；虽学而不勤，是亦不爱其身也。是故养子必教，教则必严；严则必勤，勤则必成。学，则庶人之子为公卿；不学，则公卿之子为庶人。”

一个出生在“动修礼法”的家庭、从小就树立了“为公卿”的抱负的年轻人，为什么一到首都东京，就会涉足于歌台舞榭，与私妓建立了密切的关系呢？有两个原因：

一是柳永自身的音乐气质使然；

二是时代风气或者城市风气的影响。

柳永是一位音乐家。他不仅能填词，更能作曲。而当时的东京是个什么环境呢？

“是处楼台，朱门院落，弦管新声腾沸。”（柳永《长寿乐》）

“风暖繁弦声脆，万家竞奏新声。”（柳永《木兰花慢》）

什么是“新声”？“新声”就是当时的流行音乐，就是燕乐。而柳永本人又是什么感受呢？

“坐久觉，疏弦脆管，时换新声。”（《夏云峰》）

可以说，完全陶醉了。

而“新声”的产生地、传播地，主要就在歌台舞榭，在歌妓荟萃的地方。这么说吧，只要是喜爱流行音乐，就不可能不去歌台舞榭；只要是去了歌台舞榭，就不可能不接触“私妓”。

问题是，喜爱流行音乐、出入歌台舞榭、和歌妓有接触的文人多的是，为什么偏偏让柳永背上了一个“薄于操行”的名声呢？也有两个原因：

一是喜欢写作。如果柳永像别人那样，虽然去了歌台舞榭，但只是听听音乐，吃吃花酒，会会“私妓”，而不把自己的见闻、感受等写成歌词，谁会说他是个“薄于操行”的人呢？问题是，柳永是个词人，是个音乐家，他是一定要写作的。

二是作品传播得很广。事实上，喜爱流行音乐，经常出入歌台舞榭，同时也喜欢写作歌词的人，同样多的是。例如晏几道、秦观、周邦彦、姜夔、吴文英等人，年轻的时候也是这样。问题是，这些人并没有背上一个“薄于操行”的名声，而柳永背上了。为什么呢？这是因为柳永的作品不仅数量多，而且影响大。大到什么程度呢？大到“凡有井水饮处，即能歌柳词”。如果柳永只是喜欢写歌词，但影响没有那么大，也有可能不会背上“薄于操行”的名声。

自古以来，“名”都是一把双刃剑。“名”，既有好名、美名，也有坏名、恶名。美名和恶名往往集中在一个人身上。所以，我们判断一个人不能只看他的名，无论是美名，还是恶名，更重要的是要循名以责实。

事实上，柳永虽然有些风流浪漫，有些新兴的市民意识，但是在他的内心深处，还是儒家的传统价值观念占了主导地位。这就是强烈的功名之心、用世之志。所以他尽管一再遭受打击和排斥，也要不屈不挠地参加进士考试，屡败屡试，直到晚年才考中。考中之后，虽然只是做一个小官，长期得不到提拔，他也要忠于职守，为民请命。柳永无论在哪里做官，“官声”都很好。也就是说，他的操行都很好。在定海晓峰盐场做监官的时候，他还写过一首长篇七言古诗《煮海歌》，反映海边盐民的痛苦生活，向朝廷提出有关建议。这首诗，可以和杜甫的某些新乐府诗相媲美，其思想艺术成就在白居易的新乐府诗之上。

由此可见，柳永只是有些风流浪漫，但绝对不是“薄于操行”的人。真正的“薄于操行”的人不会有这么强烈的功名心，也不会如此深切地关心民生疾苦。

2. 关于柳永的词品

长期以来，许多人都说柳永的词俗。其实，俗，是词的一个本质特点，不俗就不是流行歌曲。实事求是地讲，唐代、五代和北宋的词都比较俗。南宋的词则比较雅。就柳永的词来讲，既有比较俗的，也有比较雅的。仅仅用一个“俗”字，是不能概括他的全部风格的。

总之，柳永是一位影响很大的词人，也是一位很有争议的词人。如果大家想全面地了解柳永这个人，还原他的真相，可以看看我写的《柳永和他的词》这本书。

四、柳永的代表作

鹤冲天

黄金榜[①]上，偶失龙头望[②]。明代暂遗贤[③]，如何向[④]？未遂风云便[⑤]，怎不恣狂荡？何须论得丧？才子词人，自是白衣卿相[⑥]。

烟花巷陌，依约丹青屏障[⑦]。幸有意中人，堪寻访。且恁[⑧]偎红倚翠，风流事、平生畅。青春都一晌。忍把浮名[⑨]，换了浅斟低唱！

【注释】

①黄金榜，即黄榜，或称金榜。科举时代，通过殿试这一关后，由朝廷发布的公告，因用黄纸书写，故名。②偶：偶然，意外。龙头：状元。③明代：政治清明的时代。遗贤：遗漏了贤才。④如何向：如之何，怎么办。向：语助词，用在“如何”之后，以加强语气。⑤未遂风云便：未遂君臣遇合之愿。风云：原指同类相感，后指人生际遇。《易·乾》：“云从龙，风从虎，圣人作而万物睹。”⑥白衣卿相：没有功名的卿相。古代官员的服装，皆以不同的颜色标示其身份和官阶，而平民百姓则多着白衣。白衣而为卿相，事实上是不可能的，这是一句自我调侃。或曰：身为白衣之士，而有卿相之才。⑦依约：依稀，朦胧。丹青屏障：有彩绘的屏风。⑧恁(nèn)：这样。偎红倚翠：依偎红粉佳人，即歌妓舞女。⑨浮名：虚幻不实的功名。

【导读】

这首词，当是柳永初次参加进士考试落第之后所作。所谓“偶失龙头望”，是说曾经有过很高的期望值，即不仅要中进士，还要中第一名进士，即状元，但是没想到居然落第了。偶，就是偶然，出乎意料，超出常理。由于期望值很高，落第在意料之外（可能不是水平问题，而是由于别的因素），所以就非常气愤，非常沉不住气。他在这里发了一大通牢骚。先是说，“何须论得丧”，落第了就落第了，“才子词人，自是白衣卿相。”有什么了不起？接下来更表示，你们不接纳我，自有“烟花巷陌”的“意中人”接纳我。青春有限，我不会在这不公平的考试上浪费光阴了，要“偎红倚翠”去了，要“风流”去了。我就要把这过眼云烟一般的功名，“换了浅斟低唱”！

可以想象，这首词问世之后，一定在当时掀起了一场轩然大波。因为这不仅是对封建统治者视为“千秋大业”的科举考试的大不敬，也是对封建礼教的大不敬，甚至是对皇帝和卿相的大不敬。幸亏是在宋朝，统治者对文人比较宽容，比较优待，要是搁在别的朝代，他是很有可能被治罪的。不过这首词还是给他带来了很大的麻烦，至少是在上流社会把印象搞坏了。他落得一个“风流浪子”的名声，一生在科举仕途上历尽坎坷，不能说与这首词没有关系。宋人吴曾《能改斋漫录》卷16载：“仁宗留意儒雅，务本向道，深斥浮艳虚薄之文。初，进士柳三变，好为淫冶讴歌之曲，传播四方，尝有《鹤冲天》词云：‘忍把浮名，换了浅斟低唱。’及临轩放榜，特落之，曰：‘且去浅斟低唱，何要浮名？’至景祐元年方及第。”

定风波

自春来、惨绿愁红，芳心是事可可[①]。日上花梢，莺穿柳带，犹压香衾卧。暖酥销[②]，腻云亸[③]。终日厌厌倦梳裹[④]。无那[⑤]。恨薄情一去，音书无个。

早知恁么[⑥]，悔当初、不把雕鞍锁。向鸡窗[⑦]、只与蛮笺象管[⑧]，拘束教吟课[⑨]。镇相随，莫抛躲[⑩]。针线闲拈伴伊坐。和我。免使年少，光阴虚过。

【注释】

①是事可可：什么事都不在意。可可：不在意。②暖酥：脸上搽的油脂。③腻云亸（duǒ）：乌黑发亮的头发蓬松散乱。腻云：形容女子的头发像乌黑发亮的云彩。亸：下垂。④厌厌：无精打采。梳裹：梳洗打扮。⑤无那（nuò）：无奈，无可奈何。⑥恁么：这么，这样。⑦鸡窗：书房，或书窗。刘义庆《幽明录》讲：晋时兖州刺史宋处宗，曾经买得一只长鸣鸡，宠爱备至，长期把鸡笼放在书房的窗前。鸡于是能讲话，还能发表一些有见地的议论。后人因此用“鸡窗”代指书房或书窗。⑧蛮笺：蜀地所产的彩色笺纸。象管：用象牙做笔杆的笔。⑨吟课：以吟诗为功课。⑩镇：整天。抛躲：抛弃、躲开。

【导读】

这就是一首为歌妓写的词。它所表达的，是一个歌妓的怨恨、后悔和渴望。它用了许多当时的口语，从头至尾又都是妓女的口吻，因而具有浓厚的市民文学色彩。这样的词，受到普通民众的喜爱，但是不为上流社会所接受。宋人张舜民《画墁录》卷一载：“柳三变既以词忤仁庙，吏部不放改官，三变不能堪，诣政府。晏公曰：‘贤俊作曲子么?’三变曰：‘只

如相公亦作曲子。’公曰：‘殊虽作曲子，不曾道“彩线慵拈伴伊坐”。’柳遂退。”这条词话一直被人们反复引用，但是未必可靠。所谓“改官”，是指由“选人”（即地方官）改为京官，这得有一个前提，即这个人先得是个官。柳永于景祐元年（1034）才中进士，中了进士之后才做睦州团练推官，而晏殊居“政府”，即任参知政事的时间，是在明道元年（1032）八月至二年四月，这时的柳永连个进士都不是，怎么可能跑到“政府”里去找晏殊为他“改官”？这条词话虽不可靠，但是它的出笼也说明了一个问题，即上流社会的人不能接受柳永这样的俗词。因为不能接受，就编造一些故事来糟蹋他。这样的事，古往今来并不少见。

望海潮

东南形胜[①]，三吴都会[②]，钱塘自古繁华[③]。烟柳画桥，风帘翠幕，

【注释】

①形胜：地理形势优越之地。《荀子·强国》：“其固塞险，形势便，山林川谷美，天材之

参差十万人家④。云树绕堤沙。怒涛卷霜雪，天堑无涯⑤。市列珠玑，户盈罗绮竞豪奢。

重湖叠巘清嘉⑥。有三秋桂子，十里荷花。羌管弄晴，菱歌泛夜，嬉嬉钓叟莲娃。千骑拥高牙⑦。乘醉听箫鼓，吟赏烟霞⑧。异日图将好景⑨，归去凤池夸⑩。

利多，是形胜也。”②三吴：古时指吴兴（在今浙江）、吴郡（今江苏苏州）和会稽（今浙江绍兴）三地。③钱塘：即今之杭州。北宋时，钱塘是杭州府治所在地，也是两浙路治所在地。④参差（cēn cī）：高低错落。吴自牧《梦粱录》：“柳永咏钱塘词曰：‘参差十万人家’，此元丰（1078—1086）前语也。自高庙车驾自建康幸杭驻跸，几近二百余年，户口蕃息，近百万余家。”⑤天堑（qiàn）：天然的险阻，这里指钱塘江。⑥重湖：西湖以白堤为界，分里湖、外湖，故名。叠巘（yǎn）：重叠的山峦。清嘉：清秀佳丽。⑦千骑拥高牙：上千人马簇拥着当地军政长官。骑（jì）：一人骑一马；牙：牙旗，此处指当地军政长官的仪仗。⑧烟霞：代指山水风物。⑨异日：它日。图将：画下来。⑩凤池：凤凰池，中书省的美称，这里代指朝廷。

【导读】

柳永是词史上大量写作慢词的第一人。他用这种形式写歌妓的生活，写自己的漂泊，也写都市的繁华景象。慢词的篇幅比小令长得多，内容也丰富得多。如何把这丰富的内容组织成为一个有机的整体？柳永借鉴汉魏六朝抒情小赋的经验，成功地使用了铺叙的手法。所以“以赋为词”，是柳词的一大特点，也是他在词史上的一大贡献。

这首词使用铺叙的手法，真实地描绘了杭州的繁华和西湖的美景。发端三句是总叙，“烟柳”三句，照应“都会”二字；“云树”三句，照应“形胜”二字；“市列”二句，照应“繁华”二字。这是上片，写钱塘。下片写西湖：“重湖”三句，先写湖山之美；“羌管”三句，再写老少男女之乐；“千骑”三句，再写当地长官之雅趣；“异日”两句，把上、下片的内容作一个总结。先总叙，后分叙，最后又总叙。从容叙来，又前后照应；层次分明，又一脉贯穿。这就是一个有机的整体，一句都挪动不得。宋人王灼《碧鸡漫志》卷二说柳词“序事闲暇，有首有尾，亦间出佳语，又能择声律谐美者用之”，就是针对这类作品而言的。

宋人罗大经《鹤林玉露》卷一载：“孙何帅钱塘，柳耆卿作《望海潮》词赠之。此词流播，金主亮闻歌，欣然有慕‘三秋桂子，十里荷花’，遂起投鞭渡江之志。近时谢处厚诗云：‘谁把杭州曲子讴，荷花十里桂三秋。那知卉木无情物，牵动长江万里愁’。”金海陵王完颜亮企图渡江占领南宋，当然不仅仅是为了看西湖的美景，但这“三秋桂子、十里荷花”的美景，坚定了他的“投鞭渡江之志”，坚定了他的占有欲，当是有可能的。由此可知此词传播之广，影响之大。

至于这首词是不是写给孙何的，学术界有不同意见。孙何（961—1004）是王禹称的弟子，王禹称和柳永父亲柳宜的交情又很深，由于王禹称的关系，孙何与柳宜有交往，当是可能的。又，柳永的叔父柳宏，与孙何的弟弟孙仅是真宗咸平元年同榜进士，并同为京官，孙、柳两家有世谊，这是可信的。孙何本人又“乐名教，勤接士类，后进之有才艺者，必为称扬”（《宋史·孙何传》）。由于这三个原因，作为“有才艺者”的柳永，去拜谒孙何这样一位有才学、有地位、“勤接士类”的前辈，不是没有可能的。但学术界有人认为，孙何在杭州是任两浙转运使，是文官，不是武官，不是“帅钱塘”；真正“帅钱塘”的人不是孙何，是孙沔。可参看吴熊和《柳永与孙沔的交游及柳永卒年新证》，《词学》第10辑，华东师范大学出版社1992年版。

雨霖铃

寒蝉凄切①，对长亭晚②，骤雨初歇。都门帐饮无绪③，方留恋处、兰舟催发④。执手相看泪眼，竟无语凝噎⑤。念去去⑥、千里烟波，暮霭沉沉梦天阔。

多情自古伤离别，更那堪，冷落清秋节！今宵酒醒何处？杨柳岸、晓风残月。此去经年⑦，应是良辰好景虚设。便纵有千种风情⑧，更与何人说。

【注释】

①寒蝉：秋天的蝉。一说指蝉的一种，又名寒蜩。②长亭：官道上供来往行人休息或换马之驿站。参见李白《菩萨蛮》注③。③都门：首都汴京（今开封）的城门。帐饮：在城门外摆酒饯行。《海录碎事》：“野次无宫室，故曰帐饮。”无绪：没有心绪，心情不佳。④兰舟：木兰树做的船，这里作为船的美称。⑤凝噎（yē）：哽咽，因伤心而说不出话。⑥去去：行行不已。⑦经年：一年或多年，年复一年。⑧风情：情怀。有的选本把这里的“风情”二字解释为爱情，似不妥。一个人和自己的爱人告别时，怎么会说“今后纵有千种爱情，我又能对谁说？”这不合情理。

【导读】

这是柳永的名作，也是宋元时期十大名曲之一。全词由一个“别”字贯穿始终，结构非常完整。“寒蝉”三句写别时的时间、地点和天气；“都门”三句写饯别；“执手”二句写握别；“念去去”三句想象别后的行程；“多情”三句宕开，写天下人之别；“今宵”三句收拢，回到自身之别。此后一直到结尾，全是关于别后的想象之辞。先想象“今宵”，再想象“经年”；先想象一种风情，再想象“千种风情”。

他人写离别，往往欲说还休，含蓄蕴藉。柳永写离别，则是一气呵成，淋漓尽致。但是，这样仍能给人以丰富的想象空间，原因是，“念去去”以下，全是虚写，全是想象之词。事实上，词人这个时候可能还没上船呢！

这首词不但结构完整，想象丰富，而且善于描绘景色。如果说“念去去、千里烟波，暮霭沉沉楚天阔”这 14 个字是写傍晚时分的江上之景，给人以广漠、渺茫之感，那么“杨柳岸、晓风残月”这 7 个字便是写侵晓时分的岸上之景，给人以凄清、萧疏之感。柳永是懂画理的。清人刘熙载《艺概》卷四云：“词有点、有染。柳耆卿《雨霖铃》云：‘多情自古伤离别，更哪堪冷落清秋节。今宵酒醒何处？杨柳岸晓风残月。’上两句点出离别冷落，‘今宵’两句，乃就上两句意染之。点染之间，不得有他语相隔，隔则警句亦成死灰矣。”而所谓点染，就是绘画当中的常用之法。

凤栖梧

伫倚危楼风细细[①]。望极春愁，黯黯生天际[②]。草色烟光残照里，无言谁会凭阑意？

拟把疏狂图一醉[③]。对酒当歌，强乐还无味[④]。衣带渐宽终不悔，为伊消得人憔悴[⑤]。

【注释】

①伫（zhù）：久久地站立。②黯黯：感伤、愁苦之状。③拟：打算。疏狂：狂放散漫，不受拘束。④强乐：勉强地寻欢作乐。⑤伊：她，那人。消得：值得。

【导读】

这首词写对爱情的执著。当春愁黯然的时候，曾经想到过对酒当歌，以求解脱。一旦得知这种勉强作乐也无意趣的时候，他就不再寻求解脱了。为伊憔悴，无怨无悔。王国维对这首词的结拍两句尤致欣赏，以为“非大词人不能道”。他说，一个人如果把这种执著用在事业和学问上，那是可以成全一番“大事业、大学问的”。（《人间词话》）

八声甘州

对潇潇暮雨洒江天，一番洗清秋。渐霜风凄紧①，关河冷落②，残照当楼。是处红衰翠减③，苒苒物华休④。唯有长江水，无语东流。

不忍登高临远，望故乡渺邈⑤，归思难收。叹年来踪迹，何事苦淹留⑥？想佳人、妆楼颙望⑦，误几回、天际识归舟⑧。争知我⑨、倚阑干处，正恁凝愁？

【注释】

①凄紧：秋风凄厉，寒气逼人。②关河：关塞与江河。③红衰翠减：红花枯萎，绿叶凋零。李商隐《赠荷花》：“红衰翠减愁杀人。”④苒苒（rǎn）物华休：草木的生机渐渐地消失。苒苒：同冉冉，渐渐地。物华：草木的光彩、生机。⑤渺邈（miǎo）：遥远。⑥淹留：滞留，久留。⑦颙（yōng）望：凝望。⑧天际识归舟：语出谢朓《之宣城郡出新林浦向板桥》：“天际识归舟，云中辨江树。”⑨争：怎么。

【导读】

柳永在词的题材方面有重大拓展。在他的作品中，有怀古词，咏物词，游仙词，应制词，祝寿词，歌妓词，都市风情词，还有羁旅行役词。这首词，就是羁旅行役词的一个代表，也是柳词的名篇，历来受到人们的激赏。宋人赵令畤《侯鲭录》卷七载：“东坡云：‘世言柳耆卿曲俗，非也。'如《八声甘州》云：'霜风凄紧，关河冷落，残照当楼。'此语于诗句，不减唐人高处。"清人刘体仁《七颂堂词绎》甚至说："'关河冷落，残照当楼'，即《敕勒之歌》也。"这几句词，何以不减唐诗之高处？何以就像北朝民歌《敕勒歌》，就是因为其形象博大，画面开阔，气势沉雄，给人以苍茫、悲壮的美感。其实，这样的句子在柳永的羁旅行役词里并不少见。通常人们只注意他的歌妓词，以为他只能俗，不能雅，只能柔，不能壮。这是一种偏见。苏轼的话是很有眼光的。

柳永作词不仅长于写景，长于铺叙，还长于用领字。在这首词中，像"对"、"渐"、"望"、"叹"等字。就是领字，领字是去声字，在一句词的句首。它所领起的并不只是一句词，而是一个句群，两句，或者三句，即一个意义片断。从音乐或格律上讲，领字，表示唱到这里或读到这里时，有一个短暂的停顿，这在听觉上，会有一种"重起轻杀"的美感。用领字是柳永的一个发明，对后来的词人有深远的影响。

五、柳永对词学的杰出贡献

一是大幅度拓展了词的题材领域。与柳永同时的晏殊、张先、欧阳修等士大夫词人，虽然也留下了一些脍炙人口的佳作，但是在题材方面并没有超出西蜀词和南唐词的范围，多数都是娱宾遣兴、流连光景之作。真正大幅度地拓展了词的题材领域的是柳永，是他第一次真实地、多角度地描写了当时朝野上下的晏安游乐与大都市的节物风光，把"仁宗四十二年太平"光景纳入自己的艺术视野（祝穆《方舆胜览》卷十），所谓"升平气象，形容曲尽”（陈振孙《直斋书录解题》卷二十一），是他第一次以平等的、同情的心态描写歌妓的悲惨生活和不幸命运，为歌妓的从良、自由和解放而大声呼喊；是他第一次以慢词的形式咏史怀古，气势苍莽，感慨深沉，从而为此后的咏史词和怀古词导出先路。尤其是大量的羁旅行役词的写作，把一个潦倒的知识分子的感慨不平之气与人生的失落感、孤独感，同苍茫、博大的自然景色有机地结合起来，大大地开拓了宋词的天地。也就是说，是他第一次在相当大的程度上，突破了词为“艳科”、“小道”的樊篱，突破了士大夫词人流连光景、娱宾遣兴的狭窄的创作路数，在自己的作品中披露了更为真实的、更为深沉的情感，展示了更为广阔的、更为丰富的社会与人生。

二是进一步丰富了词的语言。唐五代以来，词的语言主要是两个来源。一是诗的语言，所谓“就唐人诸家诗句中字面好而不俗者，采择用之”，（沈义父《乐府指迷》）如温庭筠、冯延巳、李煜、晏殊、张先、欧阳修诸人就是这样。运用诗的语言无可厚非，但是必须指出，作为“别是一家”的歌词，应该有自己的语言。过于诗化，过于雅化，只能令其在文人化、案头化的道路上越走越远，从而逐渐失去其作为一种通俗的音乐文学的本色。另一个来源是市民口语，如唐代民间词，以及韦庄、尹鹗等人的部分篇章。就柳永的全部歌词来考察，于中自然不乏传统的词赋语言，但是通俗、生动、泼辣的市井语言却占了多数。这就不仅从另一个方面大大地丰富了词的语言，使之获得了更多的生活感与现实感，找到了语言艺术的源而不是流；不仅亲切、平易、明白家常，使之赢得了更为广泛的读者和听众，而且昭示了中国文学及其语言的新的发展方向——由雅而俗，由贵族化而平民化。

三是慢词的大量创作及其一系列艺术法则的初步建立。整个唐五代时期，词的体式以小令为主，慢词总共不过十来首。宋初词坛，词人习用的仍是小令。据统计，张先、晏殊和欧阳修分别存词 164 首、136 首和 241 首，他们所作的慢词分别为 17 首、3 首和 13 首，仅占其词作总数的 10.3%、2.2%和 5.4%；柳永存词 213 首，所作慢词竟达 125 首，占其词作总数的 59.1%，居唐五代宋初词人之首。慢词虽发轫于中唐，但是正如张采田所云："大抵唐时慢词，皆乐工肄习，文士少为之者。"（引自任二北《敦煌曲校录》）慢词本身自有其独立的音律句度和发展途径，非由小令随意延长而成。而且，宋代慢词亦非由唐代慢词直接变化而出，而必须结合当时的市井音乐，才能产生自己独特的韵律与声情，不同于宋代小令的直接渊源于唐五代，并且体貌多同。在这种情况下，一个词人是否作慢词以及作多少慢词，既与作者本人对当时的市井音乐的态度和熟悉程度有关，更与其自身的创新意识和创新能力有关。当时整个词坛的情况是这样的：唐五代以来的文人小令已经达到鼎盛，再也没有多少新的发展空间了，而慢词又只是在市井艺人口中辗转传唱，并且水平不高。如果不是柳永勇于摒弃士大夫词人对民间艺术的偏见，大量地创制慢曲，填写慢词，从根本上改变唐五代以来小令的一统天下，宋词的命运也许就不是我们今天所见到的这个样子。

为了配合慢曲在音乐上篇幅大大加长的特点，在吸收汉魏六朝抒情小赋和民间慢词之营养的基础上，柳永创造了慢词的铺叙手法，以赋为词，层层铺叙，一笔到底，始终不懈；又首创"领字"和"双拽头"等等，为以后的词人开启无数法门。

四是平民风格的重建与平民意识的发扬。词，本是起源于民间的一种通俗的音乐文学样式，自中晚唐以来的文人染指之后，这种文学样式便渐渐地丧失了它早期的真率、通俗、质朴与刚健的平民风格，而在雅化、诗化的道路上越走越远。只是到了柳永，才真正把它从士大夫的歌筵舞席再次引向勾栏瓦肆、山程水驿乃至一切有井水的地方，扩大了它的社会基础，恢复并加强了它的平民色彩。他以自己的真率、朴素、清新的词句，以对普通市民的生活、情感与命运的深切关注，以及发自内心的对于人生忧患的深沉感喟，一扫士大夫词坛的典雅、雍容、无病呻吟和装模作样，闪耀着平民意识与人文精神的光芒。

这四个方面的杰出贡献正是当时的士大夫词坛所缺乏的。宋词之开始具备自己的品格与面貌，即以这些重要的突破为表征。如果不是经过柳永的全面改造，唐五代以来的文人词充其量只能是在花间南唐的规模之内兜圈子，陈陈相因，黯无生气。既不可能有北宋词之博大，更不可能有南宋词之深刻。这一发轫于隋唐民间的通俗的音乐文学，不待走完它的全部路程，就被少数士大夫词人过早地扼杀了。从这个意义上讲，我们称柳永为两宋词坛第一大功臣，应该说是恰如其分、当之无愧的。

柳永以一位真正的艺术家的胆识、才华和创新精神，为宋词的发展作出了不可磨灭的贡献。就其艺术影响的广泛和深远来说，有宋一代无人能出其右。苏轼、辛弃疾英名盖世，但是他们的影响主要是在文人的圈子内，而柳永是属于全民的。史载“凡有井水饮处，即能歌柳词”，（叶梦得《避暑录话》卷下）有人烟的地方，就有柳永词的存在。可见他的影响是不分地域、不分民族、不分阶级、不分贤愚良贱的。

第八讲

苏轼词

苏轼（1037—1101），字子瞻，号东坡居士，眉州眉山（今属四川）人。宋仁宗嘉祐二年（1057）与弟辙同登进士第；六年（1061），中才识兼茂明于体用科，授大理评事，签书凤翔府判官。

苏轼在政治上属于温和的改良主义者，不赞成王安石等人的急剧变革，也不满意司马光等人的因循守旧。“熙宁变法”期间，因与王安石政见不合，自请外任，于熙宁四年（1071）出为杭州通判，七年（1074），迁知密州。元丰二年（1079），他遭遇“乌台诗案”，坐过一段时间的监狱之后，责授黄州团练副使、本州安置。

元祐元年（1086）神宗死，哲宗年幼，高太后临朝执政，斥逐新党，启用旧党，苏轼被召回，除起居舍人，迁中书舍人，又迁翰林学士、知制诰，知礼部贡举。苏轼不满意司马光等人的意气用事，全盘否定王安石的新政，于元祐四年（1089）出知杭州，六年（1091）被召回，还是不想在天子脚下做官，七上封章乞除一郡，得知颍州，改知扬州、定州。

元祐八年（1093），高太后病死，哲宗亲政，斥逐旧党，再次启用新党，苏轼于绍圣元年（1094）被远谪惠州（今属广东），四年（1097）再贬儋州（今属海南）。徽宗即位，遇赦北归，于建中靖国元年（1101）卒于常州（今属江苏）。

苏轼在新、旧两党的夹缝当中折腾了一辈子，受了许多打击和磨难。他之所以没有被斥逐而死，主要在于性情的旷达与乐观，无论命运把他抛向哪里，他都能够随遇而安。他是一个魅力四射的人，一个才华盖世的人。无论诗词与古文，还是书法与绘画，他都是卓然大家。他的著作很多，词集名《东坡乐府》。《全宋词》收其词362首。

江城子

乙卯正月二十日夜记梦①

十年生死两茫茫②，不思量，自难忘。千里孤坟③，无处话凄凉。纵使相逢应不识，尘满面，鬓如霜④。

昨夜幽梦忽还乡，小轩窗⑤，正梳妆。相顾无言，唯有泪千行。料得年年肠断处，明月夜，短松冈⑥。

【注释】

①乙卯：宋神宗熙宁八年（1075）。②十年生死：苏轼的妻子王弗于英宗治平二年（1065）去世，到苏轼写这首词的这一年，正好十年。③千里孤坟：王弗死后葬于眉州东北彭山县的安镇乡可龙里，离苏轼任知州的密州约千里之遥。④鬓如霜：苏轼写这首词时才39岁，说“鬓如霜”略显夸张。他在同一年写作的《江城子·密州出猎》中说自己“鬓微霜”，这就比较真实。⑤小轩窗：小回廊上的窗户。⑥短松岗：长有小松树的山冈，指妻子的坟墓所在地。

【导读】

这是宋词里最为知名的一首悼亡词。它有这样几个特点：(1) 感情真挚而沉痛。苏轼对生死这个问题，原是很旷达的，但是对自己所挚爱的女人之死，却非常痛苦。(2) 语言朴实无华。全词不刷色，不雕琢，也不用典，都是大白话。(3) 悼亡妻，而能联系自己的生活境遇，即所谓"独坐悲君亦自悲"（元稹《遣悲怀》），使得读者既为他的中年丧妻而深感难过，又对他的"尘满面，鬓如霜"的生存状态深表同情，从而丰富了作品的情感内涵。(4) 结构上层层转折，意蕴上层层深入。例如，死别十年而"自难忘"，是一转；"自难忘"而"无处话凄凉"，是二转；"纵使相逢"，亦"应不识"，是三转；由"思量"而入"幽梦"，是四转；"相顾"，却又"无言"，是五转；由梦境而回到现实，而料想死者之"年年肠断"，是六转。每转一次，词的意蕴便深一层。

江城子

密州出猎[①]

老夫聊发少年狂，左牵黄[②]，右擎苍[③]。锦帽貂裘[④]，千骑转平冈[⑤]。为报倾城随太守，亲射虎，看孙郎[⑥]。

酒酣胸胆尚开张，鬓微霜，又何妨？持节云中，何日遣冯唐[⑦]？会挽雕弓如满月[⑧]，西北望，射天狼[⑨]。

【注释】

①密州：州治在今山东诸城市。宋神宗熙宁四年（1071），苏轼因与王安石政见不合，出为杭州通判。七年，移知密州。②左牵黄：左手牵着黄狗。③右擎苍：右臂上擎着苍鹰。④锦帽貂裘：出猎时的装束。锦帽：锦蒙帽；貂裘：貂鼠裘。⑤千骑：千人的队伍。骑：一个人骑一匹马之谓。⑥亲射虎，看孙郎：据《三国志·吴书·吴主传》，建安二十三年十月，吴主孙权骑马射虎，“马为虎所伤，权投以双戟，虎却废。常从张世击以戈，获之。”这里是以孙郎自比。⑦持节云中，何日遣冯唐：即“何日遣冯唐持节云中”之倒文。据《史记·冯唐传》：汉文帝时，魏尚为云中太守，守边有功，爱恤士卒，后因手下报战功时，多报了六颗人头，被削职。冯唐进谏，为之鸣不平。文帝于是“令唐持节赦魏尚，复以为云中守，而拜唐为车骑都尉，主中尉及郡国车士”。后来注家多以为词人在这里是以魏尚自比，而俞平伯先生却以为是以

冯唐自比。他说："按史所载，魏尚时因有罪，下吏削爵；东坡于元丰七年（按：应为熙宁七年）自杭州通判调密州太守，是升官，非贬职，更非有罪下狱，与魏尚事不合。其另一面，史载冯唐其时不但持节为使者，且做车骑都尉，带了许多兵，也和本词下文'挽雕弓'、'射天狼'等意思相呼应。审文意，仍以自比冯唐为较惬当。"（参见俞平伯《唐宋词选释》，人民文学出版社1979年版，第96页）节：节杖，以竹竿为之，使者所执，以为符信。⑧会：将要。雕弓：有彩绘的弓。⑨天狼：天狼星，主侵扰之事。这里指西夏。《楚辞·九歌·东君》："举长矢兮射天狼。"

【导读】

这是苏轼所作的第一首豪放词，写作地点在今山东诸城。苏轼在《与鲜于子骏书》中说："近却颇作小词，虽无柳七郎风味，亦自是一家。呵呵！数日前，猎于郊外，所获颇多。作得一阕，令东州壮士抵掌顿足而歌之，吹笛击鼓以为节，颇壮观也。"这"一阕"词，就是《江城子·密州出猎》。这说明，苏轼作豪放词，是有意为之，目的就是要在"柳七郎风味"之外，"自是一家"。对于豪放词的审美特点，他有一个准确而生动的界定，这就是："令东州壮士抵掌顿足而歌之，吹笛击鼓以为节，颇壮观也。"在审美类型上，豪放词属于壮美而非优美。具体来讲，就是形象博大，场面壮阔，气势雄浑，格调高昂，听之令人鼓舞。这与婉约词的形象相对纤细、场面相对狭小、气息相对委婉、格调相对低沉、听之令人缠绵悱恻，恰好形成互补与对映。

需要说明的是，苏轼追求"自是一家"，但是并没有因此而贬低"柳七郎风味"。一方面，苏轼的豪放词并不多，充其量也不到他全部词作的10%。在他的词里，具有"柳七郎风味"的作品肯定比豪放词要多得多。另一方面，柳七郎虽不作豪放词，但是他的不少作品也有某些豪放词的元素。例如苏轼所称道的"渐霜风凄紧，关河冷落，残照当楼"，其形象就比较博大，场面也比较开阔。所以在讲到苏轼豪放词的时候，要实事求是，不要崇豪放而贬婉约，更不要扬苏而抑柳。

水调歌头

丙辰中秋[①]，欢饮达旦，大醉，作此篇，兼怀子由[②]。

明月几时有，把酒问青天[③]。不知天上宫阙，今夕是何年[④]？我欲乘风归去[⑤]，又恐琼楼玉宇[⑥]，高处不胜寒[⑦]。起舞弄清影，何似在人间？

转朱阁[⑧]，低绮户[⑨]，照无眠。不应有恨，何事长向别时圆？人有悲欢离合，月有阴晴圆缺，此事古难全。但愿人长久，千里共婵娟[⑩]。

【注释】

①丙辰：即宋神宗熙宁九年(1076)，时作者在密州知州任上。②子由：苏轼之弟苏辙，当时在齐州（州治在今山东济南市）做官。③“明月”二句：化用李白《把酒问月》诗意：“青天有月来几时？我今停杯一问之。”④“不知”二句：语出唐人戴叔伦《二灵寺守岁》：“不知今夕是何年。”⑤归去：回到天上去。意谓自己本非尘世间人，只是因为某个过失才被谪罚到尘世来。李清照《渔家傲》：“仿佛梦魂归帝所，闻天语，殷勤问我归何处。”亦是此意。凡视上天曰“归去”者，皆表明对尘世的失望或不满。⑥琼楼玉宇：美玉砌成的楼宇。这里指月宫。⑦不胜（shēng）寒：不胜其寒。不胜：承受不起。寒：寒冷，冷清。⑧朱阁：红色的楼阁。⑨绮户：有雕饰的窗户。绮：有花纹的丝织品。⑩“千里”句：语出南朝谢庄《月赋》：“美人迈兮音尘绝，隔千里兮共明月。”婵娟：美丽的月亮。

【导读】

苏轼精神的核心价值在于“旷达”二字。所谓“旷达”，就是心胸开阔，想得开。即如这首词，就比较生动地体现了这一点。词的上片，所谓“天上”、“人间”云云，其实就是写“出世”和“入世”的矛盾。“人间”不如意事十常八九，而“天上”则逍遥自在，但“天上”寂寞冷清，“人间”却可以得到兄弟的关爱。所以经过一番比较，词人最终还是选择了“人间”。这就是旷达的表现。用心理学的术语来讲，这是自我心理调适的结果。词的下片，则是写人间的“离”、“合”与月亮的“圆”、“缺”之间的矛盾。为什么兄弟团聚（合）时，月亮不圆（缺）；兄弟分手（离）之后，月亮又不缺（圆）了呢？词人甚至不无激烈地问到：“不应有恨，何事长向别时圆？”但是，他没有求助于别人，而是自己悟出了一个道理，即“人有悲欢离合，月有阴晴圆缺，此事古难全”。既然古往今来都“难全”，我又何必去求“全”呢？这也是一种旷达的表现，也是自我心理调适的结果。

浣溪沙

徐门石潭谢雨道上作五首[①]。潭在城东二十里，常与泗水增减，清浊相应[②]。

簌簌衣巾落枣花[③]，村南村北响缫车[④]，牛衣古柳卖黄瓜[⑤]。

【注释】

①徐门：指徐州。石潭：在徐州城东二十里处。据苏轼《起伏龙行》介绍，当地父老相

酒困路长惟欲睡，日高人渴漫思茶，敲门试问野人家。

传，置虎头于潭中，可求得雷雨。谢雨：古时天旱，人们常常祭祀神灵，祈求降雨，称为“祈雨”。降雨之后，又到祈雨之处谢神，称为“谢雨”。②泗水：发源于今山东省泗水县东蒙山南麓（四源并发，故名），经过今江苏省徐州市东北，最后注入淮河。苏轼《起伏龙行》介绍，当地父老相传，石潭之水与泗水相通，水之涨落、清浊，皆与泗水相应。③簌簌（sù）衣巾落枣花：即枣花簌簌地落在衣巾上。簌簌：纷纷坠落的样子。④缫车（sāo）：即缫丝车，一种用于缫丝的工具。⑤牛衣：原指披在牛身上的麻衣或草衣，这里指人穿的蓑衣。

【导读】

这首词，是元丰元年（1078）苏轼在徐州知州任上所作。那年春天，徐州旱情严重，苏轼率本州官民往城东石潭祈雨，降雨之后，又去石潭谢雨。在谢雨途中，他一连写了五首《浣溪沙》，这是其中的第四首。作品描绘当地农村的夏季景色，堪称“如画”。清人王士祯《花草蒙拾》云：“‘牛衣古柳卖黄瓜’，非坡仙无此胸次。”这是一种诗人的胸次，更是一种旷达之人的胸次。

永遇乐

彭城夜宿燕子楼，梦盼盼，因作此词①

明月如霜，好风如水，清景无限。曲港跳鱼，圆荷泻露，寂寞无人见。紞如三鼓②，铿然一叶③，黯黯梦云惊断④。夜茫茫、重寻无处，觉来小园行遍。

天涯倦客，山中归路，望断故园心眼。燕子楼空，佳人何在？空锁楼中燕。古今如梦，何曾梦觉？但有旧欢新怨。异时对、黄楼夜景⑤，为余浩叹。

【注释】

①“彭城”三句：彭城：今江苏省徐州市。燕子楼、盼盼：据白居易《燕子楼诗序》：“徐州故尚书（张建封）有爱妓曰盼盼，善歌舞，雅多风态。尚书既没，彭城有旧第，第中有小楼名燕子。盼盼念旧爱而不嫁，居是楼十余年。”②紞（dǎn）如三鼓：三更鼓响。紞：打鼓声。如：助词。《晋书·邓攸传》引吴人歌：“紞如打五鼓，鸡鸣天欲曙。”③铿然一叶：意谓一片落叶的声音听起来都是那样清脆。铿然：形容声音之清脆。一叶：一片落叶。④黯黯梦云惊断：梦中惊醒，黯然心伤。梦云：典出宋玉《高唐赋序》，楚王梦一神女，自称“朝为行云，暮为行雨”。⑤“异时对”三句：谓后人面对黄楼，凭吊自己时，也会发出同样的感叹。黄楼：彭城东门上的大楼，系苏轼任徐州知州时所建。

【导读】

此词为苏轼“梦登燕子楼，翌日往寻其地而作”（王文诰《苏诗总案》)。上片描写梦中之夜景与梦醒、寻梦之经过，下片因昨夜之梦而抒发人生无常、古今如梦之感慨。盖燕子楼系张建封所建，黄楼系自己所建，都在彭城。燕子楼早已人去楼空，黄楼今后又如何呢？自己今日为张建封和燕子楼而浩叹，许多年以后，人们也会为自己和黄楼而浩叹，所谓后之视今，亦如今之视昔也。古今都不过是一场梦，而人们之所以还没有梦醒，是因为他们心里还装着旧欢新怨，还没有超脱尘世的是非得失。全词所体现的也是一种旷达之人的胸次。

水龙吟

次韵章质夫杨花词①

似花还似非花，也无人惜从教坠②。抛家傍舍，思量却是，无情有思③。萦损柔肠④，困酣娇眼⑤，欲开还闭。梦随风万里，寻郎去处，又还被、莺呼起⑥。

不恨此花飞尽，恨西园、落红难缀。晓来雨过，遗踪何在？一池萍碎⑦。春色三分，二分尘土，一分流水。细看来、不是杨花，点点是离人泪。

【注释】

①次韵：依原作所用韵及其先后顺序而和作，又称步韵。章质夫，名章楶，浦城（今属福建）人。历官集贤殿修撰、端明殿学士，同知枢密院事。杨花：体态似柳絮，但不是柳絮。杨花是杨树的花，柳絮是柳树的种子。但这里是指柳絮。苏轼《再次韵曾仲锡荔支》："杨花著水万浮萍。"自注云："柳至易成，飞絮落水中，经宿即为浮萍。"与本词所云"晓来雨过，遗踪何在？一池萍碎"相合。又章质夫原作《水龙吟·咏杨花》："燕忙莺懒芳残，正堤上柳花飘坠。"标题说的是"咏杨花"，而词中说

"正堤上柳花飘坠"，显然这里的杨花也是指柳絮。②从教：听从，任凭。③无情有思(sì)：似乎无情，实则有思。韩愈《晚春》："杨花榆荚无才思，惟解漫天作雪飞。"这里反其意而用之。④萦损柔肠：这一句写柳丝，意谓萦绕的柳丝就像思妇愁损的柔肠。⑤困酣娇眼：这一句写柳眼，即柳芽，意谓逐渐鼓胀起来的柳芽，就像思妇慵困的娇眼。按：三月中旬，还包在一层皮里的柳树叶芽逐渐鼓胀起来，这柳芽的外形，就像人的细眼睛，所以称之为"柳眼"。⑥"梦随风"四句：化用唐人金昌绪《春怨》诗意："打起黄莺儿，莫叫枝上啼。啼时惊妾梦，不得到辽西。"⑦一池萍碎：苏轼自注云："杨花落水为浮萍，验之信然。"按：杨花与浮萍，本不是一类植物。古人视浮萍为落水的杨花，是一种错误的认识。

【导读】

这是一首咏物词，它的特点可以用作品的第一句来描述，即"似花还似飞花"。好的咏物词在于形神兼备，也就是"不即不离，不粘不脱"。首先要求"形似"，即"不离"、"不脱"。即如这首词，写柳絮就是柳絮，它的飘飞、降落和最后的归宿，都只能是柳絮，不是别的花絮。然后要求"神似"，即"不即"、"不粘"。这首词既是写柳絮，又不全是写柳絮，例如慵懒、困倦、追寻、失落和伤感，就不是柳絮所为，而是思妇所为。整个作品让人感到似杨花，又不全似柳絮；似思妇，又不全似思妇，在似与不似之间，似花还是非花。张炎讲："东坡次章质夫杨花《水龙吟》韵，机锋相摩，起句便合让东坡出一头地，后片愈出愈奇，真是压倒今古"（《词源》卷下）。他说"起句便合让东坡出一头地"，就是说他咏柳絮，一下子就抓住了柳絮的本质特点。王国维讲："咏物之词，自以东坡《水龙吟》为最工，邦卿《双双燕》次之。"（《人间词话》）这个评价是允当的。

定风波

三月七日，沙湖道中遇雨①，雨具先去，同行皆狼狈，余独不觉，已而遂晴，故作此。

莫听穿林打叶声②，何妨吟啸且徐行。竹杖芒鞋轻胜马③，谁怕？一蓑烟雨任平生④。

料峭春风吹酒醒⑤，微冷，山头斜照却相迎。回首向来萧瑟处⑥，归去。也无风雨也无晴。

【注释】
①沙湖：宋时地名。据《东坡志林》卷一载，沙湖在黄州黄冈县东南三十里处，亦名螺丝店。②穿林打叶声：即雨声。③芒鞋：草鞋。④蓑：蓑衣，用棕叶或竹叶编织而成，一种古老的雨衣。⑤料峭：形容微寒。⑥向来：先前。萧瑟处：风雨袭击处。

【导读】

这首词是作者在黄州贬所时写的。词人叙述了自己的一段亲身经历，表明了一种豪迈、旷达、从容不迫的人生态度。作品包含了非常有价值的人生哲理，这就是：人在遇到挫折的时候，应该从容应对，不要惊惧，更不要悲观，挫折总是暂时的。挫折一旦过去，生活依旧美好。而且，只有经历过挫折，才会真正体认到生活的美好。不经历风雨，怎么见彩虹？不过，这段哲理不是用说理的方式直白地说出来的，而是通过一段饶有趣味的经历和一组富有乡村生活气息的镜头表现出来的，因而显得生动形象，韵味深长。

浣溪沙

游蕲水清泉寺，寺临兰溪，溪水西流。①

山下兰芽短浸溪②，松间沙路净无泥。萧萧暮雨子归啼③。

谁道人生无再少？门前流水尚能西。休将白发唱黄鸡④。

【注释】

①蕲水：即蕲州蕲水县（今湖北浠水县），紧邻黄州的州治黄冈县。清泉寺：在蕲水县郭门外二里处。兰溪：溪名，流经清泉寺，以溪畔多生兰草而得名。②兰芽：兰草新生的嫩芽。③子归：杜鹃鸟的别名。④休将白发唱黄鸡：这一句的意思是，不要因为年老而悲伤。典出白居易《醉歌示妓商玲珑》：“谁道使君不解歌？听唱黄鸡与白日。黄鸡催晓丑时鸣，白日催年酉前没。腰间红绶系未稳，镜里朱颜看已失。玲珑玲珑奈老何，使君歌了汝更歌。”白居易用黄鸡白发喻世事匆匆，苏轼反其意而用之。

【导读】

苏轼《东坡志林》卷一《游沙湖》云：“黄州东南三十里为沙湖，亦曰螺师店，予买田其间，因往相田得疾，闻麻桥人庞安常善医而聋，遂往求疗。安常虽聋，而颖悟绝人，以纸画字，书不数字，则深了人意。余戏之曰：‘余以手为口，君以眼为耳，皆一时异人也。’疾愈，与之同游清泉寺。寺在蕲水郭门外二里许，有王逸少洗笔泉，水极甘，下临兰溪，溪水西流。余作歌云（即此词，略）。是日剧饮而归。”这一段笔记，交代了这首词的写作背景。

作品所流露的旷达心态，是这首词的核心价值之所在。

苏轼的词和之前的词相比，有两个明显的特点，一是许多作品的词牌下面都有一个标题，或者一段小序；二是以诗为词，也就是把诗的题材、诗的语言、诗的写法引入词的创作。这两个特点，使得他的词和前人的词有了很大的不同。这就是，把词由“嘴唱的文学”变成了“眼看的文学”，由“娱乐大众的文学”变成了“抒发个人情志的文学”。“眼看的文学”或“抒发个人情志的文学”，在思想内容方面比“嘴唱的文学”或“娱乐大众的文学”要丰富得多，复杂得多，个性鲜明得多。为了表明题意，突出主题，他就在词牌下面加个标题，或加一段小序。为了更好地抒发个人情志，更充分地表现作品的思想内容，他就在一定程度上打破诗词的界限，以诗为词，这就使得他的词有了诗的风格或意境。

需要说明的是，苏轼以诗为词，还是有分寸的，他还没有完全混同诗与词的界限，所以，我们读他的词与读他的诗在感觉上还是不一样的。

念奴娇

赤壁怀古①

大江东去，浪淘尽、千古风流人物。故垒西边②，人道是、三国周郎赤壁③。乱石穿空，惊涛拍岸，卷起千堆雪。江山如画，一时多少豪杰。

遥想公瑾当年④，小乔初嫁了⑤，雄姿英发⑥。羽扇纶巾⑦，谈笑间、樯橹灰飞烟灭⑧。故国神游，多情应笑我⑨，早生华发。人生如梦，一尊还酹江月⑩。

【注释】

①赤壁：这里是指黄州城外的那个赤壁，又叫赤鼻矶，不是真正的“三国周郎赤壁”。真正的“三国周郎赤壁”，即东汉末年赤壁之战的古战场，在蒲圻县（今赤壁市）的西北部。汉献帝建安十三年(208)，曹操率20万大军南下征讨孙（权）、刘（备），驻军赤壁对岸的乌林（今属湖北洪湖市），与孙、刘联军隔江对峙。孙、刘联军不过五万人，强弱对比悬殊。然曹军多北方人，不习水战，疾疫流行，曹操又骄傲轻敌，孙、刘联军利用对方的这些弱点，火攻曹操水师，大破曹兵。这就是历史上有名的赤壁之战。赤壁之战后，魏、蜀、吴三国鼎立的局面得以形成。②故垒：旧时的营垒。③人道是、三国周郎赤壁：黄州赤壁曾被当地人讹传为“三国周郎赤壁”。苏轼对此也持怀疑态度。他在《与范子丰书》里说：“黄州少西，山麓斗入江中，石室如丹，传云曹公败所，所谓赤壁者。或曰非也。”为了不致引起后人

的误解，他在这里特别注明“人道是”。④公瑾：即周瑜，字公瑾，庐江（今属安徽）人，长壮有姿貌，24岁拜建威中郎将，吴中呼为“周郎”。周公瑾任前部大都督（统帅），指挥孙、刘联军在赤壁大破曹军时，年当34岁。⑤小乔：即小桥，东吴桥玄的幼女，周瑜之妻。《三国志·吴书·周瑜传》：“时得桥公二女，皆国色也，策（即孙策，孙权之兄）自纳大桥，瑜纳小桥。”“小乔初嫁”时，周瑜24岁；至赤壁之战时，周瑜已34岁，小乔已嫁10年，不是“初嫁”。这里说“初嫁”，是文学的手法，意在凸显周瑜的少年得志。⑥雄姿英发：风姿雄伟，英气勃发。⑦羽扇纶（guān）巾：手持羽毛扇，头扎青丝巾。这是诸葛亮的装束。过去一直有人认为是周瑜的装束，实误。理由如下：(1) 有人认为，把“羽扇纶巾”认作诸葛亮的装束，起初是由于唐宋人笔记的记载，后来又由于《三国演义》的描写和各种三国戏的扮演。其实早在三国两晋时代，人们就是这样记载诸葛亮的装束的。如《太平御览》卷307引东晋裴启的《语林》说：“诸葛武侯与司马宣王在渭滨，将战，宣王戎服莅事，使人视武侯，素舆葛巾，持白毛扇指挥，三军皆随其进止。宣王闻而叹曰：‘可谓名士’。”它如《太平御览》卷 687 引《蜀书》，卷 687、卷 692 引孟达《与诸葛亮书》，都有同样的记载。(2) 有人认为，从三国到六朝，“羽扇纶巾”是所谓儒将的一般装束，并举梁高、谢万、顾荣等为证。但这只能说明周瑜可能有这样的装束，不能说明他一定就有这样的装束。事实上，并没有哪一部书记载周瑜有过这样的装束。(3) 赤壁之战是孙、刘联军抵御曹军的战争，而周瑜和诸葛亮乃是孙、刘联军的主要人物，一个指挥破曹，一个定计破曹。苏轼既言“一时多少豪杰”，怎么可能说到最后只有周瑜一人呢？这既不符合历史事实，也与这一句词不相呼应。可参考唐圭璋《论苏轼〈念奴娇〉词里的“羽扇纶巾”》，《词学论丛》，上海古籍出版社 1986 年版，第 940—942 页。⑧樯橹：桅杆和桨。这里代指曹操的战船。⑨“故国”二句：即“神游故国，应笑我多情”的倒文。⑩酹（lèi）江月：以酒洒地，祭奠江月。

【导读】

宋神宗元丰二年（1079）八月，苏轼以“讥刺新法”的罪名，自湖州知州入御史台狱。经过四个多月的勘治，于当年十二月责授黄州团练副使，本州安置，不得签书公事。这就是有名的“乌台诗案”。苏轼到黄州

后，内心是很悲愤的，但是一直都在寻求自我解脱。这首词，和上面讲过的《定风波》、《浣溪沙》一样，就是在这样的处境和心情之下写成的。

这首词历来被说成是豪放词的一个代表，其实它的风格因子是多样的，有豪放，有悲怆，也有旷达。从“大江东去”到“樯橹灰飞烟灭”，描写赤壁的壮美景色，叙述周瑜、诸葛亮等三国人物的英雄事业，可以说是豪放；“故国神游，多情应笑我，早生华发”这三句，想到自己壮志未酬、身遭贬斥、未老先衰的身世，可以说是悲怆；“人生如梦，一尊还酹江月”两句，想到无论是周瑜、诸葛亮的辉煌人生，还是自己的黯淡人生，都是短暂的，都不过是一场梦，只有江月才是永恒的，可以说是旷达。读这首词，如果只看到它的豪放，看不到它的悲怆和旷达，还不能说是真正读懂了它。

卜算子

黄州定慧院寓居作①

缺月挂疏桐，漏断人初静②。时见幽人独往来③，缥缈孤鸿影④。

惊起却回头，有恨无人省⑤。拣尽寒枝不肯栖⑥，寂寞沙洲冷。

【注释】

①定慧院：在黄州城东清淮门外。苏轼贬谪黄州后曾寓居此院。②漏断：用作计时的漏壶里的水滴尽了，指夜已深。漏：漏壶，古代的一种计时器。③幽人：本义为幽囚。《易·履卦》：“幽人贞洁。”引申为幽隐、幽静之人，亦即孤独之人，这里既指孤鸿，也暗指自己。④缥缈：隐约之貌。⑤省（xǐng）：明白，理解。⑥“拣尽”句：语出杜甫《遣愁》：“择木知幽鸟”，盖良禽择木而栖，良臣择君而仕之意。

【导读】

这首词也是写在黄州贬所。词人借“孤鸿”这个形象，写自己的寂寞、失意和坚守，亦物亦人，语意高妙。

临江仙

夜归临皋[①]

夜饮东坡醒复醉[②]，归来仿佛三更。家童鼻息已雷鸣[③]。敲门都不应，倚杖听江声。

长恨此身非我有[④]，何时忘却营营[⑤]？夜阑风静縠纹平[⑥]。小舟从此逝，江海寄余生。

【注释】

①临皋：地名，在黄冈县南长江北岸，苏轼贬谪黄州期间曾寓居于此。②东坡：地名，在黄冈县东。苏轼贬谪黄州的第三年（1081），率家人在这里开荒种地，因自号“东坡居士”。第四年，又在这里筑“雪堂”作为游息之地，并常往来于“雪堂”和“临皋”之间。这首词就是他夜饮东坡“雪堂”归“临皋”后作。③鼻息：鼾声。韩愈《石鼎联句序》：“倚墙睡，鼻息如雷鸣。”④“长恨”句：语出《庄子·知北游》：“舜问乎丞曰：‘道可得而有乎?’曰：‘汝身非汝有也，汝何得有乎道?’舜曰：‘吾身非吾有也，孰有之哉?’曰：‘是天地之委形也。’”⑤营营：往来不绝的样子。这里指为了功名利禄而劳碌奔波。

【导读】

“长恨此身非我有，何时忘却营营”，这是一个具有独立意识的知识分子对于自身生命状态的一种拷问。一个人长期为了功名利禄而劳碌奔波，

为了这些外在于己的东西而忽视了自身存在的价值和意义，这是一种严重的异化现象。这种异化现象在专制社会里非常普遍，但远不是人人都能意识到。苏轼能意识到这一点，实属难能可贵。

叶梦得《避暑录话》卷上云："子瞻在黄州……与数客饮江上，夜归。江面际天，风露浩然，有当其意，乃作歌词，所谓'夜阑风静縠纹平。小舟从此逝，江海寄余生'者，与客大歌数过而散。翌日，喧传子瞻夜作此词，挂冠服江边，拏舟长啸去矣。郡守徐君猷闻之，惊且惧，以为州失罪人，急命驾往谒，则子瞻鼻鼾如雷，犹未兴也。然此语卒传至都下，虽裕陵亦闻而疑之。"这个记载不一定可靠，但是联系作品来考察，可以看出苏轼的旷达。

蝶恋花

花褪残红青杏小[①]。燕子飞时，绿水人家绕。枝上柳绵吹又少[②]，天涯何处无芳草。

墙里秋千墙外道。墙外行人，墙里佳人笑。笑渐不闻声渐悄，多情却被无情恼[③]。

【注释】

①褪：凋落，褪色。②柳绵：柳絮。③多情：这里指墙外行人；无情：这里指墙里佳人。

【导读】

词的上片，借暮春景色，写自己的漂泊之感；下片，借墙里佳人的欢笑，写自己的失落。释惠洪《冷斋夜话》云："东坡《蝶恋花》词云（略）。东坡渡海日，惟朝云王氏随行，日诵'枝上柳绵'二句，为之流泪，病极犹不释口。"这条词话有一个细节不符合事实，盖东坡渡海去儋州之日，朝云已经去世。但朝云因这两句词而伤心落泪，当是可信的。《瑯嬛纪》卷中引《林下词谈》说："子瞻在惠州，与朝云闲坐，时青女初至，落木萧萧，凄然有悲秋之意。命朝云把大白，唱'花褪残红'。朝云歌喉将啭，泪满衣襟，子瞻诘其故，答曰：'奴所不能歌，是枝上柳绵吹又少，天涯何处无芳草也。'子瞻翻然大笑，曰：'是吾正悲秋，而汝又伤春矣。'遂罢。朝云不久抱疾而亡。子瞻终身不复听此词。"朝云是苏轼的侍妾，也是他的知音。她之所以唱到这两句词就伤心落泪，是因为这两句词流露了浓厚的伤春意绪和漂泊之感。正因为词人心中有这种伤春意绪和漂泊之感，所以墙里的秋千，与佳人的欢笑，都会加深他的失落与孤独。“恼”者，撩拨之谓也。

贺新郎

乳燕飞华屋，悄无人、桐阴转午①，晚凉新浴。手弄生绡白团扇②，扇手一时似玉③。渐困倚、孤眠清熟。帘外谁来推绣户，枉教人、梦断瑶台曲④。又却是、风敲竹⑤。

石榴半吐红巾蹙⑥，待浮花浪蕊都尽⑦，伴君幽独。秾艳一枝细看取⑧，芳心千重似束。又恐被、西风惊绿⑨。若待得君来向此，花前对酒不忍触。共粉泪、两簌簌⑩。

【注释】

①桐阴转午：桐树的影子渐渐转移，时间已到午后。②生绡白团扇：白色生丝做的团扇。③扇手一时似玉：典出《世说新语·容止》：“王夷甫容貌整丽，妙于谈玄，恒捉白玉柄麈尾，与手都无分别。”④梦断瑶台曲：游仙之梦被惊醒。瑶台：仙人所居之境。曲：深幽之处。⑤风敲竹：唐人李益《竹窗闻风寄苗发司空曙》：“开门复动竹，疑是玉人来。”⑥石榴半吐红巾蹙：意谓石榴花半开时，状如折皱的红巾。白居易《题孤山寺山石榴花》：“山榴花似结红巾。”⑦浮花浪蕊：轻浮俗艳的花朵。⑧秾艳一枝：语出李白《清平调》：“一枝秾艳露凝香。”⑨西风惊绿：石榴夏天开花，西风起后，榴花凋谢，只剩一片绿叶。⑩两簌簌：花瓣与眼泪同落。

【导读】

这首词既不豪放，也不旷达，是一首在情感和风格上都比较传统的婉约词。词的上片写一个“手弄生绡白团扇”的“孤眠”的美人，下片写一枝不与“浮花浪蕊”为伍而愿意“伴君幽独”的石榴花。人与花都是高洁的，也都是失意的。二者似乎有着共同的命运，所谓“共粉泪，两簌簌”。词人写石榴，就像他写柳絮、写孤鸿一样，均在亦人亦物、似与不似之间，能够予人以丰富的联想。

〔关于苏轼词的评价〕

苏轼是一位天才的文学艺术家，他在诗、文、词、书法方面都取得了第一流的成就。

他对柳词是非常熟悉的，他的某些作品也曾受到柳词的影响，但是总的来讲，他的词路还是和柳词不一样。他在《与鲜于子骏书》中说：“近却颇作小词，虽无柳七郎风味，亦自是一家。”他的“自是一家”，就是“以诗为词”。所谓“以诗为词”，就是把词当做诗来写，包括以诗的题材入词，以诗的语言入词，以诗的意境和风格入词，以诗的表现手法来作词。他的诗原是很有几分豪放的，他“以诗为词”，自然就把豪放的风格带进了词里。

“以诗为词”的影响是双重的。从积极的方面来看，是突破了“诗尊词卑”的传统观念，打破了词为“艳科”、“小道”的传统格局，使词与诗一样，有了比较自由的表现历史与现实、社会与人生的功能；是摆脱了音乐的束缚，不再考虑应酬的需要，使词由音乐的附庸变为一种可以独立地抒情言志的诗体。从消极的方面来看，则是相对忽略了词的音乐性和通俗性，在一定程度上消解了词的个性和特点。所以他的这些“以诗为词”的作品问世之后，在词坛上引发了很大的争议。他的门人陈师道讲：“退之以文为诗，子瞻以诗为词，如教坊雷大使之舞，虽极天下之工，要非本色”（《后山诗话》）。所谓“非本色”，就是指他的那些“以诗为词”的作品，背离了温庭筠以来的文人词的传统，把词写得不太像词了。

需要说明的是，苏轼的“以诗为词”，仍然是有限度的。胡寅讲：“眉山苏氏，一洗绮罗香泽之态，摆脱绸缪宛转之度，使人登高望远，举首高歌，而逸怀浩气，超然乎尘垢之外，于是《花间》为皂隶，而柳氏为舆台矣。”（《酒边词序》）这话是有些言过其实的。

第一，苏轼并没有“一洗绮罗香泽之态”，也没有“摆脱绸缪宛转之度”。在他的词集里，偏于传统的婉约风格的作品仍然占了多数。即如我们讲过的《贺新郎》（乳燕飞华屋）和《水龙吟》（似花还似非花）这两首词，就没有洗掉“绮罗香泽之态”，而且“绸缪宛转”得实在可以。

第二，苏轼那些“使人登高望远，举首高歌，而逸怀浩气，超然乎尘垢之外”的豪放词，在他的词集里并不多，在其风格类型中也不占主流，只是比较引人注目而已。

第三，苏轼的豪放词问世之后，《花间》既没有“为皂隶”，柳氏也没有“为舆台”。在北宋后期词坛，学《花间》的仍然大有人在，学柳永的也不在少数。例如贺铸，虽然写过《六州歌头》（少年侠气）这样的豪放词，但是就其主要的方面来看，也还是学《花间》的。他自称“吾笔端驱使李商隐、温庭筠，常奔命不暇”（叶梦得《贺铸传》）就是一个很好的证明。又如秦观，他在词的题材、体制、铺叙手法方面就深受柳永的影响，只是在语言和风格方面比柳词要含蓄委婉一些而已。

第九讲

北宋后期词（上）

一、王安石词

王安石（1021—1086），字介甫，号半山，抚州临川（今江西抚州）人，仁宗庆历二年（1042）进士。嘉祐三年（1058），奏献《万言书》，极陈当时之急务，主张变法；神宗熙宁二年（1069），除参知政事；三年十二月，拜同中书门下平章事（宰相），实行变法；由于遭到既得利益者的激烈反对，七年四月罢相，出知江宁府；八年二月，再拜相；九年十月以后，再度罢相；晚年退居江宁（今南京）；元丰三年（1080）封荆国公；元祐元年（1086）去世，享年65岁。

王安石是一位具有远见卓识的政治家，他的学问、思想和境界，远在当时一般士大夫之上。他的诗文，往往具有独特而精辟的见解。填词不多，但能别具一格，著有《临川集》、《临川先生歌曲》，《全宋词》收其词29首。

桂枝香

金陵怀古[①]

登临送目，正故国晚秋[②]，天气初肃[③]。千里澄江似练[④]，翠峰如簇[⑤]。征帆去棹残阳里，背西风、酒旗斜矗[⑥]。彩舟云淡，星河鹭起[⑦]，画图难足。

念往昔、繁华竞逐，叹门外楼头[⑧]，悲恨相续。千古凭高，对此漫嗟荣辱。六朝旧事随流水，但寒烟、衰草凝绿。至今商女[⑨]，时时犹唱，后庭遗曲[⑩]。

【注释】

①金陵：今南京市，宋时为江宁府，曾是东吴、东晋、宋、齐、梁、陈六朝的都城。②故国：旧都城，这里指金陵。③肃：肃爽。④澄江似练：澄澈的长江水像一条白色的长绢。练：白绢。谢朓《晚登三山还望京邑》："余霞散成绮，澄江静如练。"⑤翠峰如簇：青翠的山峰像箭头一样峭拔。⑥酒旗：酒店门口挂着的标识，又叫酒帘、酒望子。斜矗：斜插。⑦彩舟云淡，星河鹭起：这两句写秦淮河之景。彩舟：秦淮河上的彩船。星河：银河，这里比喻秦淮河。有人认为这两句是写长江之景，不确。长江里没有"彩舟"。⑧门外楼头：语出杜牧《台城曲》："门外韩擒虎，楼头张丽华。"门：指朱雀门；楼：指结绮楼。据颜师古《大业拾遗记》：当隋将韩擒虎率兵破朱雀门而入时，陈后主叔宝正和他的宠妃张丽华在结绮楼赋诗作乐。⑨商女：歌女。⑩后庭遗曲：即《玉树后庭花》，相传为陈后主所作，后人视为亡国之音。

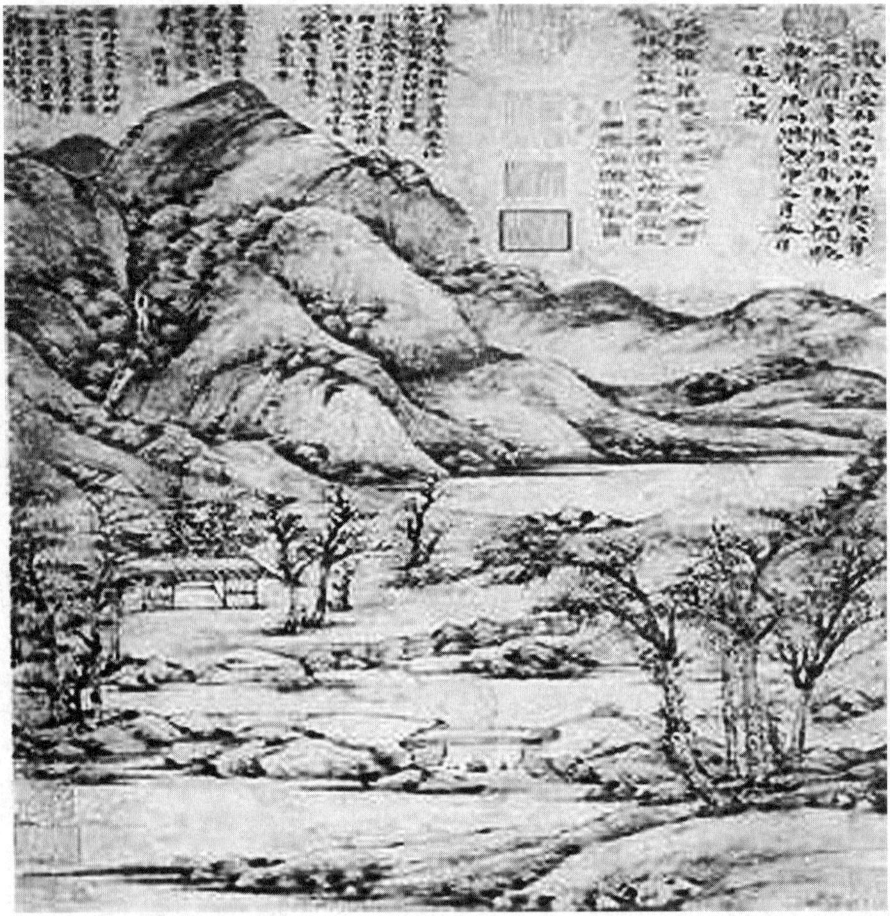

【导读】

这是一首著名的怀古词，上片写登临所见，下片写登临所感，境界开阔，气象雄浑，感慨深沉。金陵这座古都，在北宋是江南东路和江宁府的治所。王安石曾经两次知江宁府，一次判江宁府，晚年退休之后更一直住在江宁。他对这座古都的历史和现实有着太多的了解，太多的感慨，故一旦付诸吟咏，便不同凡响。《草堂诗余》后集引《古今词话》说："金陵怀古，诸公寄词于《桂枝香》，凡三十余首，独介甫最为绝唱。东坡见之，不觉叹息曰：‘此老野狐精也。’”

二、王观词

王观，生卒年不详，字通叟，泰州如皋（今江苏如皋）人。他曾因赋应制词《清平乐》（黄金殿里），被高太后认为亵渎神宗，翌日罢职，故又号王逐客；嘉祐二年（1057）进士，授单州推官，试秘书省校书郎；元丰二年（1079）为大理寺丞；后知江都县，因枉法除名，编管永州；累官翰林学士。其词集名《冠柳集》。《全宋词》收其词29首。

卜算子

送鲍浩然之浙东①

水是眼波横，山是眉峰聚。欲问行人去那边，眉眼盈盈处。

才始送春归，又送君归去。若到江南赶上春，千万和春住。

【注释】

①鲍浩然：生平事迹不详。浙东：北宋时的两浙路东部，即今浙江省的东南部地区。

【导读】

从前人们常把美人的眼睛比作秋水，如“眼如秋水”；常把美人的眉毛比作山峰，如“眉如远山”。王观在这里则反过来，把江南的水比作美

人的眼波，把江南的山比作美人的眉峰，这是很有些创意的。用现在的术语来讲，叫做“语言的陌生化”，能给人留下新颖独特的印象。

三、李之仪词

李之仪（1048—1128?），字端叔，号姑溪居士，河间乐寿（今河北献县）人，英宗治平四年（1067）进士。曾任河中府万全县令，权知开封府开封县令；元祐中，为枢密院编修官；元祐八年（1093），苏轼知定州时，辟为签判；绍圣四年（1097）为原州通判；元符二年（1099），监内香药库，因受苏轼牵连而落职；崇宁元年（1102），提举河东常平，因受范纯仁（范仲淹次子）牵连，编管太平州，居姑溪；久之，徙唐州；政和二年（1112），又被除名。李之仪受党祸之害，仕途坎坷，但心态尚好，大约活了 80 岁。工诗，善文，词亦好，著有《姑溪词》。《全宋词》收其词 96 首。

卜算子

我住长江头[1]，君住长江尾[2]。日日思君不见君，共饮长江水。

此水几时休？此恨何日已[3]。只愿君心似我心，定不负相思意。

【注释】

①长江头：长江上游。②长江尾：长江下游。③已：终止。

【导读】

这首词的最大特点是有民歌的风味。明人毛晋的《宋六十名家词·姑溪词跋》说：李之仪“长于淡语、景语、情语”，“至若‘我住长江头，君住长江尾。日日思君不见君，共饮长江水’，真是古乐府俊语矣。”20世纪80年代初，有一首很流行的歌曲，其第一段云：“我住江之头，君住江之尾。彼此情无限，同饮一江水。”即是李之仪这首词的一个现代版。

四、贺铸词

贺铸（1052—1125），字方回，号庆湖遗老、镜湖遗老，卫州共城（今河南辉县）人，宋太祖贺皇后族孙。17岁至京，娶宗室女，授右班殿直，历监军器库门、临城酒税；神宗元丰元年（1078），改官滏阳都作院；元丰五年（1082），领徐州宝丰监钱官；哲宗元祐六年（1091），因苏轼等人举荐，转文职，为承事郎；绍圣二年（1095），监鄂州宝泉监；元符末（1100），居苏州；徽宗建中靖国元年（1101），以宣义郎通判泗州；大观二年（1109），客苏州；三年，以承议郎致仕，卜居苏州、常州；政和元年（1111）复起，管勾杭州洞霄宫；政和三年，居苏州；重和元年（1118），迁承议郎，赐五品服，以后族恩迁朝奉郎；宣和元年（1119），再致仕；七年，卒于常州之僧舍。

贺铸虽是北方人，但祖籍山阴，自称是唐代著名诗人贺知章之后，48岁以后，又卜居苏州、常州等地，就他的文化传承来看，可以说是既有北方文化的基因，也有南方文化的基因；就他的性格来看，可以说是既豪爽、又谨细。程俱《贺方回墓志》云："方回豪爽精悍，书无所不读；哆口竦眉目，面铁色，与人语不少降色词，喜面刺人过，遇贵势不肯为从谀；然为吏极谨细……观其抗脏任气，若无顾忌者，然临仕进之会，常如临不测渊，觑觑视不敢前，竟疾走不顾；其虑患乃如此，与蹈污险徼幸不为明日计者殊科。"贺铸诗、词、文皆善，以词的成就为最高，著有《东山词》。《全宋词》收其词283首。

踏莎行

杨柳回塘①，鸳鸯别浦②。绿萍涨断莲舟路③。断无蜂蝶慕幽香，红衣脱尽芳心苦④。

返照迎潮⑤，行云带雨。依依似与骚人语⑥。当年不肯嫁春风，无端却被秋风误⑦。

【注释】

①回塘：曲折回环的水塘。②别浦：原指江河的支流入水口或汊口，后来泛指水滨。③绿萍涨断莲舟路：水面布满了绿萍，阻隔了船行的路。④红衣：形容荷花的红色花瓣。芳心苦：莲子的心有苦味。⑤返照：夕阳的回光。潮：晚潮。⑥骚人：诗人。⑦"当

年”句：语出韩偓《寄恨》：“莲花不肯嫁春风”。张先《一丛花令》：“沉恨细思，不如桃杏，犹解嫁东风。”

【导读】

这首词，贺铸自题调名为《芳心苦》。词的上片写莲花受到冷落，芳心悲苦；下片写莲花的悔恨。就其调名和词的内容来看，显然是有所寄托的。贺铸为人，虽“慷慨感激”，“若无顾忌”，且有“理财治剧之方”（程俱《北山小集·贺方回诗序》），但是“临仕进之会，常如临不测渊，觑觑视不敢前，竟疾走不顾”（程俱《贺方回墓志》）。他是贺皇后的族孙，是皇亲国戚，有做官的背景，也有做官的能力，但是他的官始终做得不大，始终有怀才不遇之感。这恐怕与他的性格有关。他初登仕途的时候，正值新党执政，但是他和新党的关系并不密切，所以在熙宁、元丰年间他所做的都是一些地位低下的武官，这恐怕与他的“如临不测渊”的性格有关；旧党上台之后，他虽然被转为文官，但是一直沉抑下僚，没有得到应有的提拔，这恐怕与他的“若无顾忌”的性格有关。“当年不肯嫁春风，无端却被秋风误”这两句，似乎是说，当年不肯投靠新党，谁知最后还是被旧党误了。

六州歌头

少年侠气，交结五都雄①。肝胆洞，毛发耸。②立谈中，死生同，一

【注释】

①五都：原指汉代在首都长安以外的五大都市，即洛阳、邯郸、临菑、宛、成都，这里借

诺千金重。推翘勇，矜豪纵，轻盖拥，联飞鞚，斗城东[③]。轰饮酒垆，春色浮寒瓮。吸海垂虹[④]。间呼鹰嗾犬，白羽摘雕弓，狡穴俄空[⑤]，乐匆匆。

似黄粱梦，辞丹凤；明月共，漾孤蓬[⑥]。官冗从，怀倥偬，落尘笼，簿书丛[⑦]。鹖弁如云众，供粗用。忽奇功[⑧]。笳鼓动，渔阳弄，思悲翁[⑨]，不请长缨，系取天骄种。剑吼西风[⑩]。恨登山临水，手寄七弦桐，目送归鸿[⑪]。

指宋代的著名大都市。②肝胆洞：肝胆照人，亦即待人真诚。洞：明澈可见。毛发耸：毛发耸立，亦即血气方刚。③推翘勇：推许出众的勇敢。推：推许。翘勇：出众的勇敢。矜豪纵：以狂放不羁而自负。矜：自负。豪纵：豪放不羁。轻盖拥：轻车相簇拥。盖：车盖，车顶。联飞鞚（kòng）：快马相联。飞鞚：快马。鞚：有嚼口的马络头。斗城：汉代长安城的别称，因城北凸出形状似北斗，城南屈曲形状似南斗而得名，这里代指北宋的首都汴京。④酒垆：酒店。垆：卖酒的台子。参见韦庄《菩萨蛮》（人人尽说江南好）注②。春色：酒的青色。瓮（wèng）：酒坛子。吸海垂虹：形容喝酒的海量。⑤嗾（sǒu）：唤狗的声音。白羽：箭名。摘：取。狡穴：本指狡兔之穴，这里泛指兽穴。俄：一会儿。⑥黄粱梦：虚幻无凭的梦想，典出唐人沈既济《枕中记》：卢生困居邯郸旅店，道士吕翁授之以枕，卢生悠然入梦，历尽富贵荣华。梦醒，吕翁的黄粱米饭尚未蒸熟。辞丹凤：辞别京城。丹凤：唐代长安的一座城门，一般用来代指京城。明月共：明月作伴。漾孤蓬：乘着一叶孤舟在水上漂荡。⑦官冗从：做个闲散的随从官员。怀倥偬（kǒng zǒng）：心里焦急不安。

倥偬：迫促。落尘笼：落在世俗的樊笼里，比喻为俗务所累。簿书丛：陷入文牍之中。簿书：官署中的文书。⑧鹖弁（hé biàn）：插有鹖鸟羽毛的武士冠，代指武官。忽奇功：不给建立奇功的机会。⑨笳鼓：两种军乐。渔阳弄：鼓曲名，又叫渔阳参，渔阳参挝。思悲翁：汉乐府《铙歌》曲名，这里语含双关，指思念有忧国之心的老成之士。

⑩请长缨：典出《汉书·终军传》：“军自请：‘愿受长缨，必羁南越王而致之阙下。’”后世遂称请求从军杀敌为“请缨”。天骄种：本指胡人，这里泛指对宋朝构成威胁的北方和西北少数民族。剑吼西风：剑无所用，只能在西风中悲鸣，比喻报国无门。⑪七弦桐：七弦琴。目送归鸿：语出嵇康《赠秀才入军》：“目送征鸿，手挥五弦。”

【导读】

这首词作于哲宗元祐三年（1088）秋，词人当时任和州（今安徽和县）管界巡检，还是一名低级武官。词的上片，回忆自己年轻时在汴京的豪侠任气的生活，下片写自己沉沦下僚、忙于俗务、报国无门的现实，激昂慷慨，义愤填膺，历来被推为豪放词的代表作。

这首词给人最强烈的艺术感觉是声情并茂。从声韵上讲，它有两个重要的特点：一是连用了22个三言短句，一气驱使，旋折而下，构成了它的

“繁音促节”，从而恰到好处地表达了那种紧张急迫、激昂慷慨的壮烈情绪；二是选用了音色洪亮的“东钟”部韵，更以平、上、去三声互协，几乎句句押韵，从而增强了它那“繁音促节”的声容之美。

鹧鸪天

重过阊门万事非①。同来何事不同归②？梧桐半死清霜后③，头白鸳鸯失伴飞④。

原上草，露初晞⑤。旧栖新垅两依依⑥。空床卧听南窗雨，谁复挑灯夜补衣？

【注释】

①阊门：苏州西北的城门。②同来何事不同归：意谓自己就要离开苏州北返了，而妻子却长眠在这里。③“梧桐”句：语出白居易《为薛台悼亡》：“半死梧桐老病身。”④“头白”句：谓自己老年失伴。此时的贺铸大约49岁。⑤“原上草”二句：谓人的生命之短促，就像草上易干的露水一样，语出《薤露歌》：“薤上露，何易晞。”晞：干。⑥旧栖：旧居。新垅：亡妻的新坟。

【导读】

宋哲宗元符末年（1100），词人一度客居苏州，至建中靖国元年（1101）九月离苏北返。他的妻子赵氏大约就在此前不久去世，观下片之“新垅”二字可知。这是一首很有名的悼亡词，又名《思越人》，贺铸自题调名为《半死桐》。贺铸与苏轼交往颇多，词风也受苏轼的影响。这首词和苏轼的《江城子·乙卯正月二十日夜记梦》相比，有这样几个共同特点：一是感情诚挚；二是语言质朴；三是有动人的细节，如“挑灯夜补衣”这个细节，与苏词的“小轩窗，正梳妆”一样，都给读者留下了深刻难忘的印象。

青玉案

凌波不过横塘路①，但目送，芳尘去。锦瑟华年谁与度②？月桥花院，琐窗朱户③，只有春知处。

碧云冉冉蘅皋暮④，彩笔新题断肠句⑤，试问闲愁都几许⑥？一川烟草，满城风絮，梅子黄时雨⑦。

【注释】

①凌波：形容女子步履之轻盈，语出曹植《洛神赋》：“凌波微步，罗袜生尘。”这里代指词人在苏州爱过的某个女子。横塘：在苏州城外，贺铸曾经寓居于此。②锦瑟华年：语出李商隐《锦瑟》：“锦瑟无端五十弦，一弦一柱思华年。”瑟：一种弦乐器。③琐窗：有雕花的窗户。④蘅皋：长有杜蘅这种香草的水边高地。⑤彩笔：五彩之笔。《南史·江淹传》：“淹少以文章显，晚节才思微尽……尝宿营于冶亭，梦一丈夫自称郭璞，谓淹曰：吾有笔在乡处多年，可以见还。淹乃探怀中，得五彩笔一以授之。尔后为诗，绝无美句，时人谓之才尽。”后人遂以彩笔代指有文采的诗笔。这里只是把字面弄得美一点而已，并非一定用彩笔，更与“江郎才尽”这个意思无关。⑥都几许：总共有多少。⑦梅子黄时雨：即梅雨。江南地区，当农历四五月间，梅子黄熟之际，往往阴雨连绵，俗称梅雨。

【导读】

北宋著名诗人黄庭坚于崇宁二年（1103）写给贺铸的诗里，已有“解道江南断肠句，只今惟有贺方回”这样的句子（参见《山谷年谱》），可见这首词的写作时间是在崇宁二年之前，很有可能就是在建中靖国元年（1101）九月之前词人寓居苏州时写下的。

词中这个女子和他有过短暂的交往，但是再也“不过横塘”了，原因不得而知，他没有办法留住她，只能眼睁睁地“目送”她离去。他设想她今后的日子将要和谁在一起？他把她居住的地方想象得那么美好，他一个人痴痴地伫立在水边，直到暮云四合。曾经的恋人义无返顾地离他而去，他却没有怨言，只有牵挂，只有思念，由此可见词人的厚道。词的结尾一连用了“一川烟草，满城风絮，梅子黄时雨”这三个迷离的形象来比喻他的“闲愁”，这在修辞学上叫“博喻”。它的艺术效果是非常成功的，词人也因此而获得了一个“贺梅子”的雅号。

捣练子

砧面莹①，杵声齐②。捣就征衣泪墨题③。寄到玉关应万里④，戍人犹在玉关西⑤。

【注释】

①砧面莹：捣衣石的表面洁净光滑。砧：捣衣石。②杵(chǔ)声齐：捣衣服的声音整齐动听。杵：一头粗一头细的圆木棒，用来捣衣。③泪墨题：用和着泪水的墨水题写封套。④玉关：玉门关，关塞名，在今甘肃敦煌西面，是古代往西北边陲的交通要道。⑤戍人：防守边关的亲人。

【导读】

贺铸的词有多种风格，有豪放者，也有婉约者。以上所选《六州歌头》是一首豪放词，其余的四首都是婉约词。宋人张耒在讲到贺铸词的风格时说：“夫其盛丽如游金、张之堂，而妖冶如揽嫱、施之袂，幽洁如屈、宋，悲壮如苏、李，览者自知之，盖有不可胜言者矣。”（张耒《东山词序》）贺铸词风的多样性，在很大程度上源于其性格的多样性。宋人程俱《北山小集·贺方回诗序》云：“方回为人，盖有不可解者：方回少时，侠气盖一座，驰马走狗，饮酒如长鲸；然遇空无时，俯首北窗下，作牛毛小楷，雌黄不去手，反如寒苦一书生；方回仪观甚伟，如羽人剑客，然戏为长短句，皆雍容妙丽，极幽闲思怨之情；方回慷慨感激，其言理财治剧之方，亹亹有绪，似非无意于世者；然遇轩裳角逐之会，常如怯夫处女。余以为不可解者此也。”程俱所谓“不可解者”，正是贺铸性格多样性与丰富性的表现。

第十讲

北宋后期词（中）

一、晏几道词

晏几道（1030？—1106?），字叔原，号小山，祖籍抚州临川（今江西抚州），生长在汴京，晏殊第七子，曾为太常寺太祝。熙宁七年（1074），郑侠因反对新法而获罪，晏几道受到牵连。元丰五年（1082）左右，监颍昌许田镇；崇宁（1102—1106）年间，为乾宁军通判，擢开封府判官。晏几道虽为高官之子，但性情孤傲，一生落泊。

（一）晏几道的“四痴”

晏几道的同时代人黄庭坚（1045—1105）曾为他的《小山词》写过一篇序，序云：“晏叔原，临淄公之暮子也。磊隗权奇，疏于顾忌，文章翰墨，自立规模。常欲轩轾人而不受世人之轻重。诸公虽称爱之，而又以小谨望之，遂陆沉于下位。平生潜心六艺，玩思百家，持论甚高，未尝以沽世。余尝怪而问焉。曰：‘我槃跚勃窣，犹获罪于诸公，愤而吐之，是唾人面也。’乃独嬉弄于乐府之余，而寓以诗人之句法。清壮顿挫，能动摇人心。士大夫传之，以为有临淄公之风耳，罕能味其言也。余尝论：叔原固人英也，其痴亦绝人。爱叔原者，皆愠而问其目，曰：‘仕宦连蹇，而不肯一傍贵人之门，是一痴也；论文自有体，而不肯一作新进士语，此又一痴也；费资千百万，家人寒饥，而面有孺子之色，此又一痴也；人百负之而不恨，己信人，终不疑其欺己，此又一痴也。’乃共以为然。虽若此，至其乐府，可谓狎邪之大雅，豪士之鼓吹。其合者《高唐》、《洛神》之流，其下者岂减《桃叶》、《团扇》哉！余少时，间作乐府，以使酒玩世，道人法秀独罪余‘以笔墨劝淫，于我法中当下犁舌之狱’。特未见叔原之作耶？虽然，彼富贵得意，室有倩盼慧女，而主人好文，必当市致千金，家求善本，曰：‘独不得与叔原同时耶！’若乃妙年美士，近知酒色之娱，苦节曜儒，晚悟裙裾之乐。鼓之舞之，使宴安鸩毒而不悔，是则叔原之罪也哉！”这段序，对于晏几道的为人及其词的评价，可以说是比较客观公正的；谈到他的词的社会效果，黄庭坚的意见则不够客观公正。平心而论，黄庭坚作词不像他作诗，他作词，早前是非常不严肃的，淫词、鄙词、游词，所在多有。如果说要“下犁舌之狱”，首先应该是他，而不是晏几道。他居然还借这篇序来为自己辩护，反问道人法秀“难道没看见晏叔原的词吗？”晏叔原作词，态度是认真的，他是用心在作词，他对歌女是怀着赞美、同情和敬重的，他在词里所表现的人道精神和悲天悯人的情怀，黄庭坚岂能相比？这说明，即便是黄庭坚这样的人，对晏叔原也还是难免有些误解，别的人就不用说了。晏叔原的委屈，恐怕只有他自己知道。

宋人邵博《邵氏闻见后录》卷19载：“晏叔原，临淄公晚子，监颍昌府许田镇，手写自作长短句，上府帅韩少师（维）。少师报书：‘得新词盈卷，盖才有余而德不足者。愿郎君捐有余之才，补不足之德，不胜门下老吏之望’云。”韩维是晏殊的门生，所以自称“门下老吏”，而称晏几道为“郎君”。在韩维看来，晏几道的那些长短句，不过是些杯酒之间的淫词浪语，虽才有余，而德不足也，因此要给予忠告。其实韩维哪里懂得晏几道的为人？哪里懂得他的心曲？据夏承焘先生《二晏年谱》考证，晏几道监颍昌许田镇，大约在元丰五年（1082）前后，已是53岁左右的人了。他父亲已经死了27年。试想一个年过半百的小小监官，拿着自己的那些并不能登大雅之堂的长短句，去拜谒一个“本道大帅”，究竟是为了什么？难道是为了得到这位大帅的忠告或训诫吗？显然不是，应该说是为生计所迫，是为了赢得他的赞许，从而给予一定的关照。而韩维的这一番忠告所给予晏几道的，是一种什么样的打击和羞辱，应该是不难想象的了。

（二）晏几道的词集

晏几道的词集原是他自己编定的，名《乐府补亡》，后来才被名为《小山词》。《乐府补亡》有个《自序》。这个《自序》，对于理解晏几道词的相关背景，是很有帮助的，现抄录如下：“《补亡》一编，补乐府之亡也。叔原往者浮沉酒中，病世之歌词，不足以析酲解愠，试续南部诸贤余绪，作五、七字语，期以自娱。不独叙其所怀，亦兼写一时杯酒间闻见，及同游者意中事。尝思感物之情，古今不易，窃谓篇中之意，昔人所不遗，第于今无传耳。故今所制，通以《补亡》名之。始时沈十二廉叔、陈十君龙家，有莲、鸿、蘋、云，品清讴娱客。每得一解，即以草授诸儿。

吾三人持酒听之，为一笑乐而已。而君龙疾废卧家，廉叔下世。昔之狂篇醉句，遂与两家歌儿酒使，俱流转于人间。自尔邮传滋多，积有窜易。七月己巳，为高平公缀缉成篇。追惟往昔过从饮酒之人，或垅木已长，或病不偶。考其篇中所记悲欢合离之事，如幻，如电，如昨梦前尘，但能掩卷抚然，感光阴之易迁，叹境缘之无实也。"

晏几道是北宋最为优秀的词人之一，著有《小山词》。《全宋词》收其词260首。

临江仙

梦后楼台高锁，酒醒帘幕低垂。去年春恨却来时[①]。落花人独立，微雨燕双飞[②]。

记得小蘋初见[③]，两重心字罗衣[④]。琵琶弦上说相思。当时明月在，曾照彩云归[⑤]。

【注释】

①却来：又来，再来。②"落花"二句：语出五代翁宏《春残》："又是春残也，如何出翠帏？落花人独立，微雨燕双飞。"③小蘋：歌妓名。又作"小颦"。④心字罗衣：有三种解释。一曰用心字香薰过的罗衣；二曰衣领曲如心字的罗衣；三曰衣上有心字花纹的罗衣。这里取第二种。⑤曾照彩云归：语出李白《宫中行乐词》："只愁歌舞散，化作彩云归。"彩云：比喻小蘋。

【导读】

作品中的"小蘋"，就是晏几道《乐府补亡·自序》中提到的陈十君龙家的那个歌妓。所谓"楼台高锁"、"帘幕低垂"，都是写人去楼空，而穿着"两重心字罗衣"、曾经在"琵琶弦上说相思"的小蘋，是再也不可能回来的了，一切早已“如幻，如电，如昨梦前尘”，再也没有重聚之日了。可见这首词不是一般意义上的伤春、伤离之作，而是包含了一种浓厚的人世沧桑之感。读晏小山的词，常常让人感到一种沉重的悲剧意味，原因即在这里。

值得注意的是“落花人独立，微雨燕双飞”这两句，原是翁宏的诗句，为什么在原作里显得平平，一放进晏小山的词里，就特别令人难以忘怀呢？有人解释说，这是因为“诗词体性不同”，其实这是没有什么说服力的。因为在唐五代词中，还有许多“以诗入词”的句子，它们在诗里原是很感人的，可是放进词里之后却并不感人，这又如何解释呢？真正合理的解释应该是：翁宏的原作只是一般性的伤春、伤别，并无人世沧桑之感，并无悲剧意味，因此即便偶有好的句子，也难以感人。而晏小山的词，由于已经有了一种浓厚的人世沧桑之感和沉重的悲剧意味，所以这两句诗一旦入词，便有点石成金之妙。

木兰花

秋千院落重帘暮，彩笔闲来题绣户[①]。墙头丹杏雨余花，门外绿杨风后絮。

朝云信断知何处？应作襄王春梦去[②]。紫骝认得旧游踪[③]，嘶过画桥东畔路。

【注释】

①彩笔：五彩笔。《南史·江淹传》：“淹少以文章显，晚节才思微尽……尝宿营于冶亭，梦一丈夫自称郭璞，谓淹曰：‘吾有笔在卿处多年，可以见还。’淹乃探怀中，得五彩笔一以授之。尔后为诗，绝无美句，时人谓之才尽。”后人遂以彩笔代指有文采的诗笔。绣

户：雕饰华美的门户，这里指词中女子的住处。②“朝云”二句：典出宋玉《高唐赋序》：“昔者楚襄王与宋玉游于云梦之台，望高唐之观。其上独有云气……王问玉曰：‘此何气也?’玉对曰：‘所谓朝云者也。’王曰：‘何谓朝云?’玉曰：‘昔者先王尝游高唐，怠而昼寝，梦见一妇人曰：妾巫山之女也，为高唐之客，闻君游高唐，愿荐枕席。’王因幸之。去而辞曰：‘妾在巫山之阳，高丘之阻。旦为行云，暮为行雨。朝朝暮暮，阳台之下。’旦朝视之，如言。故为立庙，号曰朝云。’”又见宋玉《神女赋序》：“楚襄王与宋玉游于云梦之浦，使玉赋高唐之事。其夜王寝，果梦与神女遇。其状甚丽。”这里是说，自己所爱恋的女子不知身在何处，音信渺茫。③紫骝：骏马。

【导读】

这首词也是写人去楼空，但是惆怅之余，仍怀着希望，原因是“紫骝认得旧游踪，嘶过画桥东畔路”。这两句真是奇绝之笔。它给人太多美丽、太多浪漫的想象空间。清人沈谦《填词杂说》云：“填词结句，或以动荡见奇，或以迷离称隽，著一实语，败矣。康伯可‘正是销魂时候也，撩乱花飞’，晏叔原‘紫骝认得旧游踪，嘶过画桥东畔路’，秦少游‘放花无语对斜晖，此恨谁知’，深得此法。”晏几道的这两句词，就是“以动荡见奇”。

鹧鸪天

彩袖殷勤捧玉钟①，当年拚却醉颜红②。舞低杨柳楼心月③，歌尽桃花扇底风④。

从别后，忆相逢。几回魂梦与君同。今宵剩把银釭照，犹恐相逢是梦中⑤。

【注释】

①彩袖：代指女子。捧玉钟：劝酒。玉钟：酒杯的美称。②拚（pàn）却：不顾惜，甘愿。③舞低杨柳楼心月：这一句的意思是：跳舞跳得很尽兴，由月亮当空，一直跳到月亮西沉。杨柳楼心月：是说楼房不是单体楼，是楼群，楼群的中间（即楼心）有杨柳，月亮似乎就在楼心的杨柳间升起和下沉。④歌尽桃花扇底风：这一句的意思是：唱歌唱得很尽兴，桃花扇底记着的歌，都唱完了。桃花扇：绘有桃花的扇子。桃花扇既可用来作为歌唱的道具，又可用来记歌名。歌女一个晚上要唱很多歌，歌名就记在扇子的背面，即扇底。风：原指民歌，如《诗经》有十五国风，即十五个诸侯国或地区的民歌，这里指歌名。⑤“今宵”二句：化用杜甫《羌村三首》之一的结尾两句：“夜阑更秉烛，相对如梦寐。”剩把：尽把，一再把。银釭（gāng）：有银饰的灯。釭：灯。

【导读】

这首词写词人与一位歌妓的重逢。作品由“当年”

的欢聚写到“别后”的相思，再由“别后”的相思写到“今宵”的重逢。虽然写欢聚、写相思，是为写重逢蓄势，实际上每一个环节都写得很精彩。写欢聚是尽情尽兴，写相思是魂牵梦萦，写重逢是将信将疑、惊喜交集。

值得注意的是，“今宵剩把银釭照，犹恐相逢是梦中”这两句，原是由杜诗的“夜阑更秉烛，相对如梦寐”两句化出。杜甫用这两句诗来写夫妻之间的重逢，晏几道却用这两句词来写自己和歌女之间的重逢。这从一个侧面体现了词人对歌女的尊重。晏几道是文学史上少有的把歌女写成淑女的人。

鹧鸪天

小令尊前见玉箫[①]，银灯一曲太妖娆[②]。歌中醉倒谁能恨？唱罢归来酒未消。

春悄悄，夜迢迢。碧云天共楚宫遥[③]。梦魂惯得无拘检[④]，又踏杨花过谢桥[⑤]。

【注释】
①小令尊前：唱小曲的酒席前。尊，同樽，酒杯。玉箫：歌女名。②妖娆：娇艳美好。③楚宫：据《寰宇记》：“楚宫，在巫山县西二百步阳台古城内，即襄王所游之地。”这里指词人所爱恋的歌女的住处。④惯：纵容。拘检：拘束。⑤谢桥：谢娘桥，通往谢娘家的桥。谢娘：又称谢秋娘、谢女，唐宋时期歌女的代称，这里指歌女玉箫。

【导读】

这首词写词人对一位歌女的热恋。这位歌女不仅长得“太妖娆”，歌声也非常美妙，可以说是才貌双全，色艺俱佳，使得词人不但在“歌中醉倒”，而且“归来”之后还恋恋不舍，以至形诸梦寐。结尾两句，想象奇特而出语自然，可以说是神来之笔。邵博《邵氏闻见录》卷19载：“程叔微云：伊川（程颐）闻诵晏叔原‘梦魂惯得无拘检，又踏杨花过谢桥’长短句，笑曰：‘鬼语也！’意亦赏之。”程颐是个一本正经的理学家，连他都忍俊不禁，别的读者的反应就可想而知了。

浣溪沙

日日双眉斗画长①，行云飞絮共轻狂②。不将心嫁冶游郎③。

溅酒滴残歌扇字④，弄花熏得舞衣香。一春弹泪说凄凉。

【注释】

①日日双眉斗画长：每天都把双眉画的很长，即刻意打扮自己，有争妍取怜之意。语出秦韬玉《贫女》：“敢将十指夸针巧，不把双眉斗画长。”但反其意而用之。②行云飞絮共轻狂：随着天上的浮云和飞扬的柳絮一道轻狂。行云：天上的浮云，语出宋玉《高唐赋序》“旦为行云，暮为行雨”；飞絮：飞扬的柳絮。杜甫《绝句漫兴》：“颠狂柳絮随风舞，轻薄桃花逐水流。”③不将心嫁冶游郎：语出李商隐《无题》：“不知身属冶游郎”。冶游郎：惯于寻花问柳的轻薄男子。④溅酒滴残歌扇字：酣饮时溅出的酒水滴到歌扇上，使扇上的字迹都漫漶不清了。⑤弄花熏得舞衣香：语出于良史《春山夜月》：“掬水月在手，弄花香满衣。”

【导读】

这首词写的是一个歌女的行为、心态和命运。这个歌女每天都在刻意打扮自己，每天都在争妍取怜，唱歌，跳舞，酗酒，熏香，像行云飞絮一样地未免轻狂，可是她的内心却很清醒。她的所作所为不过是逢场作戏而已，那些寻花问柳、追欢买笑的男子是靠不住的，是不能托付终身的，她不会把自己的真心献给那些冶游郎。而一旦离开欢场、独处一室时，她的内心可以说是痛苦得不得了，一春弹泪，说不尽的凄凉。这样的歌女在那个年代并不少见，她们的行为是放浪的，心态是冷静的，命运是凄凉的，可以说是具有相当的典型意义。

二、秦观词

秦观（1049—1100），字少游，一字太虚，号邗沟居士、淮海居士，扬州高邮（今江苏高邮）人。神宗熙宁十年（1077），携《黄楼赋》见苏轼，苏轼赏爱有加，以为有屈、宋之才，并向王安石举荐；元丰八年（1085）进士，授定海主簿、蔡州教授；元祐五年（1090），召为太学博士，校正秘阁书籍；八年，迁秘书省正字，兼国史院编修官；绍圣初（1094），坐元祐党籍，贬监处州盐酒税，不久被罢，削秩徙郴州；四年（1097），编管横州；元符元年（1098）除名，徙雷州；徽宗即位，复宣德郎，放还，行至滕州卒。秦观做官的时间只有10年，被贬谪、流放的时间就有五年，是新旧党之争的牺牲品。

秦观是一个很有见解的人。苏轼在《辩贾易弹奏待罪札子》一文中说："秦观自少年从臣学文，词采绚发，议论锋起。"元祐三年，秦观应贤良方正直言极谏科试，曾献策30篇、论20篇，从政治、经济、军事等各个方面，提出了自己的一整套主张，像《朋党》、《人才》、《奇兵》、《盗贼》等，都是令人击节叹赏的好文章。遗憾的是，此人一生坎坷，36岁才中进士，做了10年与文字打交道的小官，接着就因为党派之争而被贬官、削职、除名、流放、管制，51岁就抑郁而终，可以说是"一生襟抱未曾开"。

秦观是"苏门四学士"之一，诗、词、文兼擅，尤以词著称于世，历来被推为婉约词的代表作家。其词集名《淮海词》，又名《淮海居士长短句》。《全宋词》收其词90首。

关于秦观，历来有一个误解：许多人因为受了某些戏曲小说的影响，以为秦观就是苏轼的妹妹苏小妹的丈夫。其实苏小妹是一个子虚乌有的人物。苏轼没有妹妹，秦观的太太也不姓苏，姓徐，叫徐文美。

望海潮

梅英疏淡①，冰澌溶泄②，东风暗换年华。金谷俊游③，铜驼巷陌④，新晴细履平沙。长记误随车⑤。正絮翻蝶舞，芳思交加⑥。柳下桃蹊⑦，乱分春色到人家。

西园夜饮鸣笳⑧。有华灯碍月，

【注释】

①梅英：梅花。②冰澌（sī）：冰块。澌：流冰。③金谷：园林名，在洛阳西，西晋时石崇所建。石崇以奢华著称，时常在金谷园中举行宴会。郦道元《水经注》："金谷水出河南太白原，东南流，历金谷，谓之金谷水，东南流，经石崇故居。"俊游：游览的胜地。④铜

飞盖妨花[9]。兰苑未空[10]，行人渐老，重来是事堪嗟[11]。烟暝酒旗斜。但倚楼极目，时见栖鸦。无奈归心，暗随流水到天涯[12]。

驼：街巷名。陆机《洛阳记》："洛阳有铜驼街。汉铸铜驼二枚，在宫南四会道相对。俗语曰：'金马门外集众贤，铜驼陌上集少年。'"古人题咏洛阳，喜欢以"金谷"、"铜驼"对举。如徐陵《洛阳道》："东门向金马，南陌接铜驼。"骆宾王《艳情》："铜驼路上柳千条，金谷园中花几色。"刘禹锡《杨柳枝》："金谷园中莺乱飞，铜驼陌上好风吹。"⑤误随车：错跟上别家女眷坐的车子。韩愈《嘲少年》："衹知闲乘马，不觉误随车。"⑥芳思（sì）交加：情思纷乱。芳思：由春色而引起的情思。交加：纷乱的样子。⑦柳下桃溪：柳树、桃树下面的小路。《史记·李将军传》："谚曰：桃李不言，下自成蹊。"蹊：小路。⑧西园：园林名，两汉皆有。或指西汉之上林苑，在长安；或指东汉之铜雀园，在邺县（今河北临漳）。曹植《公宴》："清夜游西园，飞盖相追随。"这里是指洛阳的园林。⑨飞盖妨花：车盖挡着了观花的视线。飞盖：车盖，车顶。⑩兰苑：园林，即金谷、西园之类。⑪是事：事事，每件事。⑫"但倚楼极目"四句：用隋炀帝"寒鸦飞数点，流水绕孤村"诗意。

【导读】

这是一首怀旧之作。“东风暗换年华”一句，可谓“词眼”。作品从“金谷俊游”开始回忆过去，直到“兰苑未空”才回到现实，打破了当时许多慢词上片写景、下片抒情，或上片描写现实、下片回忆过去的模式，它的回忆是跨上、下片的，在结构上有创新。它借鉴了柳永慢词的铺叙手法，写来非常有层次，但是不像柳词那样明白晓畅，而是像晏、欧小令那样含蓄委婉，余韵悠长。

满庭芳

山抹微云，天连衰草，画角声断谯门[①]。暂停征棹，聊共引离尊[②]。多少蓬莱旧事[③]，空回首、烟霭纷纷。斜阳外，寒鸦万点，流水绕孤村[④]。

销魂。当此际，香囊暗解[⑤]，罗带轻分[⑥]。漫赢得、青楼薄倖名存[⑦]。此去何时见也？襟袖上、空惹啼痕。伤情处，高城望断，灯火已黄昏。

【注释】

①谯门：城门上望远的楼。②引离尊：举杯喝别酒。引：举。尊：同樽，酒杯。③蓬莱旧事：早前的欢乐之事。蓬莱：海上仙山，这里借指歌妓所居之处。有人说，蓬莱是指蓬莱阁，系五代时钱公辅（名师孟）所建，在今浙江省绍兴市龙山下，并举胡仔《苕溪渔隐丛话》后集卷三十三所引《艺苑雌黄》云：“程公辟守会稽，少游客焉，馆之蓬莱阁。一日，席上有所悦，自尔眷眷不能忘情，因赋长短句。所谓‘多少蓬莱旧事，空回首、烟霭纷纷’也。”此说可参考。④“寒鸦”二句，参见《望海潮》（梅英疏淡）注⑫。⑤香囊暗解：偷偷地解下自己身上

佩戴的香囊送给对方。香囊：盛香物的小袋子。古代男子有身上佩香囊的习俗。⑥罗带轻分：轻轻地解下自己的罗带送给对方。罗带：丝罗带，又称香罗带，多为古代女子所系之物。⑦"漫赢得"二句：化用唐杜牧《遣怀》"十年一觉扬州梦，留得青楼薄倖名"诗意。

【导读】

这是秦观的代表作之一。元丰二年（1079），秦观入越省亲，和会稽守程公辟游处了一段时间，于当年冬月离开。作品写词人和一个歌妓的离别，周济《宋四家词选》说他"将身世之感，打并于艳情"。此时秦观尚未中进士，前途渺茫，所以有"漫赢得、青楼薄倖名存"这样的感慨。而词的上、下片结句，于景物的描绘之中，更是流露出人生的茫然。

过去的词家非常欣赏发端四字，称词人为"山抹微云君"。叶梦得《避暑录话》卷三载："秦少游亦善为乐府，语工而入律，知乐者谓之作家歌，元丰间盛行于淮楚。'寒鸦千万点，流水绕孤村'，本隋炀帝诗也，少游取以为《满庭芳》词，而首言'山抹微云，天连衰草'，尤为当时所传。苏子瞻于四学士中最善少游，故他文未尝不极口称赞，岂特乐府？然犹以气格为病。故尝戏云：'山抹微云秦学士，露花倒影柳屯田。''露花倒影'，柳永《破阵子》语也。"其实，这首词的好处在于通体浑融，并非只一二句也。

八六子

倚危亭、恨如芳草，萋萋刬尽还生[①]。念柳外青骢别后[②]，水边红袂分时[③]，怆然暗惊。

无端天与娉婷[④]。夜月一帘幽梦，春风十里柔情[⑤]。怎奈向[⑥]、欢娱渐随流水，素弦声断，翠绡香减，那堪片片飞花弄晚，濛濛残雨笼晴。正销凝[⑦]，黄鹂又啼数声。

【注释】

①刬（chǎn）：同铲。刬尽还生：李煜《清平乐》：“离恨恰如春草，渐行渐远还生。”②青骢：即青骢马，一种毛色呈菊花青的骏马。③红袂：红色的衣袖，这里代指红衣女子。④无端：无缘无故。娉婷：姿态美好。⑤“夜月”二句：化用杜牧《赠别》“春风十里扬州路，卷上珠帘总不如”诗意。⑥怎奈向：怎奈何，无可奈何。向：语助词，专用于“怎奈”、“如何”一类词语之后，以加强语气。⑦销凝：茫然伤神。

【导读】

“夜月”二句，当是写词人在扬州的一段恋情。元丰八年（1080），秦观曾至扬州，游大明寺、九曲池等名胜。这一年，乡人孙莘老作《题召伯斗野亭》诗，苏轼、黄庭坚、张琬、秦观等皆有应和。作品的女主人公是一名歌妓。据《北里志》等书记载，唐、宋时期的青年士子在进士及第之前，或及第之后授官之前，可以自由地和市井间的歌妓交往。秦观正是这一年春天中进士，时年31岁。作品写的是与这位歌妓的“一帘幽梦”以及别后的难舍，感情很缠绵，景物也很绮丽，这正符合他当时的年龄和身份。值得注意的是，词中所用“念”、“怎奈向”、“那堪”、“正”等等，正是柳永慢词中经常使用过的“领字”一个“领字”统摄一层意思，使得作品既有层次，又有转折。可见秦观不但从柳词那里学到了铺叙，还学到了用“领字”。

鹊桥仙

纤云弄巧①，飞星传恨②，银汉迢迢暗度③。金风玉露一相逢④，便胜却、人间无数。

柔情似水，佳期如梦，忍顾鹊桥归路⑤？两情若是久长时，又岂在、朝朝暮暮？

【注释】

①纤云弄巧：纤细的云彩变幻出种种奇巧的形态。暗点“乞巧节”。②飞星：牛郎、织女二星。③银汉：银河。迢迢（tiáo）：遥远貌。④金风玉露一相逢：指牛郎织女七夕相会之事。宗懔《荆楚岁时记》：“七月七日，为牛郎织女聚会之夜。”金风玉露：秋风白露。⑤忍顾：不忍心回头看。鹊桥：相传在七夕之夜，喜鹊在银河上搭桥，让牛郎织女渡河相会。⑥朝朝暮暮：语出宋玉《高唐赋》：“妾在巫山之阳，高丘之阻。朝为行云，暮为行雨。朝朝暮暮，阳台之下。”

【导读】

牛郎、织女的故事，自《古诗十九首》以来，人们都把它看做一个悲剧。秦观在这里颠覆了千年以来的传统观念。所谓“金风玉露一相逢，便胜却、人间无数”。“两情若是久长时，又岂在、朝朝暮暮”，讲的是爱情和婚姻的质量问题，在今天看来，仍然具有非常重要的意义。

浣溪沙

漠漠轻寒上小楼[①]，晓阴无赖似穷秋[②]，淡烟流水画屏幽[③]。

自在飞花轻似梦，无边丝雨细如愁，宝帘闲挂小银钩[④]。

【注释】

①漠漠：云烟密布、广漠而沉寂的样子。②晓阴：清晓阴沉沉的景象。无赖：无趣，无聊，无可奈何。穷秋：晚秋，深秋。③淡烟流水：指屏风上的景致。④宝帘：精美的窗帘。小银钩：小小的银质帘钩。

【导读】

这首词写春愁，是一首典型的婉约词。感觉像轻寒一样冷漠，心情像晓阴一样黯淡，梦境像飞花一样缥渺，愁绪像细雨一样绵长。

江城子

西城杨柳弄春柔[①]。动离忧。泪难收。犹记多情，曾为系归舟[②]。碧野朱桥当日事，人不见，水空流。

韶华不为少年留。恨悠悠。几时休？飞絮落花时候、一登楼。便做春江都是泪，流不尽，许多愁。

【注释】

①西城：在北宋汴京西郑门一带。②“犹记”二句：意谓杨柳曾多情地系过归船。

【导读】

这首词借杨柳写别愁。“便做春江都是泪，流不尽，许多愁”，是以水喻愁的又一名句。李清照词《武陵春》：“只恐双溪舴艋舟，载不动、许多愁。”当由此化出。

踏莎行

雾失楼台，月迷津渡①。桃源望断无寻处②。可堪孤馆闭春寒③，杜鹃声里斜阳暮。

驿寄梅花④，鱼传尺素⑤。砌成此恨无重数。郴江幸自绕郴山⑥，为谁流向潇湘去？

【注释】

①津渡：渡口。②桃源：桃花源，当是指陶渊明所描写的那个桃花源，那是一个没有争斗的淳朴的王国，是一种理想的境界。桃花源在武陵（今湖南常德一带），属于湘北，词人的贬所在郴州，属于湘南，两地相距遥远，故云“望断无寻处”。③可堪：哪堪，怎么能承受。④驿寄梅花：南朝宋时的陆凯与范晔为友，他从江南寄一枝梅花给范晔，并附一首《赠范晔诗》：“折梅逢驿使，寄与陇头人。江南无所有，聊寄一枝春。”⑤尺素：书信，参见晏殊《蝶恋花》（槛菊愁烟兰泣露）注④。⑥郴江：在郴州境内，北流于湘水。

【导读】

这首词，汲古阁本题作“郴州旅舍”，是秦观于绍圣（1094—1097）间被削秩之后徙郴州作。作品借助一系列悲剧性的意象，表达了词人心理上极度的迷茫、孤独和悲伤。结尾两句是说：郴江本来是环绕着郴山的，为什么最后也流向了潇湘呢？意谓这里的荒凉和寂寞，使得江水都无法再作停留。语言新警异常，风格尤为凄婉。《苕溪渔隐丛话》前集卷五十引

《冷斋夜话》云：“少游到郴州，作长短句云：‘雾失楼台，月迷津渡……’东坡绝爱其尾两句，自书于扇，曰：‘少游已矣，虽万人何赎!’”一个人孤独、悲伤到如此不能自拔的地步，看来是活不长了。

〔关于晏几道词、秦观词的评价〕

晏几道是晏殊的儿子，他的词风和乃父的词风不一样。他虽然讲过

“试续南部诸贤（即冯延巳、李璟、李煜诸人）余绪，作五、七字语，期以自娱”（《乐府补亡·自序》）这样的话，但是就其题材、体制、语言和风格来讲，仍然偏于《花间》一路，而乃父的词风，是偏于南唐一路的。

人们常常把晏几道和秦观并称，称为“小晏秦郎”。真正懂词的人，无不喜欢“小晏秦郎”。沈祖棻《忆江南》：

> 情切切，愁绪茧抽丝。别有伤心人未会，一生低首小山词。惆怅不同时。

晏几道和秦观，是宋玉、李煜、纳兰性德、曹雪芹、仓央嘉措、小仲马一类的人，是性情中人。他们的词，是真正的婉约词。

第十一讲

北宋后期词（下）

周邦彦词

周邦彦（1056—1121），字美成，号清真居士，钱塘（今浙江杭州）人。他年轻的时候不是那么循规蹈矩，因而不为当地人所推重，但生性好读书。

神宗元丰二年（1079），周邦彦进京，“游太学，有俊声。”他和苏轼、黄庭坚、秦观等人不一样，他是赞成王安石变法的。元丰六年（1083），进《汴都赋》七千言，赞美熙宁、元丰新法，受到神宗皇帝的赏识，自诸生一命为太学正，“声名一日震耀海内”。

哲宗元祐二年（1087），旧党掌权时，周邦彦离京，先后为庐州（今安徽合肥）教授、荆州（今湖北江陵）教授，元祐八年（1093）为溧水（今属江苏）县令。

绍圣四年（1097），新党执政时，周邦彦还朝，任国子主簿；元符元年（1098），重进《汴都赋》，除秘书省正字；徽宗建中靖国元年

(1011)，迁校书郎；崇宁三年（1104），迁考功员外郎；大观元年(1107)，迁卫尉、宗正少卿，兼礼仪局检讨；政和元年（1111）迁卫尉卿；二年，出知隆德府（今山西长治）；五年（1115），徙知明州（今浙江宁波）；六年，还京为秘书监，进徽猷阁待制，提举大晟府。大晟府是个音乐机关，徽宗皇帝让他领导一班词臣，在那里“审定古音，讨论古调”，依曲填词。重和元年（1118）复放外任，知顺昌府（今安徽阜阳）。不久罢官，提举南京（今河南商丘）鸿庆宫。时方腊起义爆发，天下不宁。周邦彦辗转避居于钱塘、扬州、睦州（今浙江建德）一带，宣和三年(1121）才返回南京，卒于鸿庆宫之斋厅，年66岁。他是北宋婉约词的集大成者，有词集名《片玉词》，又名《清真集》。《全宋词》收其词186首。

少年游

并刀如水[①]，吴盐胜雪[②]，纤手破新橙。锦幄初温[③]，兽烟不断[④]，相对坐调笙。

低声问向谁行宿[⑤]，城上已三更。马滑霜浓，不如休去，直是少人行[⑥]。

【注释】

①并刀：并州（今山西太原）出产的刀，十分锋利，在古代非常有名。杜甫《戏题王宰画山水图歌》：“焉得并州快剪刀，剪取吴松半江水。”如水：形容其锋利、明快。②吴盐：吴地（今江苏一带）出产的盐，以细匀洁白著称。橙子里放点盐，可以调和其酸味。李白《梁园吟》：“玉盘杨梅为君设，吴盐如花皎如雪。”③锦幄：锦缎做的帷帐。幄：帷幄，帷帐。④兽烟：兽形的香炉里

冒出的烟。⑤谁行（háng）：哪边，何处。⑥直是：即使是。

【导读】

这是一首艳词，但是艳而不淫，比较婉雅，有分寸。周济《宋四家词选》云："此亦本色佳制也。本色至此便足，再过一分，便入山谷（黄庭坚）恶道矣。"所云甚是。

关于这首词，有一条流传很久的"本事"。宋人张端义《贵耳集》卷下载：

道君幸李师师家，偶周邦彦先在焉。知道君至，遂匿于床下。道君自携新橙一颗，云："江南初进来"，遂与师师谑语。邦彦悉闻之，

> 隐括成《少年游》云："并刀如水，吴盐胜雪。纤手破新橙。"后云："城上已三更，马滑霜浓，不如休去，直是少人行。"李师师因歌此词，道君问谁作，李师师奏云："周邦彦词。"道君大怒，坐朝宣谕蔡京云："开封府有监税周邦彦者，闻课额不登，如何京尹不案发来？"蔡京罔知所以，奏云："容臣退朝呼京尹叩问，续得覆奏。"京尹至，蔡以御前圣旨谕之。京尹云："惟周邦彦课额增羡。"蔡云："上意如此，只得迁就将上。"得旨："周邦彦职事废弛，可日下押出国门。"隔一、二日，道君复幸李师师家，不见李师师，问其家，知送周监税。道君方以邦彦出国门为喜，既至不遇，坐久，至更初，李始归，愁眉泪睫，憔悴可掬。道君大怒，云："尔往哪里去？"李奏："臣妾万死，知周邦彦得罪，押出国门，略致一杯相别，不知官家来。"道君问："曾有词否？"李奏云："有《兰陵王》词。"今"柳阴直"者是也。道君云："唱一遍看。"李奏云："容臣妾奉一杯，歌此词，为官家寿。"曲终，道君大喜，复召为大晟乐正。后官至大晟乐府待制……吁！君臣遇合于倡优下贱之家，国之安危治乱，可想而知矣！

王国维认为："此条所言尤失实。"他根据《宋史·徽宗纪》和《曹辅传》，指出："徽宗微行始于政和，而极于宣和。政和元年先生已五十六岁，官至列卿，应无冶游之事。所云'开封府监税'，亦非卿监侍从所为。至大晟乐正与大晟乐府待制，宋时亦无此官也。"（王国维《清真先生遗事》，蒋哲伦校编《周邦彦集》，江西人民出版社 1983 年版，第 166 页）三条"坚证"，要言不烦，澄清了 800 多年来的一段是非。

兰陵王

柳

柳阴直，烟里丝丝弄碧。隋堤上①、曾见几番，拂水飘绵送行色②。登临望故国。谁识京华倦客③？长亭路、年去岁来，应折柔条过千尺。

闲寻旧踪迹。又酒趁哀弦④，灯照离席。梨花榆火催寒食⑤。愁一箭风快，半篙波暖，回头迢递便数驿⑥。望人在天北。

凄恻，恨堆积。渐别浦萦回，津堠岑寂⑦，斜阳冉冉春无极。念月榭携手⑧，露桥闻笛⑨。沉思前事，似梦里，泪暗滴。

【注释】

①隋堤：汴河堤，为隋炀帝时所筑。②飘绵：飞柳絮。隋炀帝开运河，抵江都（今江苏扬州），沿堤皆种柳树。行色：行旅出发前的情景。③京华倦客：词人自谓。④趁：逐。⑤榆火：榆柳之火。寒食：民俗节日，在清明节前一日或两日，梨花开时，寒食节就快到了。唐宋惯例，清明日，朝廷取榆柳之火赐百官。⑥迢递：遥远。⑦津：渡口；堠：守望之所，每五里、十里一个。⑧月榭：月光下的楼台。⑨露桥：浸着露水的桥头。

【导读】

这首词写别情。词分三叠，因此又叫《渭城三叠》。第一叠从柳说起。词人远离故乡，久客京华，年去岁来，不知见过几番“拂水飘绵送行色”的柳树，不知折下了多少柳枝，送走了多少朋友。第二叠说，现在呢，轮到自己要走了。在一番帐饮、一段伤感的音乐过后，自己就在这个梨花开

放、寒食节快要到来的日子里，告别了自己深深依恋的人。南去的船只借着风势，走得很快，回过头来，已经过了好几个驿站，自己依恋的人，已经在遥远的“天北”了。第三叠说，自己渐行渐远，“津堠岑寂”，夕阳西下，旅途是寂寞无奈的。回想和恋人在一起的温馨日子，就像是一场梦，不禁悲从中来，泪湿青衫。

周邦彦的词和柳永、苏轼的词比较起来，结构上要繁复得多，但是并非不可解。理解这首词的关键在于弄清楚谁是行者，谁是居者。过去有人说这首词是“客中送客”，也就是说，送行的人是久客京华的词人，词人是居者。如果是这样的话，那么，第二叠、第三叠所写的行者的“愁”、“凄恻”、“恨”、“念”、“沉思”这样的心理活动，以及“回头”、“望”、“泪暗滴”这样的细节，作为居者的词人是如何知道的？难道都是替行者设想吗？如果是这样，那就真的是不可解了。

蝶恋花

月皎惊乌栖不定，更漏将残[1]，辘轳牵金井[2]。唤起两眸清炯炯[3]，泪花落枕红绵冷[4]。

执手霜风吹鬓影。去意徊徨[5]，别语愁难听。楼上阑干横斗柄[6]，露寒人远鸡相应。

【注释】

①更漏将残：天快要亮了。更漏：又称漏壶、漏刻，古代的计时器。②辘轳：井上用来拉吊桶的滑车。③炯炯：目光明亮。④红绵：红色的枕芯，用丝绵做的。⑤徊徨：彷徨，犹豫。⑥楼上阑干横斗柄：楼头上空的北斗星呈横斜之状，意即夜色将尽。阑干：横斜之状。斗柄：北斗七星呈杓形，第五至第七颗星像柄杓，故云。

【导读】

这首词写离别。虽然是一首小令，但也很讲究铺叙。由别前写到别时，再写到别后，次序井井。“月皎”三句，是从枕上听来的声音。“唤起”两句，才写到枕上听声音的人。她不是睡意蒙眬，而是清醒得很，所以听得很真切。由那声音去判断，她知道“更漏将残”，天快要亮了，自己身边的人要走了，所以很伤感，流了许多泪，把枕芯都湿透了。一个“冷”字，说明流了很多泪，流了很久的泪，而且是偷偷地流，不是流给恋人看的。感情很真挚。

“执手”三句写离别。“别语愁难听”的主语是她的恋人，不是她自己。她自己是很含蓄的，流泪都是偷偷地流。“楼上”两句，写送走恋人之后，自己的所见所感。天真的要亮了，霜露寒，人远去，鸡声相应，人不应。情调凄婉动人。

六　丑[①]

正单衣试酒[②]，怅客里、光阴虚掷。愿春暂留，春归如过翼[③]。一去无迹。为问花何在？夜来风雨，葬楚宫倾国[④]。钗钿堕处遗香泽[⑤]。乱点桃溪，轻翻柳陌，多情为谁追惜？但蜂媒蝶使[⑥]，时叩窗隔[⑦]。

东园岑寂[⑧]。渐蒙笼暗碧。静绕珍丛底[⑨]，成叹息。长条故惹行客，似牵衣待话[⑩]，别情无极。残英小、强簪巾帻[⑪]。终不似、一朵钗头颤袅，向人欹侧[⑫]。漂流处、莫趁潮汐[⑬]。恐断红、尚有相思字，何由见得[⑭]？

【注释】

①六丑：词调名。周密《浩然斋雅谈》卷下载：“（徽宗）问‘六丑’之义，莫能对。急召邦彦问之，对曰：‘此犯六调，皆声之美者，然绝难歌。昔高阳氏有子六人，才而丑，故以比之。’”②试酒：周密《武林旧事》卷三：夏历四月初，酒库呈样尝酒。南宋风俗多承北宋之旧。③过翼：飞过的鸟。这里比喻春归的迅速。杜甫《夜》二首之二：“村墟过翼稀。”④“为问”三句：语出韩偓《哭花》：“曾愁香结破颜迟，今见妖红委地时。若是有情争不哭？夜来风雨葬西施。”楚宫倾国：楚宫中的美人，这里以美人喻落花。⑤“钗钿”句：意味飘落的花瓣就像美人遗落的钗钿和香脂。徐夤《蔷薇》：“晚风飘处似遗钿。”⑥蜂媒蝶使：蜂、蝶来往穿梭于百花丛中，采吸和传播花粉，犹如媒人和使者，故云。⑦窗隔：有间隔的窗子。⑧岑寂：冷清寂静。⑨珍丛：蔷薇花丛。⑩惹：挑逗。蔷薇有刺，能钩住人的衣服，故云。储光羲《蔷薇歌》：“低边绿刺已牵衣。”⑪强簪巾帻（zé）：勉强地戴在头巾上。帻：头巾。

⑫攲侧：倾斜。⑬潮汐：潮水，早潮为潮，晚潮为汐。⑭“恐断红”两句：典出范摅《云溪友议》卷下：“卢渥舍人应举之岁，偶临御沟，见一红叶，命仆搴来。叶上有一绝句。……诗云：‘水流何太急？深宫尽日闲。殷勤谢红叶，好去到人间。’”后来卢渥娶了一位从宫里出来的女子，正是当时在红叶上题诗的人。断红：落花。

【导读】

这首词，毛晋汲古阁本题作“蔷薇谢后作”，是周邦彦咏物词的代表作。从文学的角度来看，这首词有三个突出特点：一是层层铺叙，层层转折，又一气贯注，前后照应；二是体物入微，描写细致；三是亦花亦人，神形兼备，通过对凋落的蔷薇花的咏叹，表达了一种客居中的惜春、伤春之情。前人对这首词的评价都很高，周济《宋四家词选》云：“不说人惜花，却说花恋人；不从无花惜春，却从有花惜春；不惜已簪之残英，偏惜欲去之断红。”这种侧面描写的方式，对于造成一种委婉曲折的艺术效果，是非常重要的。

满庭芳

夏日溧水无想山作[①]

风老莺雏[②]，雨肥梅子[③]，午阴

【注释】

①溧水：县名，宋代属江宁府，

嘉树清圆④。地卑山近，衣润费炉烟⑤。人静乌鸢自乐⑥，小桥外、新渌溅溅⑦。凭栏久，黄芦苦竹，拟泛九江船⑧。

年年如社燕，漂流瀚海，来寄修椽⑨。且莫思身外，长近尊前。憔悴江南倦客，不堪听急管繁弦。歌筵畔，先安簟枕⑩，容我醉时眠。

位于今江苏省南京市东南。无想山：山名，在溧水县南数十里。②风老莺雏：小莺在风中长大。莺雏：小莺。杜牧《赴京初入汴口晓景即事》："风蒲燕雏老。"③雨肥梅子：梅子在雨中变肥。杜甫《游何将军山林十首》之五："红绽雨肥梅。"④嘉树：良木，树的美称。清圆：指树的影子清晰而圆正。⑤地卑：地势低湿。衣润费炉烟：潮湿的衣服需要费很多柴烟来烘干。炉烟：炉火中冒出的柴烟。⑥乌鸢（yuān）：泛指鸟雀。乌：乌鸦。鸢：老鹰。王安石《永济道中寄诸弟》："似闻空舍乌鸢乐。"⑦新渌：新涨的绿水。⑧"黄芦"二句：语出白居易《琵琶行》："住近湓江地低湿，黄芦苦竹绕宅生。"⑨社燕：燕子。春社时从南来，秋社时由北返，故名。修椽（chuán）：屋顶承瓦的长木。⑩簟（diàn）枕：竹席子和枕头。

【导读】

哲宗元祐二年（1087），旧党掌权时，周邦彦奉调离京，先后为庐州（今安徽合肥）教授、荆州（今湖北江陵）教授，元祐八年（1093）为溧水（今属江苏南京）县令。直到绍圣四年（1097）新党执政时，才得以还朝，任国子主簿。他在州县位置上沉浮了10年。这首词就写在溧水县的无

想山。这个地方地势低平，潮湿多雨，与江州湓城（在今江西九江）属于同一气候类型，他想到了唐代贬官江州的白居易，他的遭遇与白氏有些相似，都是由于政治上被排挤，而且都是被贬谪到长江中下游流域。

词的上片写无想山的四月之景，下片写自己的落魄之怀以及故作旷达的行为。陈廷焯《白雨斋词话》卷一云：“此中有多少说不出处，或是依人之苦，或是患失之心，但说得虽哀婉，却不激烈，沉郁顿挫中，别饶蕴藉。后人为词，好作尽头语，令人一览无余，有何趣味？”实事求是地讲，作品中也不是完全没有激烈之语，“年年如社燕，漂流瀚海，来寄修椽。”“憔悴江南倦客，不堪听急管繁弦。”在周邦彦的词里，这已经是很有几分激烈了。只是才一说出，便自咽住，终不肯把话说到尽头而已。

瑞龙吟

章台路①，还见褪粉梅梢，试花桃树。愔愔坊曲人家②，定巢燕子③，归来旧处。

黯凝伫④，因念个人痴小⑤，乍窥门户⑥。侵晨浅约宫黄⑦，障风映袖，盈盈笑语。

前度刘郎重到⑧，访邻寻里，同时歌舞。唯有旧家秋娘⑨，身价如故。吟笺赋笔，犹记燕台句⑩。知谁伴、名园露饮，东城闲步？事与孤鸿去⑪。探春尽是、伤离意绪。官柳低金缕。归骑晚，纤纤池塘飞雨。断肠院落，一帘风絮。

【注释】
①章台：原是汉代长安的一条繁华街道的名称，后来代指游冶之地。②愔愔（yīn yīn）：安静无声。坊曲人家：妓女聚居之处。郑文焯校《清真集》云：“当时长安诸倡家谓之曲，其选入教坊者，居处则曰坊。”③定巢：安巢。定巢燕子：语出杜甫《堂成》：“频来语燕定新巢。”④黯凝伫：黯然神伤地久久地伫立。⑤个人：那个人。痴小：年纪小，天真烂漫。⑥窥门户：古代妓女习惯于在门口看街，这可能和招揽客人有关。司马迁《史记·货殖列传》：“刺绣文，不如倚市门。”就是讲的这种职业。⑦侵晨：清晨。浅约宫黄：犹言薄施脂粉。以黄涂额，谓之约黄，原是古代宫廷妇女的一种打扮，故曰宫黄。后来民间也加以仿效。⑧前度刘郎：字面出自刘禹锡《再游玄都观》：“种桃道士归何处？前度刘郎今又来”，意思则与刘义庆《幽明录》所

载刘晨入天台山遇仙女故事相通，可以说是两个典故合用。⑨秋娘：唐代贞元、元和年间(785—820)在长安负有盛名的一位歌妓。这里代指词人所恋的那位歌妓。⑩犹记燕台句：据李商隐《柳枝》诗序：柳枝是洛阳的一位姑娘，她因听到李商隐的堂兄吟咏商隐的《燕台诗》而对商隐生出爱慕之情，但后来因故未能如愿。⑪事与孤鸿去：语出杜牧《题安州浮云寺楼寄湖州张郎中》："恨如春草多，事与孤鸿去。"

【导读】

这首词，虽然不过是唐人崔护《题都城南庄》（去年今日此门中，人面桃花相映红。人面不知何处去，桃花依旧笑春风）之"旧曲翻新"（周济《宋四家词选》），即在题材上无甚新意，但是在章法上却很有讲究。吴世昌先生在讲到这首词的时候说："若论章法，则我以为此词颇似现代短篇小说的作法：……第一段叙目前所见景物，第二段追忆过去情况，末段再回到目前景况，杂叙情景，发展到悄然回去，寄以哀感。末段是一个大段，所以中间又插入一句回忆：'吟笺赋笔，犹记燕台句'，作为现在不遇的对比，激发下文的愁思。"吴先生指出：这首词就是写具体的故事，而且这类故事也很普通，大体情调，和崔护的《题都城南庄》差不多，"不过崔诗顺次平叙，周词错综反复，遂显得章法谨严，结构精密。这类故事，我们可以称它为旧诗中的'人面桃花型'"（吴世昌《论词的章法》，《吴世昌全集》第4卷，河北教育出版社2003年版，第27页）。

苏幕遮

燎沉香[1]，消溽暑[2]。鸟雀呼晴[3]，侵晓窥檐语[4]。叶上初阳干宿雨[5]。水面清圆[6]、一一风荷举。

故乡遥，何日去？家住吴门[7]，久作长安旅[8]。五月渔郎相回否？小楫轻舟[9]、梦入芙蓉浦[10]。

【注释】

①燎沉香：点燃沉香。沉香：又名沉水香，一种用沉香木做成的很名贵的香料。②溽（rù）暑：潮湿的夏天气候。③鸟雀呼晴：鸟雀的叫声在呼唤着晴天。旧时有鸟鸣可占晴雨之说。④侵晓：天刚亮时。⑤初阳：早晨的阳光。宿雨：隔夜的雨。⑥清圆：指荷叶的形态。⑦吴门：原指苏州。苏州旧为吴郡的治所，称吴门。词人的家乡在钱塘，钱塘旧属吴郡，称吴门亦通。⑧长安：唐朝的首都。这里代指北宋的首都汴京。⑨小楫：代指小船。⑩芙蓉浦：荷塘。此指西湖。

【导读】

此词于写景中抒发思乡之情，风格清新淡远，在以富艳精工著称的《清真词》中，可谓别具一格。王国维《人间词话》云：“美成《青玉案》（按：应为《苏幕遮》）词，‘叶上初阳干宿雨，水面清圆，一一风荷举。’此真能得荷之神理者。觉白石（姜夔）《念奴娇》、《惜红衣》二词，犹有隔雾看花之恨。”所谓“犹有隔雾看花之恨”，是说姜白石写荷花，用了许多代词和典故，语言未免雕琢，不似周美成这样，不用代词，也不用典故，直接描摹荷花的神理，而且真切、自然、有境界。

〔关于周邦彦词的评价〕

周邦彦是北宋后期的一位大词人。他的题材没有超出柳永的范围，所创制的曲调也没有柳永多（只有 50 余调），铺叙手法也是从柳永而来。他和柳永不一样的地方，一在写景状物比较工细，二在语言比较雅致，三在章法结构比较曲折。与柳永的通俗明快的词风相比，他那“富艳精工”而又颇有几分“沉郁顿挫”的词风，最能适合一部分文人的胃口，所以自南宋中叶以后，他的词就被吴文英一班人奉为“圭臬”，其影响一直延续到清代中叶以后的“常州派”。

第十二讲

两宋之际词

一、朱敦儒词

朱敦儒（1081—1159），字希真，号岩壑，洛阳（今属河南）人，少有词名，与陈与义、富直柔等并称“洛中八俊”。以清高自许，不肯出来做官；靖康之难（1126）后，流离岭南，在南雄州、康州、泷水一带客居多年；高宗绍兴五年（1135），因同乡席益、陈与义等力荐，54岁的朱敦儒始北返，召对，赐同进士出身，为秘书省正字；六年，权兵部郎中；七年，通判临安府；九年，为都官员外郎；十四年，为两浙东路提点刑狱公事；十六年，言官弹劾其“专立异论，与李光交通”，落职；十九年致仕，居嘉禾（湖州）；时秦桧当国，喜用文人墨客，朱敦儒在他的牢笼之下，再度出仕，为鸿胪少卿；桧死，被黜，再度致仕；二十九年（1159）卒，时年79岁。朱敦儒长期隐居江湖间，为官的时间并不长，时人称其“天资旷逸，有神仙风致”。工书画，擅诗词，有词集名《樵歌》。《全宋词》收其词246首。

鹧鸪天

西都作[①]

我是清都山水郎[②]，天教懒慢带疏狂[③]。曾批给露支风券[④]，累奏留云借月章。

诗万首，酒千觞[⑤]，几曾著眼看侯王？玉楼金阙慵归去，且插梅花醉洛阳。

【注释】

①西都：北宋时的洛阳。②清都山水郎：天上管理山水的郎官。清都：传说中天帝的宫阙。③疏狂：狂放，不受礼法的拘束。④券：凭证。⑤觞(shāng)：酒杯。

【导读】

这首词明确地表达了作者不愿做官、鄙视权贵的独立人格。这在那个“官本位”意识极为严重的社会里是很难得的，虽然他没有坚持到底。《宋史·文苑传》载朱敦儒事迹云：“靖康中召至京师，将处以学官。敦儒辞曰：‘麋鹿之性，自乐闲旷，爵禄非所愿也。’固辞，还山。”虽然不能判定这首词就是当时从汴京回洛阳所作，但两相对照，可以看出朱敦儒的这番表白是真实的，不同于一般文士的作秀。

相见欢

金陵城上西楼[①]，倚清秋[②]。万里夕阳垂地，大江流。

中原乱[③]，簪缨散[④]，几时收？试倩悲风吹泪[⑤]，过扬州[⑥]。

【注释】

①金陵：今南京，宋时称江宁。②倚清秋：倚靠在城楼上看清秋之景。③中原乱：靖康元年（1126）冬，金兵攻破汴京，俘徽、钦二帝和宗室后妃等数千人，抢掠全城，于次年四月北返。史称“靖康之变”。北宋由此灭亡。④簪缨散：达官贵人流离失散。簪缨：达官贵人帽子上的饰物。⑤倩：请，托。悲风：悲凉的秋风。⑥扬州：今江苏扬州。北宋灭亡后，扬州成为南宋的前线，经常受到金兵的侵扰。

【导读】

朱敦儒的词风可以分为三个时期，早年豪放浪漫，中年悲壮慷慨，晚年飘逸旷达。这首词写于南渡之后，属于中年时期的作品，与早年和晚年的词风都不一样。作品表现了对中原沦陷的悲愤之情，画面壮阔，感慨深沉，是南宋初期词坛的代表作之一。

二、赵佶词

赵佶（1082—1135），即宋徽宗，神宗之子，哲宗之弟；绍圣三年

(1096)，封端王；元符三年（1110），哲宗死，被立为帝；崇奉道教，自称教主道君皇帝；宣和七年（1125），金军南侵，禅位于太子赵恒，自称太上皇；靖康二年（1127），为金军拘胁北去，囚禁于五国城；绍兴五年（1135）卒，在位26年，享年54岁。此人在政治上乏善可陈。

需要说明的是，北宋王朝的覆灭，与宋徽宗的个人道德没有必然联系。北宋王朝的覆灭，与气候的变化有着直接的关系。南北宋之际（1101—1200），是近五千年来的第三个寒冷期。以靖康元年（1126）为例，这年冬天，强寒潮连续南下。十一月八日，“有冰蔽河而下”；“闰十一月甲寅，大风起北方，雪作，盈数尺，连日不止”。次年正月上旬，“天甚寒，地冰如镜”（《宋史·五行志》）；下旬“大雪，气候风寒，仿佛类城陷时”。（丁特起《靖康纪闻》）直到四月二日，“尚北风益甚，苦寒。”（《宋史·五行志》）这个时期的气候不仅寒冷，而且干燥。这种干冷的气候，使得北方的草场成片枯黄，牲畜成批死亡，游牧民族遭遇严重的生存危机，于是铁蹄南下。而北宋王朝长期奉行“崇文抑武”的国策，虽然在经济、文化、科技方面都很发达，但是在军事上一直处于弱势，根本无法抵挡女真民族的南下。

北宋王朝覆灭的主因有两个：气候寒冷导致北方游牧民族南下；“崇文抑武”的国策使得军事孱弱，无法抵挡女真族的进攻。宋徽宗这个人确实有些问题，例如排除异己，禁锢元祐党人，大兴土木，穷奢极欲等等，但是北宋王朝的覆灭，主要还不是他个人的原因。

值得注意的是，和历史上许多有名的亡国之君一样，他也是一个文学艺术方面的全才，擅书法（其“瘦金体”自成一家），工花鸟画（有传世名作《芙蓉锦鸡》、《池塘秋晚》等)，通音律，能诗词。《全宋词》收其词14首。

燕山亭

北行见杏花

裁剪冰绡①，轻叠数重，浅淡胭脂匀注②。新样靓妆③，艳溢香融④，羞杀蕊珠宫女⑤。易得凋零，更多少、无情风雨。愁苦。问院落凄凉，几番春暮?

凭寄离恨重重⑥，这双燕，何曾会人言语⑦?天遥地远，万水千山，知他故宫何处?怎不思量，除梦里、有时曾去。无据⑧。和梦也、新来不做⑨。

【注释】

①冰绡(xiāo):白色的丝织品。②匀注:均匀地点染。③靓(jìng)妆:美丽的妆饰。④艳溢:光彩四射。香融:香气交融。⑤蕊珠宫女:仙女。蕊珠宫:道教经典上所讲的天上的宫殿。⑥凭寄:烦请传寄。⑦会:理解。⑧无据:不可靠。⑨和:连。

【导读】

道君皇帝的词可以“靖康之变”为界，分为前后两个时期。前期12首词，多以宫廷生活为题材，华丽而肤浅，只有《醉落魄·预赏景龙门追悼明节皇后》和《临江仙·宣和乙巳冬幸亳州途次》这两首，还算有些人生的感慨。后期两首词，一为《眼儿媚》，一为《燕山亭》，都是写被俘之后的失落与悲伤，语言要朴实一些，感慨也深沉很多。

《燕山亭》这首词，用杏花的盛开与凋零比拟自己由天堂到地狱的人生际遇，表达了对故国的深切思念，字里行间充满了愁苦与绝望，在他的作品中无疑是最好的。不过有人以此比李后主亡国之后的词，似乎不当。李后主的词写的是亡国之恨，所昭示的则是具有普遍意义的悲剧人生或失败人生，道君皇帝的词没有达到这个层次。王国维《人间词话》讲：“后主之词，真所谓以血书者也。然道君不过自道身世之戚，后主则俨有释迦基督担荷人类罪恶之意，其大小固不同矣。”

三、陈与义词

陈与义（1090—1138），字去非，号简斋，洛阳（今属河南）人。徽宗政和三年（1113），登太学上舍甲科，授开德府教授；宣和四年（1122），擢太学博士、著作佐郎，迁符宝郎；宣和末，贬监陈留酒税；靖康之乱后，流离于河南、湖湘、两广等地；高宗绍兴元年（1131），召赴临安（今杭州），为起居郎；五年六月，以病告，除显谟阁直学士，提举江州太平观，寓湖州青墩镇寿圣院塔下；六年六月，被召为中书舍人，掌内外制，拜礼部侍郎；出知湖州；七年（1137），擢参知政事；八年五月，以疾请辞，复知湖州，提举临安府洞霄宫，还青墩僧舍；是年冬病逝，年49岁。

陈与义以诗名家，元人方回把他列为江西诗派“一祖三宗”里的一宗。他的词也颇有特色。《四库全书总目提要》说他的词“吐言天拔，……殆于首首可传，不能以篇帙之少而废之”。著有《无住词》。《全宋词》收其词18首。

临江仙

夜登小阁，忆洛中旧游

忆昔午桥桥上饮[①]，坐中多是豪英。长沟流月去无声。杏花疏影里，吹笛到天明。

二十余年如一梦，此身虽在堪惊。闲登小阁看新晴[②]。古今多少事，渔唱起三更。

【注释】

①午桥：桥名，在洛阳。②新晴：雨后天晴。

【导读】

这首词当是词人于绍兴五六年间退居湖州青墩镇僧舍时所作。上片追忆洛中旧游，下片感叹身世的飘零与历史的沧桑，笔法空灵，意境浑成，为历来脍炙人口的名篇。它最突出的特点，可用“自然”二字来概括。叙事自然，写景自然，咏叹自然。清人彭孙遹《金粟词话》云：“词以自然为宗，但自然不从追琢中来，亦率易无味。如所云绚烂之极，仍归平淡。

…… 若《无住词》之‘杏花疏影里，吹笛到天明’，自然而然者也。”

临江仙

高咏楚词酬午日[①]，天涯节序匆匆[②]。榴花不似舞裙红。无人知此意，歌罢满帘风。

万事一身伤老矣，戎葵凝笑墙东[③]。酒杯浅深去年同。试浇桥下水，今夕到湘中[④]。

【注释】

①楚词：即《楚辞》。酬：打发。午日：端午节。②节序：节令，时序。③戎葵：即蜀葵，一种观赏植物，花很美。④湘中：这里是指湘江的支流汨罗江一带，这是屈原投江的地方。

【导读】

这首词通过端午节的诵《楚辞》、吊屈原等活动，抒发了一种天涯飘零、逝水流年之感。词风疏快明畅，意蕴却很丰厚，需要细细体会。

四、吕本中词

吕本中（1084—1145），字居仁，号紫微，人称东莱先生，寿州（今安徽寿县一带）人；徽宗宣和六年（1124），除枢密院编修官；高宗绍兴六年（1136），特赐进士出身，擢起居舍人；八年，迁中书舍人，兼侍讲；屡上疏论恢复大计，后触怒秦桧，被免职。

吕本中是江西诗派重要诗人，曾作《江西诗社宗派图》。他的词以婉丽见长。《全宋词》收其词 27 首。

采桑子

恨君不似江楼月，南北东西，南北东西，只有相随无别离。

恨君却似江楼月，暂满还亏，暂满还亏，待得团圆是几时？

【导读】

这首词写别情，构思巧妙，比喻生动，很有一些民歌风味。

第十三讲

李清照和蒋捷词

一、李清照的生平

李清照（1084—1155?），号易安居士，济南章丘（今山东章丘）人。父李格非，神宗熙宁九年（1076）进士，以文章受知于苏轼，为元祐“后四学士”之一。

清照幼有才藻，徽宗建中靖国元年（1101），年十八，嫁与太学生赵明诚，夫妻感情诚笃。明诚喜收藏金石碑刻、法贴字画，二人常典当衣物以求之，然后相对展玩，考证校勘，以此为乐。崇宁元年（1102），李格非入元祐党籍，赵明诚之父赵挺之则升为宰相，李清照为救其父，曾献书挺之，有“灸手可热心可寒”之语。大观元年（1107），赵挺之卒于京师，蔡京对其心怀忌恨，追夺其官职，明诚、清照夫妇屏居青州达10年之久。宣和三年（1121），明诚起知莱州，任满，改淄州。政简事少，夫妇二人仍以考校金石碑铭为乐，共作《金石录》。靖康二年（1127）春，明诚往江宁奔母丧，高宗建炎二年（1128）起复，知江宁府，建炎三年改知湖州，感热疾，殁于途中。

李清照亡夫之后，辗转流离于洪、台、越诸州间，家藏金石碑刻、法贴、字画等丧失殆尽，生计艰难，往依弟远；绍兴四年（1134），避地金华，卜居陈氏第；卒年70余岁。

李清照工诗能文，尤长于词。王灼《碧鸡漫志》卷二云："易安居士……自少便有诗名，才力华赡，逼近前辈。在士大夫中已不多得，若本朝妇人，当推词采第一。"

二、李清照成才原因面面观

李清照不仅是宋代最杰出的女词人，在整个唐宋词史上，她也是最杰出的词人之一。她的成就和影响，可与温庭筠、李煜、柳永、苏轼、秦观、晏几道、周邦彦、辛弃疾、姜夔并称，被誉为"唐宋十大词人"。在一个以男权为中心的社会，李清照之所以能够脱颖而出，除了时代方面的原因，还有她个人方面的原因，大约有以下4方面原因：

第一，出生于文化名门，既有优异的禀赋，又受到良好的早期教育。

第二，嫁给学者赵明诚，有过28年的幸福婚姻，夫妻之间所营造的良好的文化氛围，使她的创作才能得到很好的激发和提升。

第三，43岁之后，接连遭遇国破、夫亡的惨痛，辗转流离近30年，饱尝人世的艰辛，对人生的体会更加丰富，也更加深刻。

第四，年轻时便已形成的不同于流俗的人格追求和批判精神，使她能够不断地超越同侪，超越自己，她的《词论》一文就是以说明这一点（可参见曾大兴《李清照成才原因面面观》,《李清照研究论文集》,齐鲁书社1991年版,第344—357页)。其词集名《漱玉集》。《全宋词》收其词51首。

三、李清照的代表作

如梦令

常记溪亭日暮[①],沉醉不知归路。兴尽晚回舟,误入藕花深处[②]。争渡,争渡,惊起一滩鸥鹭。

【注释】

①溪亭:溪水边的亭台。②藕花:荷花。

【导读】

这首词,《花庵词选》题作“酒兴”,体现了李清照性格当中豪放的一面。

如梦令

昨夜雨疏风骤[①],浓睡不消残酒。试问卷帘人[②],却道海棠依旧。知否?知否?应是绿肥红瘦[③]。

【注释】

①骤:急速。②卷帘人:指侍女。③绿肥红瘦:叶子肥大而花瓣凋零。

【导读】

这首词写闺中少妇对海棠的关切，体现的是一种惜花之情，以及含蓄不露的伤春之意。唐人韩偓有一首《懒起》："昨夜三更雨，临明一阵寒。海棠花在否？侧卧卷帘看。"李词与韩诗的意思相似，但写法大有创意。她用对话的形式，写出了两个有性格的人物：一个是细腻的女主人，一个是粗心的侍女。通过侍女的粗心，来反衬女主人的细腻。而"绿肥红瘦"四字，描写风雨之后的海棠形象，更是未经人道。前人对这首词的评价很高。黄苏《蓼园词选》云："一问极有情，答以'依旧'，答得极淡，跌出'知否'二句来，而'绿肥红瘦'，无限凄婉却又妙在含蓄。短幅中藏无数曲折，自是圣于词者。"

一剪梅

红藕香残玉簟秋①，轻解罗裳②，独上兰舟。云中谁寄锦书来③？雁字回时④，月满西楼。

花自飘零水自流。一种相思，两处闲愁。此情无计可消除，才下眉头，却上心头⑤。

【注释】

①红藕香残：荷花凋残。玉簟秋：睡在竹席上已有些凉意了。玉簟：竹席的美称。②罗裳：罗衣。这里泛指衣服。③锦书：夫妻间的情书。《晋书·窦滔妻苏氏传》："滔，苻坚时为秦州刺史，被徙流沙。苏氏思之，织锦为回文旋图，以赠滔。宛转循环读之，词甚凄婉。"后世遂以锦书指夫妻间的情书。④雁字：群雁在天上飞时，或成人字形，或成一字形，故名。⑤却上心头：又上心头。

【导读】

元人伊士珍《琅嬛记》卷中云："易安结缡（出嫁）未久，明诚即负笈远游。易安殊不忍别，觅锦帕书《一剪梅》词以送之。"似乎这首词是写在与明诚离别之前或离别之时，然就作品本身来看，显然是写在离别之后。"独上兰舟"，是说离别之后，词人独自坐船出游，无人做伴；"云中"三句，是说离别之后，看到南来的大雁，就渴望能够接到丈夫的书信。通篇作品，无一字写到离别之前或离别之时的情景，可见伊氏所言并不确切。

"雁字回时，月满西楼"两句，营造了一个既美丽又令人惆怅的境界；"才下眉头，却上心头"两句，从范仲淹《御街行》的"都来此事，眉间心上，无计相回避"化出，但比范词更真切，更细腻，更符合女性的身份和口吻。王世贞《艺苑卮言》云："'此情无计可消除，才下眉头，却上心头'"，可谓憔悴支离矣。……此非深于闺恨者，不能也。"

醉花阴

薄雾浓云愁永昼①，瑞脑消金兽②。佳节又重阳，玉枕纱厨③，半夜凉初透。

东篱把酒黄昏后④，有暗香盈袖⑤。莫道不销魂，帘卷西风，人比黄花瘦⑥。

【注释】

①薄雾浓云：香料燃烧时，时浓时淡的烟雾。永昼：漫长的白天。②瑞脑：香料名，又叫龙脑，其香以龙脑木蒸馏而成。金兽：兽形的香炉。③纱厨：蚊帐。形如小屋，中可置榻，框上糊以轻纱，用以避蚊。④东篱：语出陶渊明《饮酒》："采菊东篱下"。⑤暗香盈袖：

语出《古诗十九首》之一：“馨香盈怀袖，路远莫致之。”

⑥黄花：菊花。

【导读】

这首词也是写给赵明诚的。作品细致地描写了词人对重阳节前后的室内外环境的感受，抒发了对丈夫的深切的思念，是李清照的名作之一。尤其是结尾三句，向来为人们所津津乐道。伊士珍《琅嬛记》卷中云：“易安以重阳《醉花阴》词函明诚，明诚叹赏，自愧弗逮，务欲胜之。一切谢客，忘食忘寝者三日夜，得五十阕，杂易安作，以示友人陆德夫。德夫玩之再三，曰：‘只三句极佳。’明诚诘之，答曰：‘莫道不销魂，帘卷西风，人比黄花瘦。’正易安作也。”这条记载是不是很确切，无从考证，但至少可说明，这三句词确实别出心裁，非他人所能道。

凤凰台上忆吹箫

香冷金猊[①]，被翻红浪[②]，起来慵自梳头。任宝奁尘满[③]，日上帘钩。生怕离怀别苦，多少事、欲说还休。新来瘦，非干病酒，不是悲秋。

休休[④]，这回去也，千万遍阳关[⑤]，也则难留。念武陵人远[⑥]，烟锁秦楼[⑦]。惟有楼前流水，应念我、终日凝眸[⑧]。凝眸处，从今又添，一段新愁。

【注释】

①金猊（ní）：狻（suān）猊形的铜香炉。狻猊：传说中的一种猛兽。②被翻红浪：红色的被子没有叠好。柳永《凤栖梧》："鸳鸯绣被翻红浪。"③宝奁（lián）：梳妆用的镜匣之美称。④休休：罢了。⑤阳关：送别歌曲。即王维的《渭城曲》，因曲中"劝君更尽一杯酒，西出阳关无故人"二句有"阳关"二字而得名。⑥武陵人：这里指丈夫赵明诚。字面出自陶渊明《桃花源记》所写的武陵人，意思出自刘义庆《幽明录》所载与仙女恋爱的刘晨。⑦秦楼：这里指自己居住的房子。典出刘向《列仙传》。参见李白《忆秦娥》注①。⑧凝眸：凝神注视。

【导读】

这首词也是为思念丈夫赵明诚而作。“以寻常言语度入音律”，是李清照词的一大特点，这一特点在这首词里表现得尤为突出。值得注意的是，言语寻常，笔致却不寻常。陈廷焯《云韶集》卷10云："此种笔墨，不减耆卿、叔原，而清俊疏朗过之。'新来瘦'三语，婉转曲折，煞是妙绝。笔致绝佳，余韵尤胜。"

念奴娇

春情

萧条庭院，又斜风细雨，重门须闭。宠柳娇花寒食近，种种恼人天气。险韵诗成①，扶头酒醒②，别是闲滋味。征鸿过尽，万千心事难寄。

楼上几日春寒，帘垂四面，玉阑干慵倚。被冷香消新梦觉，不许愁人不起。清露晨流，新桐初引③，多少游春意。日高烟敛，更看今日晴未？

【注释】

①险韵：以冷僻难押的字为韵脚。②扶头酒：易醉的酒。贺铸《南乡子》："易醉扶头酒，难逢敌手棋。"③"清露"二句：语出《世说新语·赏誉》："于时清露晨流，新桐初引。"初引：初长。

【导读】

这首词写词人被寒食前的"天气"所恼，其实也是被离愁所恼，"征鸿过尽，万千心事难寄"这两句，最能说明这一点。她希望有个"日高烟敛"的晴朗日子出去"游春"，其实也是为了排遣内心的愁苦，因为即便写"险韵诗"，喝"扶头酒"，也都不能消除这"闲滋味"。

作品除了“清露晨流，新桐初引”这两句直接引用《世说新语》外，不再引用别的典故或成句，全是寻常浅俗之语，但仍能给人以清新别致之感。彭孙遹《金粟词话》云：“李易安‘被冷香消新梦觉，不许愁人不起’、‘守着窗儿，独自怎生得黑’，皆用浅俗之语，发清新之思。词意并工，闺情绝调。”

渔家傲

天接云涛连晓雾[①]，星河欲转千帆舞[②]。仿佛梦魂归帝所[③]。闻天语，殷勤问我归何处？

我报路长嗟日暮[④]，学诗漫有惊人句[⑤]。九万里风鹏正举[⑥]。风休住，篷舟吹取三山去[⑦]。

【注释】

①天接云涛连晓雾：天上的云涛连接着晓雾。②星河欲转千帆舞：想象之辞。星河：银河。③帝所：天帝的居处，天宫。④报：回答天帝。路长日暮：语出屈原《离骚》：“路漫漫其修远兮，吾将上下而求索。”“欲少留此灵琐兮，日忽忽其将暮。”⑤“学诗”句：杜甫《江上值水如海势聊短述》：“为人性僻耽佳句，语不惊人死不休。”漫有：徒有。⑥“九万里”句：庄子《逍遥游》：“鹏之徙于南冥也，水击三千里，抟扶摇而上者九万里。”⑦三山：《史记·封禅书》云：渤海中有三座神山：蓬莱、方丈、瀛洲。

【导读】

李清照的性格当中有相当浓厚的豪放色彩。她喜欢饮酒，在她现存的51首词中，竟有22首词出现“酒”字或“醉”字。这还不是最重要的。

最重要的是，她敢于讲话，敢于批评。她敢于批评她那个高居宰相之位的公公："炙手可热心可寒"；敢于批评那些放弃中原、一味逃跑的南渡君臣："生当作人杰，死亦为鬼雄。至今思项羽，不肯过江东"（《夏日绝句》）；敢于批评晏殊、欧阳修、苏轼等文坛巨子的词"皆句读不葺之诗，又往往不协音律"（《论词》）。她敢爱，也敢恨；敢做，也敢言。她的这种批评精神，显然是有违于封建礼教的，别说绝大多数的闺阁女子做不到，就是许多须眉男子也应为之惭愧。

像她这样一位有主见、有才华、有锋芒的女子，在那样一个以男性为中心的社会里，肯定是会感到压抑、感到怀才不遇的。她能写出《渔家傲》这样的词，可以说是再自然不过的事。“仿佛梦魂归帝所。闻天语，殷勤问我归何处？”是说人世间的统治者并不理会她的存在和愿望，只有天帝，才会关切地询问她想去哪里。她在这里一连用了两个“归”字，表明她并没有把人世间当做自己的归宿之地，或者说，她在人世间根本就找不到归宿感。“我报路长嗟日暮，学诗漫有惊人句”两句，表明她在人世间是受到压抑的，她的价值在人世间得不到实现。“九万里风鹏正举。风休住。篷舟吹取三山去”三句，表明自己既不想留在人世间，也不想留在“帝所”，而是要去海上三山，做一个不受压抑的自由自在的人。

实际上，这首词是以“游仙”的形式倾诉了自己在人世间所遭受的不公正待遇，批判了人世间不合理的社会秩序，表达了实现自己的社会价值、享受自由人生的愿望或理想。读这首词，既要注意它的豪放，更要注意这豪放所包含的批判精神和理想诉求，只有这样，才能真正理解这首词，也才能真正理解李清照。

永遇乐

落日熔金[1]，暮云合璧[2]，人在何处？染柳烟浓，吹梅笛怨[3]，春意知几许？元宵佳节，融和天气，次第

【注释】

①落日熔金：落日像熔化了的金子一般的颜色。李德裕《泰山石》：“沧海似镕金。”②暮云合璧：暮云像合在一起的一

岂无风雨[④]？来相召、香车宝马，谢他酒朋诗侣[⑤]。

中州盛日[⑥]，闺门多暇，记得偏重三五[⑦]。铺翠冠儿[⑧]，捻金雪柳[⑨]，簇带争济楚[⑩]。如今憔悴，风鬟雾鬓[⑪]，怕见夜间出去[⑫]。不如向、帘儿底下，听人笑语。

块玉璧。璧：玉。③梅：指《梅花落》这只曲子。④次第：转眼，接着。⑤谢：辞谢。⑥中州：古代对今河南一带的通称，这里指北宋都城汴京。⑦三五：正月十五，元宵节。⑧铺翠冠儿：用翠鸟羽毛作装饰的帽子，或镶嵌有翠玉的帽子。铺翠：贴翠、点翠。翠：可能是翠鸟的羽毛，也可能是翠玉，二者皆可通。⑨捻金雪柳：妇女头上的金首饰。雪柳：宋代妇女首饰之一种。⑩簇带：插戴。济楚：齐整。⑪风鬟雾鬓：指头发很乱。⑫怕见：懒得。

【导读】

这首元宵词系李清照晚年流寓江南时所作。张端义《贵耳集》卷上云：“易安居士李氏……南渡以来，常怀京洛旧事。晚年赋元宵《永遇乐》云‘落日熔金，暮云合璧’，已自工致。至于‘染柳烟浓，吹梅笛怨，春意知几许’，气象更好。后叠云：‘于今憔悴，怕见夜间出去。’皆以寻常言语度入音律。炼句精巧则易，平淡入调者难。”

“以寻常言语度入音律”，是李清照词的一个共同特点。除了这个共同特点，这首词还有一个很具个性的特点，这就是通过时空对比，细腻地写出了一位饱经沧桑的老妇人的心理。上片的要点在于“人在何处”和“次第岂无风雨”这两句。所谓“人在何处”，就是反问自己“此身现在何处”？潜台词是：自己由北国流离到江南，经历了亡国亡夫的惨痛，经历了太多的风风雨雨。也正由于经历了太多的风风雨雨，所以面对“元宵佳节”的“融和天气”，首先想到的不是开心的事，而是扫兴的事，是“次第岂无风雨”，这正是一个久经风雨侵袭的老妇人的一种畏葸和后怕心理。正因为心怀畏葸和后怕，因此才拒绝了“酒朋诗侣”的盛情邀请。下片的要点在于“如今憔悴”和“怕见夜间出去”。所谓“如今憔悴”，是和昔日的“簇带争济楚”相比较而言的。潜台词是：如今的江南不是当年的中州，如今的形单影只，也不是当年的伉俪情深，不再有当年那样的好心情。正因为心情不好，也就“怕见夜间出去”。这正是一个孤独的老妇人的一种落寞和慵懒心理。正因为心怀落寞和慵懒，也就只在“帘儿底下，听人笑语”。

畏葸和后怕也好，落寞和慵懒也好，都是一种消极心理状态，都是因为亡国、亡夫的惨痛经历所致，都是值得深切同情的。

声声慢

寻寻觅觅，冷冷清清，凄凄惨惨戚戚[①]。乍暖还寒时候[②]，最难将息[③]。三杯两盏淡酒，怎敌他，晚来风急？雁过也，正伤心，却是旧时相识[④]。

满地黄花堆积，憔悴损[⑤]，如今有谁堪摘？守着窗儿，独自怎生得

【注释】

①凄凄：凄凉。惨惨：悲惨。戚戚：悲哀。这三组叠字在心理反应的程度上是由弱到强的。②乍暖还寒：忽暖忽寒。乍：忽然，突然。③将息：保养。④“雁过也”三句：传说大雁可传书递简，故词人过去写到大雁时，是怀着希望的。如《一剪梅》：“云中谁寄锦书来？雁字回时，月满西楼。”如今国亡夫亡，大雁再来，不但不

黑[⑥]！梧桐更兼细雨，到黄昏，点点滴滴。这次第[⑦]，怎一个愁字了得！

会给她带来希望，还会引起她的伤心。⑤憔悴损：既指菊花的憔悴，也是人的憔悴。⑥怎生：怎么，怎样。⑦次第：情形，光景。与《永遇乐》中"次第岂无风雨"之"次第"不同，后者是转眼、接着的意思。

【导读】

这是李清照晚年最有影响的作品。前人讲到这首词时，总是对她的连用14个叠字的本领赞不绝口。张端义《贵耳集》卷上云："秋词《声声慢》：'寻寻觅觅，冷冷清清，凄凄惨惨切切。'此乃公孙大娘舞剑手。本朝非无能词之士，未曾一下十四叠字者……后叠又云：'梧桐更兼细雨，到黄昏，点点滴滴。'又使叠字，俱无斧凿痕。更有一奇字云：'守着窗儿，独自怎生得黑。''黑'字不许第二人押。"张氏讲这18个叠字的好处，在于"俱无斧凿痕"，这是事实，但还不仅于此。即以开头14个叠字而言，它们是很有层次感的，一点都无堆垛之嫌。"寻寻觅觅"写行动，是其所为，"冷冷清清"写环境，是其所见；"凄凄惨惨戚戚"写心理，是其所感。即以"凄凄惨惨戚戚"这六字而言，也是很有层次感的。"凄凄"，是凄凉之意；"惨惨"，是悲惨之意；"戚戚"，是悲哀之意。它们在心理反应的程度上是由弱到强的。

作品不仅用了18个双声叠字，用了入声韵，还用了大量的舌齿音字。据夏承焘先生统计，《声声慢》一词，一共79字，用舌声的15字，用齿声的42字，两项加起来，占了全词的半数以上。他指出："尤其是末了几句，‘梧桐更兼细雨，到黄昏点点滴滴，这次第，怎一个愁字了得！’二十多字里舌齿两声交加重叠，这应是有意用啮齿叮咛的口吻，写自己忧郁惝恍的心情。不但读来明白如话，听来也有明显的声调美，充分表现乐章的特色。”而“宋人只惊奇它开头敢用十四个重叠字，还不曾注意到它全首声调的美妙”（可参见夏承焘《李清照词的艺术特色》，《夏承焘集》，浙江古籍出版社、浙江教育出版社 1997 年版，第 2 册，第 245—252 页）。

全词最大的特点是声情并茂，双声叠字、入声韵、舌齿音字，对于表达词人的那种忧郁惝恍、度日如年的心情，起到了很好的辅助作用。

武陵春

春晚

风住尘香花已尽，日晚倦梳头。物是人非事事休，欲语泪先流。

闻说双溪春尚好[①]，也拟泛轻舟。只恐双溪舴艋舟[②]，载不动许多愁。

【注释】

①双溪：在浙江金华，因永康、东阳二水合流而得名。李清照53 岁以后，移居金华。②舴艋（zé měng）：一种蚱蜢式的小船。

【导读】

“物是人非事事休，欲语泪先流”这两句，非常准确地概括了词人晚年的遭遇与心情。也正因为如此，即便偶尔萌发出游的念头，也随之而打消了。前人讲到这首词时，往往只注意到“只恐双溪舴艋舟，载不动许多愁”这几句，说是“以水喻愁”的又一名句，而不顾及全篇，这是有点“只见树木不见森林”之憾的。

四、关于李清照词的评价

李清照是一位特立独行的杰出的女词人。她对词有自己独到的理解，那就是：“别是一家”。词就是词，有自己的特质，不能和诗混为一谈。她对苏轼的那些“以诗为词”的作品是大不以为然的，指其“皆句读不葺之诗尔，又往往不协音律”（《论词》）。她自己的词，“皆以寻常言语度入音律”（张端义《贵耳集》）；“皆用浅俗之语，发清新之思”（彭羡门《金粟词话》）。可以说，她的词最能体现词的音乐性、抒情性、通俗性和阴柔美，最能体现词的特质。她南渡之后的词，如《渔家傲》（天接云涛连晓雾）、《永遇乐》（落日熔金）等等，在题

材和风格方面是有所拓展、有所变化的。这表明词的特质，尤其是它的音乐性和通俗性，与题材、风格的多样化并不矛盾，不是说，要扩大词的题材领域，要追求风格的多样化，就一定要以牺牲它的音乐性和通俗性为代价。

李清照本是一妇人，到了晚年还是一个孤独的寡妇，没有社会话语权，没有子嗣，也没有门人弟子。她关于词“别是一家”的意见不仅不被重视，甚至还遭到讥讽；她的“以寻常言语度入音律”的词风，虽然也曾有人模仿，例如辛弃疾、刘辰翁等人都作有“效易安体”，但是并没有得到很好的传承。

如果此后的词人能够重视李清照的意见，并总结她的成功经验，一方面重视词的音乐性，一方面重视词的通俗性，那么，词这种音乐文学形式就可能不会在南宋中期以后就衰落。南宋中期以后，词这种文体虽然还存在，但已经不再是一种音乐文学，而是一种长短句的诗了。

五、蒋捷词

蒋捷属于宋、元易代之际的词人。为什么要把他放在李清照的后面讲，原因有三：一是他的词风与李清照接近；二是他这个人既不属于辛派词人，也不属于姜派词人；三是单独把他作为一讲不够篇幅。

蒋捷，生卒年不详，字胜欲，常州宜兴（今属江苏）人，度宗咸淳十年（1274）进士；宋亡后隐居竹山，故自号竹山，学者称“竹山先生”；元成宗大德年间（1297—1307），臧梦解等人交相推荐，终不出仕；其他事迹无考。

蒋竹山的人品向来为人们所称道，而词品则颇多争议。褒之者誉为“长短句之长城”（刘熙载《艺概》），贬之者则谓“虽不论可也”（陈廷焯《白雨斋词话》）。其实这种判若云泥的价值判断，最是值得我们注意，说明他的词具有一种不同于传统的新气象。他有辛派词人那样的豪放气质，但不似辛派末流那样粗豪；他有姜派词人那样的炼字功夫，但不似姜派末流那样雕琢。他走的是一条中间路线，尤其是他那些半文半白、亦雅亦俗，而又“音调谐畅”、“语多创获”的词，真能让人在读过辛派和姜派末流的许多败兴之作之后，有一种久违了的清新、自然之感，著有《竹山词》。《全宋词》收其词99首。

一剪梅

舟过吴江[①]

一片春愁待酒浇，江上舟摇，楼上帘招[②]。秋娘渡与泰娘桥[③]。风又飘飘，雨又萧萧。

何日归家洗客袍？银字笙调[④]，心字香烧[⑤]。流光容易把人抛。红了樱桃，绿了芭蕉。

【注释】

①吴江：太湖东边的一个县，南宋时属平江府，今属苏州市。②帘：酒帘子，酒旗。③秋娘渡与泰娘桥：吴江地名。蒋捷《行香子》：“过窈娘隄，秋娘渡，泰娘桥。”④银字笙：笙管上用银作字，标示音之高低。沈雄《古今词话·词品》：“银字，制笙以银作字，饰其音节。”调：调弄乐器。⑤心字香：把香末摆成心字。杨慎《词品》卷二：“所谓‘心字

香'者，以香末萦篆成心字也。”

【导读】

李佳《左庵词话》卷上云：“蒋竹山《一剪梅》有云：‘银字笙调，心字香烧……红了樱桃，绿了芭蕉。’久脍炙人口。”

这首词之所以脍炙人口，原因有二。一是真实地写出了舟行途中所见到的江南春色，表达了一种最容易引起共鸣的思乡之感与逝水流年之感；二是在句法上奇偶相对，参差错落。全词分为四个层次，每个层次都是用一个七言句领起，用两个四言句呼应；而两个四言句中间，又有一字重复使用，如此回环往复，音调谐畅，吟唱起来非常美听。

虞美人

少年听雨歌楼上，红烛昏罗帐。

【注释】
①断雁：离群的雁。②鬓已星

壮年听雨客舟中。江阔云低断雁叫西风[1]。

而今听雨僧庐下，鬓已星星也[2]。悲欢离合总无情。一任阶前点滴到天明[3]。

星：头发斑白。③“悲欢”二句：语出温廷筠《更漏子》：“梧桐树，三更雨，不道离情正苦。一叶叶，一声声，空阶滴到明。”其意则相反。

【导读】

这首词通过“听雨”这个细节，把人生的三个阶段有机地贯穿起来，构思非常巧妙。少年时代在歌楼上听雨，那是一种追欢买笑、无忧无虑的人生；壮年时代在客舟上听雨，那是一种为了功名、为了生计而四处漂泊的人生；暮年时代在僧庐听雨，那是一种历尽沧桑之后，万念俱寂的人生。这样的感慨是很深沉的，也是很容易引起共鸣的。与其说是写出了人生的变幻无常，不如说是揭示了人生的某种宿命。20世纪上半叶，在江南一带流行这样一首歌谣：“少年、少年上学堂，中年、中年去游荡，晚年、晚年做和尚。”意思大体相近，可供参悟。

贺新郎

兵后寓吴[1]

深阁帘垂绣[2]。记家人、软语灯边[3]，笑涡红透[4]。万叠城头哀怨角[5]，吹落霜花满袖。影厮伴[6]、东

【注释】

①兵后：指端宗景炎元年(1276)元兵攻下临安之后。寓吴：寓居苏州。②帘垂绣：即绣帘垂。③软语：即吴侬软

奔西走。望断乡关知何处？羡寒鸦、到著黄昏后。一点点，归杨柳。

相看只有山如旧。叹浮云、本是无心，也成苍狗⑦。明日枯荷包冷饭，又过村前小阜⑧。趁未发、且尝村酒。醉探枵囊毛锥在⑨，问邻翁、要写牛经否⑩？翁不应，但摇手。

语。苏州一带的话，语声轻柔。④笑涡红透：红红的脸上，笑得很生动，露出酒涡。⑤万叠城头哀怨角：城头上不断地传来同一支乐曲的哀怨之声。万叠：万遍，夸张说法。乐曲演奏一遍，叫做一叠。角：号角。⑥厮伴：相伴。⑦“叹浮云”二句：感叹世事变化无常。语出杜甫《可叹》：“天上浮云如白衣，斯须改变如苍狗。”无心：语出陶渊明《归去来兮辞》：“云无心以出岫。”⑧小阜：小土山。⑨枵（xiāo）囊：空袋子。毛锥：毛笔。《五代史·史弘肇传》：“安朝廷，定祸乱，直须长枪大剑，至如毛锥子，焉足用哉？”⑩写牛经：即替人抄书以糊口。牛经：关于养牛的知识性读物。汉代有《牛经》，唐代有《相牛经》，皆此之类。

【导读】

这首词写亡国之痛，但不像其他词人的同类作品那样，从正面着笔，写狐兔横行、社稷丘墟、生灵涂炭等等，而是从侧面着笔，通过自己东奔西走、觅食无门的窘况，写亡国之后，一个不肯忝颜事敌的高级知识分子所遭遇的苦难，以及内心的悲愤。不仅角度选得好，思想感情也很深刻。在作者抒写亡国之恨的作品中，这一首是最为沉痛的。

〔关于蒋捷词的评价〕

蒋捷是一位特立独行的词人。他的词，既有豪放词的清奇流畅，又有婉约词的含蓄蕴藉，但他既不属于“辛派”，也不属于“姜派”。他没有“辛派”末流的粗放率露之失，也没有“姜派”末流的雕琢晦涩之病。他走的是一条中间路线。他的《虞美人》（少年听雨歌楼上）和《一剪梅》（一片春愁待酒浇）等等，也可以说是“皆用浅俗之语，发清新之思”，既通俗明畅，又富有音乐的美感，和李清照的风格很接近。

第十四讲

辛派词人（上）

就创作倾向和主体风格来看，南宋的词大体上可以分为两派，一派可以辛弃疾为代表，简称“辛派”，代表人物有早于辛弃疾的张元幹、岳飞、陆游、张孝祥，还有与他同时代的陈亮、刘过，以及晚于他的刘克庄、文天祥、刘辰翁等。这一派词人在政治上以抗金、抗元、收复国土为己任，词的题材也以这些内容为主。他们继承了苏轼“以诗为词”的传统，甚至发展到“以文为词”，更加不受音律的束缚，词风粗犷、悲壮、慷慨激昂，所以被称为“豪放派”。需要说明的是，“豪放”只是他们的主体风格，只是比较醒目而已。除了“豪放”，他们也有其他的风格，不可一概而论。

一、张元幹词

张元幹（1091—1161），字仲宗，号芦川居士，福州永福（今福建永泰）人，徽宗宣和七年（1125）为陈留县丞。靖康初，金人攻汴京，李纲为亲征行营使，张元幹入其幕，后与李纲同日被谪。汴京失陷后，避乱吴、越间；高宗即位，起为将作监丞、抚谕使，随高宗至明州；绍兴元年（1131），以右朝奉郎致仕；十二年（1142），作《贺新郎》词为胡铨送行；二十一年（1151），因赋词事系狱，削籍除名；三十一年（1161）卒，年七十一。

张元幹工诗擅词能文，以词的成就最为突出。他的词兼豪放、婉约两种风格，然最有影响的还是豪放词，著有《芦川词》。《全宋词》收其词185首。

贺新郎

寄李伯纪丞相[①]

曳杖危楼去[②]。斗垂天[③]、沧波万顷，月流烟渚。扫尽浮云风不定，未放扁舟夜渡。宿雁落、寒芦深处。怅望关河空吊影[④]，正人间、鼻息如鼍鼓[⑤]。谁伴我，醉中舞[⑥]？

十年一梦扬州路[⑦]，倚高寒[⑧]、愁生故国，气吞骄虏⑨。要斩楼兰三尺剑[⑩]，遗恨琵琶旧语[⑪]。谩暗涩、铜华尘土[⑫]。唤取谪仙平章看[⑬]，过苕溪、尚许垂纶否[⑭]？风浩荡，欲飞举[⑮]。

【注释】

①李伯纪：名李纲（1083—1140），字伯纪，邵武（今属福建）人，徽宗政和二年进士，北宋末任兵部侍郎、尚书右丞。靖康元年（1126），金兵围逼汴京，李纲登城督战，击退敌人，但不久即受到投降派的排挤。高宗即位后，他一度被起用为宰相，然在位仅75天，又遭贬斥，后调任荆湖南路安抚使等职。②曳（yè）：拖。危楼：高楼。③斗：指北斗星。④吊影：形影相吊，形容孤独。⑤“正人间”句：意谓人们正在酣睡，鼻息如雷。鼍（tuó）鼓：用鼍皮做的鼓。鼍：一种爬行动物，俗称猪婆龙。⑥“谁伴我”二句：用东晋初年祖逖和刘琨闻鸡起舞的典故，表明李纲是自己唯一的

同志。《晋书·祖逖传》：祖逖“与司空刘琨俱为司州主簿，情好绸缪，共被同寝。中夜，闻荒鸡鸣，蹴琨觉曰：‘此非恶声也。’因起舞。”⑦“十年”句：十年前的建炎元年(1127)，宋高宗在南京（今河南商丘）称帝，不久，金兵南下，高宗南逃，扬州被焚。从建炎三年（1129）金兵占领扬州，到作者写这首词，刚好十年。⑧高寒：高楼。苏轼《水调歌头》：“我欲乘风归去，又恐琼楼玉宇，高处不胜寒。”⑨骄虏：原指匈奴，这里指金兵。《汉书·匈奴传》：“胡者，天之骄子也。”⑩“要斩”句：语出李白《塞下曲》：“愿将腰下剑，直为斩楼兰。”楼兰：古国名，都城在今新疆若羌县治卡克里克。据《汉书·傅介子传》：汉昭帝时，楼兰王勾结匈奴，多次杀害汉使。元凤四年（前77)，傅介子出使楼兰，设计刺死楼兰王。⑪“遗恨”句：用王昭君远嫁匈奴，借琵琶抒发怨恨之典。杜甫《咏怀古迹五首》之三：“千载琵琶作胡语，分明怨恨曲中论。”⑫“谩暗涩”句：意谓李纲等被弃置不用，如宝剑之生锈。谩：徒然。涩：暗淡无光。铜华：铜锈。⑬谪仙：原指李白，这里借指李纲。平章：评论。⑭“过苕溪”句：意谓国难当头之际，做一个垂钓于苕溪的隐士是否恰当。苕溪：河流名，在今浙江境内，源出天目山，流经吴兴入太湖，是文人们的游览隐居之地。垂纶：垂钓。⑮欲飞举：欲乘风而去。

【导读】

此词作于绍兴八年（1138）冬天。这年十月，金以张通古、萧哲为江南诏谕使，与宋议和。李纲义愤填膺，上疏表示反对，被罢居福州长乐。张元幹也在福州，得知李纲的遭遇，慨然作此词，对李纲表示支持和同情，也借此抒发了自己抗金报国的雄心壮志。“慷慨悲凉，数百年后，尚想其抑塞磊落之气”（《四库全书总目提要·芦川词》）。

贺新郎

送胡邦衡待制赴新州[①]

梦绕神州路[②]。怅秋风、连营画角[③]，故宫离黍[④]。底事昆仑倾砥柱[⑤]，九地黄流乱注[⑥]？聚万落、千村狐兔[⑦]。天意从来高难问，况人情、老易悲难诉[⑧]。更南浦[⑨]，送君去。

凉生岸柳催残暑。耿斜河[⑩]、疏星淡月，断云微度[⑪]。万里江山知何

【注释】

①胡邦衡：名胡铨（1102—1180），字邦衡，庐陵（今江西吉安）人，高宗时进士，任枢密院编修官。因反对秦桧对金妥协求和，他于绍兴八年（1138）上书高宗，请斩秦桧、王伦、孙近三人头，被除名，编管昭州，改监广州盐仓。四年后，被押送新州（今广东新兴）编管，又远送吉阳军（今海南南部），流落近20年。待制：官名，皇帝的顾问。②神

处？回首对床夜语⑫。雁不到⑬、书成谁与？目尽青天怀今古⑭，肯儿曹、恩怨相尔汝⑮？举大白⑯，听《金缕》⑰。

州：这里指沦陷的中原地区。③画角：军中所用的号角，上有彩绘。④故宫：这里指北宋京城汴京的宫殿。离黍：语出《诗·王风·黍离》："彼黍离离。"周平王东迁后，周大夫经过西周故都，见故宫长满了黍子，因赋《黍离》以志哀。后世遂以"黍离"表示亡国之痛。黍：小米；离离：整齐的样子。⑤底事：何事。昆仑倾砥柱：比喻北宋王朝的灭亡。倾：倒塌。砥柱：典出《神异经·中荒经》："昆仑之山，有铜柱焉，其高入天，所谓天柱也。"一说为黄河中流的砥柱山。⑥九地：九州之地。黄流乱注：黄河泛滥成灾，比喻金兵入侵。⑦落：村落。狐兔：比喻金兵。⑧"天意"二句：语出杜甫《暮春江陵送马大卿公恩命追赴阙下》："天意高难问，人情老易悲。"天：指皇帝。⑨南浦：向南的水滨。江淹《别赋》："送君南浦，伤如之何？"后来泛指送别之地。⑩耿：明亮。斜河：斜转的银河，表示夜已深。⑪断云：片云。⑫对床夜语：指知心朋友深夜交谈。白居易《雨中招张司业宿》："能来同宿否？听雨对床眠。"⑬雁不到：相传大雁能传书，但北雁南飞，至衡阳回雁峰而止，而胡邦衡要去的新州，远在衡阳以南，故云。

⑭目尽青天：望断天空。⑮“肯儿曹”句，语出韩愈《听颖师弹琴》：“昵昵儿女语，恩怨相尔汝。”肯：岂肯。儿曹：儿辈，青年男女。尔汝：你我。青年男女关系密切，彼此以你我相称。⑯举大白：端起大酒杯。⑰《金缕》：即《金缕曲》，《贺新郎》的别称。

【导读】

绍兴八年（1138），秦桧主和，枢密院编修官胡铨上书高宗，请斩秦桧、王伦、孙近三人头，以谢天下。朝野为之震惊，秦桧更是恼羞成怒。结果，胡铨被除名，编管昭州，改监广州盐仓。绍兴十二年（1142）七月，秦桧又策动谏官弹劾胡铨“饰非横议”，胡铨被除名，编管新州（今广东新兴）。途经福州时，张元幹写了这首词，为他送行。

作品表达了对中原沦陷的悲痛，对投降误国者的愤怒，以及对友人的不幸遭遇的深切同情。在秦桧把持朝政，举世避嫌畏祸、结舌箝口之际，张元幹毅然作词为胡铨送行，将个人安危置之度外，这是很需要勇气的。时隔九年之后，即绍兴二十一年（1151），词人还因此而获罪。据王明清《挥麈录·后录》载，“数年，秦（桧）始闻仲宗之词。仲宗挂冠已久，以它事追赴大理削籍焉。”

这首词在当时的影响是不言而喻的。杨冠卿《客亭类稿》卷14载：“秋日乘风过垂虹，时与一羽士俱，因泛言弱水蓬莱之胜。傍有溪童，具能歌张仲宗‘目尽青天’等句，音韵洪畅，听之慨然。”可以说是妇孺皆知了。

二、岳飞词

岳飞（1103—1141），字鹏举，相州汤阴（今属河南）人，幼年家贫，由母亲自授学，好《左氏春秋》、《孙子兵法》。徽宗宣和四年（1112），应募从军，以恢复中原为己任，屡破金兵，历荆湖东路安抚都总管、河南北诸路招讨使等职。高宗绍兴十年（1140），进军朱仙镇，距汴京 45 里，大败金军元帅兀术。时秦桧力主和议，高宗一日降 12 道金牌召其还朝；既至，改授枢密副使，不久被诬下狱，十一年十二月以“莫须有”的罪名被害，年仅 39 岁；孝宗淳熙六年（1179）获平反并追谥武穆，宁宗嘉定四年（1211）追封为鄂王。

岳飞是一位文武兼备的民族英雄，“好贤礼士，览经史，雅歌投壶，恂恂如书生”（《宋史·岳飞传》）。他在戎马倥偬之中写下若干脍炙人口的诗、文、词，尤以《满江红》（怒发冲冠）最为知名。《全宋词》收其词三首。

满江红

怒发冲冠①，凭阑处②、潇潇雨歇。抬望眼③、仰天长啸，壮怀激烈。三十功名尘与土④，八千里路云和月⑤。莫等闲⑥，白了少年头，空

【注释】

①怒发冲冠：因愤怒连头发都竖了起来。《史记·廉颇蔺相如列传》：“相如因持璧却立倚柱，怒发上冲冠。”②凭阑处：靠着栏杆之际。处：际，时。③抬望眼：抬头遥望。④“三

悲切。

靖康耻[7]，犹未雪；臣子恨，何时灭？驾长车[8]，踏破贺兰山缺[9]。壮志饥餐胡虏肉，笑谈渴饮匈奴血[10]。待从头、收拾旧山河，朝天阙[11]。

十”句：意谓人到三十，所建立的功名不过像尘土一样，不值得一提。三十：举其成数，实际上岳飞这时已经三十多岁。⑤“八千”句：是说自己披星戴月，转战八千里。⑥等闲：轻易，随便。⑦靖康耻：指北宋灭亡之耻。靖康元年(1127)，金兵攻陷汴京；次年，掳掠徽宗、钦宗二帝北去。北宋由此灭亡。靖康：宋钦宗的年号。⑧长车：战车。⑨贺兰山：有两处，一在今宁夏境内，当时为西夏所属；一在今河北磁县境内，当时为金朝所属。这里当是指后者。缺：山口。⑩胡虏、匈奴：这里均指金兵。⑪朝天阙：到宫殿里朝见皇帝。天阙：指皇帝住的宫殿。

【导读】

这是一首震撼人心的词。它用了许多夸张、对仗的手法，表达了对侵略者的切齿之恨，以及“收拾旧山河”的冲天之志。它的内容与作者在《五岳祠盟记》中所讲的“北逾沙漠，喋血虏廷，尽屠夷种；迎二圣归京阙，取故地上版图，朝廷无虞，主上奠枕”这几句话的意思是一致的；它的风格，可用词中的“壮怀激烈”这一句来概括。

关于这首词，历史上曾经有过争议。争议的焦点在于“驾长车踏破，贺兰山缺”这两句。有人认为贺兰山在西夏境内，岳飞与金兵作战，词中不应提到贺兰山，因此怀疑此词当是明朝的王越或其幕僚所作，因为王越

曾在贺兰山与鞑靼人作战。

有人认为，在今河北磁县境内也有一座贺兰山，岳词中的贺兰山正是指此山。磁县之贺兰山因北宋贺兰真人隐居而得名，时间在宋真宗景德年间，早于岳飞诞生约一百年。磁县贺兰山当南北官道要冲，为兵家必争之地，在北宋末、南宋初为宋、金交兵的战场。宗泽驻守磁州时，即以贺兰山为防线，击退金兵。岳飞本人从宣和四年（1122）到靖康元年（1126），曾六次经过贺兰山。建炎元年（1127），岳飞驻军磁州岳城镇时，曾多次在贺兰山操练军队。岳飞转战江淮时，与贺兰山义军一直保持密切的联系。因此，贺兰山一带是岳飞预计与金兵决战的要地。正是在这种情况下，岳飞作《满江红》词，抒发抗金杀敌的壮志，陈述自己的战略设想，"驾长车踏破，贺兰山缺"这一警句便脱口而出，这是非常合乎情理的。而且除了岳飞之外，旁人也没有与贺兰山关系密切而了解其在宋、金交战中的重要地位的。所以《满江红》词确是岳飞所作，不容怀疑。参见王克、孙本祥、李文辉《从"贺兰山"看〈满江红〉词的真伪》，《文学遗产》1985年第3期。

后一种意见材料丰富，考证精密，我们认为是可信的。

满江红

登黄鹤楼有感①

遥望中原，荒烟外、许多城郭。想当年、花遮柳护，凤楼龙阁②。万岁山前珠翠绕③，蓬壶殿里笙歌作④。到而今、铁骑满郊畿⑤，风尘恶⑥。

兵安在？膏锋锷⑦。民安在？填沟壑。叹江山如故，千村寥落。何日请缨提锐旅⑧？一鞭直渡清河洛⑨。却归来、再续汉阳游⑩，骑黄鹤。

【注释】

①黄鹤楼：在今武汉市武昌区境内的黄鹤矶头。孙权黄武二年（223）始建。楼的得名，有不同的说法。据《南齐书·州郡志》载，因仙人王子安乘黄鹤过此而得名；据乐史《太平寰宇记》载，因费文祎登仙，曾驾黄鹤憩于此而得名。②凤楼龙阁：指北宋皇宫中各种有彩绘的楼阁。③万岁山：位于汴京东北隅，徽宗政和四年（1114）建。《续资治通鉴》卷94载："（万岁）山周十余里，运四方奇花异石置其中，千岩万壑，麋鹿成群，楼观台

殿，不可胜计。”珠翠绕：珠围翠绕：美女成群。珠、翠：代指穿戴华丽的美女。一说指山前的奇花异石。④蓬壶殿：指万岁山里的宫殿。蓬壶：蓬莱，神话传说中的海上三山之一。⑤铁骑：指金兵。郊畿(jī)：指汴京一带。畿：古代京城所管辖的地区。⑥风尘：比喻战乱。《后汉书·班固传》：“设后北虏稍强，能为风尘。”⑦“兵安在”二句：写士兵被屠杀。膏：血污，这里作动词用。锷：刀剑之刃。⑧请缨：请求从军杀敌。参见贺铸《六州歌头》注⑩。提锐旅：统帅精锐的部队。⑨清河洛：澄清天下，扫除妖氛。这里指消灭金兵，恢复中原。河洛：黄河与洛水。⑩汉阳：今武汉市境内长江以北地区，宋代为汉阳军治所，与黄鹤楼只有一江之隔。

【导读】

据《全宋词》介绍，此词系“岳武穆墨迹”，见近人徐用仪所编《五千年来中华民族爱国魂》一书卷端，原系照片，有谢升孙、宋克、文徵明诸《跋》。其著作权更是不用怀疑。

这首《满江红》的影响虽不及上一首那样大，但同样“壮怀激烈”，同样震撼人心。岳飞是个带兵打仗的人，他作词与那些刻意为词的文人不同，只是为了一吐心中之块垒，所以，他的词不雕琢，不设色，极少用典。他是自然而然，不求工而自工，就像刘邦作《大风歌》、项羽作《垓下歌》一样，几同天籁。这样的文字在中国文学史上是可遇而不可求的。

小重山

昨夜寒蛩不住鸣[1]。惊回千里梦，已三更。起来独自绕阶行。人悄悄，帘外月胧明[2]。

白首为功名。旧山松竹老[3]，阻归程。欲将心事付瑶琴。知音少，弦断有谁听？[4]

【注释】

①寒蛩（qióng）：蟋蟀。②月胧明：月光时而蒙眬，时而明亮。③旧山：故乡。④“欲将心事”三句：用俞伯牙和钟子期的典故。《吕氏春秋·本味》载：春秋时，俞伯牙善鼓琴，钟子期能从琴声听出他志在高山，或志在流水，后来钟子期死，“伯牙破琴绝弦，终身不复鼓琴。”瑶琴：琴的美称。

【导读】

这首词的风格和上面两首《满江红》不一样，不是“壮怀激烈”，而是低徊掩抑。这不是岳飞故意要为婉约之词，而是他当时的处境使然。盖《满江红》的锋芒，直指金兵，故无所顾忌，而《小重山》则不一样，他涉及南宋朝廷内部复杂的人事关系。岳飞志在抗金，收复失地，统一神州，他的行动不但受到皇帝赵构、宰相秦桧的压制，也受到大臣张浚及诸将张俊、杨沂中、刘光世等人的阻挠，因此他有曲高和寡、知音难遇之叹。这些心事又不便明说，所以他采取了一种含蓄蕴藉的表现手法，这与南宋某些词人的刻意求曲折是有区别的。

三、陆游词

陆游（1125—1210），字务观，号放翁，越州山阴（今浙江绍兴）人。高宗绍兴二十四年（1154）参加进士考试，因名列秦桧孙秦埙之前，触怒秦桧，被黜落。孝宗继位，赐其进士出身，先后任镇江府、隆兴府和夔州通判。乾道八年（1172）三月，王炎宣抚川陕，辟为权宣抚司干办公事兼检讨官，十月，王炎回临安，陆游改成都府路安抚司参议官；九年，权通判蜀州，摄知嘉州、荣州；淳熙二年（1175），范成大帅蜀，辟为成都府路安抚司参议官；五年（1178），提举福建、江西常平；两年后，以擅发义仓米赈灾，遭弹劾，闲居山阴六年；十二年（1185），起知严州，除军器少监；光宗绍熙元年（1190），迁礼部郎中兼实录院检讨官；嘉泰二年（1202），权同修国史、实录院同修撰，兼秘书监；三年，升宝章阁待制，致仕；以后长期闲居山阴，于嘉定二年（1210）除夕卒，享年85岁。

陆游一生力主收复失地，北定中原。他是一个伟大的爱国者，一个伟大的人道主义者。诗、文、词俱佳，以诗的成就为最大，被誉为“中兴四大家”之一，今存诗9300余首，接近《全唐诗》的20%。他的词具有多样的风格，刘克庄称其“激昂感慨者，稼轩不能过；飘逸高妙者，与陈简斋、朱希真相颉颃；流丽绵密者，欲出晏叔原、贺方回之上”（刘克庄《后村诗话》续集卷四）。著有《放翁词》。《全宋词》收其词145首。

钗头凤

红酥手[①]，黄藤酒[②]。满城春色宫墙柳[③]；东风恶[④]，欢情薄，一怀愁绪，几年离索[⑤]，错，错，错！

春如旧，人空瘦。泪痕红浥鲛绡透[⑥]；桃花落，闲池阁，山盟虽在[⑦]，锦书难托[⑧]，莫，莫，莫[⑨]！

【注释】

①红酥手：红润细嫩的手。酥：酥油。②黄藤（téng）酒：即黄封酒，当时官酿的酒，用黄纸封口，故名。陆游《酒诗》："一壶花露拆黄藤。"③宫墙柳：此三字系比喻，意谓自己所爱的人如宫墙里的柳树，可望而不可及。④东风：此二字亦系比喻，指破坏了自己幸福婚姻的人。⑤离索：离群索居，离别。⑥"泪痕"句：泪水浸染了胭脂，湿透了手帕。红：脸上的胭脂。浥（yì）：沾湿，浸染。鲛绡：传说中鲛人所织的丝绢，后世用作手帕的代称。左思《吴都赋》："泉室潜织而卷绡，渊客慷慨而泣珠。"刘逵注："俗传鲛人从水中出，曾寄寓人家，积日卖绡。……鲛人临去，从主人索器，泣而出珠满盘，以与主人。"事又见任昉《述异记》。⑦山盟：像山一样坚定不移的爱的盟誓。乐府诗《上邪》："上邪，我欲与君相知，长命无绝衰。山无陵，江水为竭，冬雷震震，夏雨雪，乃敢与君绝。"⑧锦书难托：意谓双方已另行婚嫁，为礼法所限，已经没有传递情书的自由了。锦书：夫妻间的情书，参见李清照《一剪梅》

注③。⑨莫，莫，莫：犹言罢，罢，罢。司空图《耐辱居士歌》："休休休，莫莫莫。"

【导读】

周密《齐东野语》卷一载："陆务观初娶唐氏，闳之女也，于其母夫人为姑侄。伉俪相得，而弗获于其姑。既出而未忍绝之，则为别馆，时时往焉。姑知而掩之，虽先知挈去，然事不得隐，竟绝之，亦人伦之变也。唐后改适同郡宗子士程，尝以春日出游，相遇于禹迹寺南之沈氏园，唐以语赵，遣致酒肴。翁怅然久之，为赋《钗头凤》一词，题园壁间。时绍兴乙亥岁也。"据此看来，这首词当作于绍兴二十五年（1155），词人30岁。不过也有人对这条词话的真实性表示怀疑，以为是"好事者因其诗词而附会之"（清人吴骞《拜经楼诗话》卷二）。

且不管这条词话的真实与否，只就作品本身的内容来看，它写的是一段美好的姻缘遭到毁灭，写的是男女主人公的悲伤、悔恨和无奈，心情非常沉痛而激越，这是很值得我们同情的。作者使用了许多短句、叠字来表达这种沉痛而激越的心情，可以说是收到了一种声情并茂的艺术效果。

卜算子

咏梅

驿外断桥边[①]，寂寞开无主。已是黄昏独自愁，更著风和雨[②]。

【注释】

①驿：驿站。②著：加上。③苦：竭力。④一任：完全听凭。⑤碾：压碎。

无意苦争春[3]，一任群芳妒[4]。
零落成泥碾作尘[5]，只有香如故。

【导读】

这是一首咏梅词。“驿外”两句，写梅花所处环境之寂寞；“已是”两句，写梅花遭遇之堪忧；“无意”两句，表明无意竞逐之心迹；“零落”两句，宣示宁死不屈之气节。看似写梅，实则借梅以自喻，是一首很有名的托物言志之作。它使我们从一个侧面看到了词人作为一个主战派人士所受到的孤立、打击和误解，以及他那绝不肯与主和派同流合污的操守。

诉衷情

当年万里觅封侯[1]。匹马戍梁州[2]。关河梦断何处[3]？尘暗旧貂裘[4]。

胡未灭，鬓先秋[5]。泪空流。此生谁料？心在天山[6]，身老沧洲[7]。

【注释】

①觅封侯：寻找建功立业的机会。《后汉书·班超传》：超“家贫，常为官佣书以供养。久劳苦，尝辍业投笔叹曰：‘大丈夫无它志略，犹当效傅介子、张骞立功异域，以取封侯，安能久事笔砚间乎？’”②匹马戍梁州：乾道八年（1172）三月至十月，陆游曾在川陕宣抚使王炎幕府任干办公事兼检讨官，这是一段从军经历，词人常常引以为自豪。戍：以兵守边。梁州：在今陕西汉中一带，唐代称梁州，宋代称兴元府，为宋、金交界之地。③关河：关塞与河防，这里指边疆。梦断：梦醒。④尘

暗旧貂裘：貂裘积满灰尘，颜色黯淡。《战国策·秦策》：“苏秦说秦王，书十上而不行，黑貂之裘弊，黄金百斤尽，资用乏绝，去秦而归。”⑤鬓先秋：两鬓早已白如秋霜。⑥天山：在今新疆维吾尔自治区境内，是汉代和唐代的边界。这里借指前方。⑦沧洲：水边。

【导读】

这首词写壮志未酬的悲愤。作品用了两组对比，一是“当年万里觅封侯，匹马戍梁州”与“胡未灭，鬓先秋”之对比，这是时间对比；一是“心在天山，身老沧洲”之对比，这是空间对比。由于成功地运用了时空对比，使壮志未酬的悲愤显得尤为强烈。

四、张孝祥词

张孝祥（1132—1170），字安国，号于湖居士，和州乌江（今安徽和县）人，高宗绍兴二十四年（1154）举进士第一，授镇东军节度判官；二十五年，召为秘书省正字，迁校书郎；二十七年，迁秘书郎、著作郎，累迁起居舍人、权中书舍人，后被御史弹劾落职；不久起知抚州；孝宗隆兴元年（1163），知平江府。张浚北伐，荐其为中书舍人，迁直学士院兼都督府参赞军事，兼领建康留守；宋军在符离溃败后，被主和派弹劾落职；隆兴二年，起知静江府兼广南西路经略安抚使，乾道二年（1166），再次被弹劾落职。不久又起知泽州，权荆湖南路提点刑狱，迁荆南、荆湖北路安抚使；乾道五年（1169）因病以显谟阁直学士致仕；次年卒，年仅39岁。

张孝祥属于苏、辛一流的天才型人物。他的同时代人称他“文章俊逸，顷刻千言，出人意表”（陆世良《宣城张氏信谱传》）。又称他“平昔为词，未尝著稿，笔酣兴健，顷刻而成”（汤衡《紫微雅词序》）。著有《于湖词》。《全宋词》收其词224首。

六州歌头

长淮望断[①]，关塞莽然平[②]。征尘暗，霜风劲，悄边声。黯销凝[③]。追想当年事[④]，殆天数[⑤]，非人力，洙泗上，弦歌地，亦膻腥[⑥]。

隔水毡乡[⑦]，落日牛羊下[⑧]，区脱纵横[⑨]。看名王宵猎[⑩]，骑火一川明。笳鼓悲鸣，遣人惊。

念腰间箭，匣中剑，空埃蠹[⑪]，竟何成！时易失，心徒壮，岁将零[⑫]。渺神京[⑬]。干羽方怀远[⑭]，静烽燧[⑮]，且休兵。冠盖使[⑯]，纷驰骛[⑰]，若为情[⑱]？闻道中原父老，常南望、

【注释】

①长淮：淮河。南宋时，这里是宋、金分界线。②“关塞”句：由于战备不修，边防久废，关塞埋没在一片草木里。莽然：草木茂盛的样子。③黯销凝：默默伤神。④当年事：指金兵占领中原，徽、钦二帝被俘，南宋灭亡。⑤殆天数：大约是天意。殆：大约。⑥“洙泗上”三句：连孔子讲学的文明礼乐之地（今山东曲阜），也遭到金兵的野蛮蹂躏。洙泗：洙水和泗水，流经孔子讲学的曲阜。弦歌地：亦即孔子讲学的曲阜。春秋时代注重礼乐，学堂里常常传出弦歌之声。《史记·孔子世家》：“三百五篇，孔子皆弦歌之，以求合韶、武、雅、颂之音。”膻腥：牛羊的腥膻之气。金兵多是北方游牧民族，食牛羊，故云。⑦毡

翠葆霓旌⑲。使行人到此，忠愤气填膺，有泪如倾。

乡：连成一片的帐篷。北方少数民族多住帐篷，故云。⑧落日牛羊下：黄昏时牛羊成群地回栏。《诗经·王风·君子于役》："日之夕矣，牛羊下来。"⑨区（ōu）脱纵横：金兵的哨所到处都是。区脱：本是匈奴所筑土室，作为侦察警戒之用，这里指金兵哨所。⑩名王：金兵统帅。宵猎：夜间打猎，这里指军事演习。⑪埃蠹（dù）：蒙上灰尘，被虫蛀蚀。⑫岁将零：时光将尽。岁：指时光。零：尽。⑬渺神京：汴京变得非常遥远，渺：遥远。神京：北宋时的首都汴京。⑭干羽方怀远：以礼服人。实则放弃抵抗，屈辱求和。干羽：盾和雉尾，都是古代舞蹈时所持的道具。《尚书·大禹谟》载：虞舜"舞干羽于两阶"，不久有苗（古代部族名）就来归顺。怀远：用礼乐的感召使边远地区的少数民族归顺。⑮烽燧：烽火台上燃起的烟火，作为报警的信号。黑夜举火叫烽，白天升烟叫燧。⑯冠盖使：求和的使臣。冠盖：冠服和车盖。⑰纷驰骛：奔驰忙碌。⑱若为情：难以为情。⑲翠葆霓旌：指皇帝的车驾。翠葆：以翠鸟的羽毛为装饰的车盖。霓旌：像虹霓的彩色旗帜。

【导读】

宋孝宗继位之后，起用主战派人物张浚，于隆兴元年（1163）出师北伐。但因将帅不和，在符离为金兵所败。这就给主和派以口实。于是，主和的言论又甚嚣尘上，朝廷又开始派人与金人往来，酝酿着丧权辱国的“隆兴和议”。张孝祥当时接替张浚任建康留守，这首词就写在“建康留守席上”。

这首词，上片写中原沦陷之后，关塞冷落荒凉、敌人甚嚣尘上的景象；下片写朝廷求和苟安、有志之士报国无门的悲愤，以及中原父老渴望北伐的心情。句短节促，声调激越，诚所谓“淋漓痛快，笔酣墨饱，读之令人起舞”（陈廷焯《白雨斋词话》卷六）。

据无名氏《朝野遗记》载：“安国（张孝祥）在建康留守席上，赋此歌阕，魏公（张浚）为罢席而入。”由此可见这首词的震撼人心的感染力。

念奴娇

过洞庭

洞庭青草①，近中秋、更无一点风色②。玉鉴琼田三万顷③，著我扁舟一叶。素月分辉，明河共影，表里俱澄澈④。悠然心会，妙处难与君说。

【注释】

①洞庭、青草：洞庭湖和青草湖，在今湖南省北部，两湖相连，古来并称。②风色：风势。韩偓《江行》：“舟人偶语忧风色。”③玉鉴琼田：一作“玉界琼田”，形容月光下的湖上景色。玉鉴：玉镜。琼田：美玉一般的田野。④表里：里外、

应念岭表经年[5]，孤光自照，肝胆皆冰雪[6]。短发萧骚襟袖冷[7]，稳泛沧浪空阔。尽挹西江[8]，细斟北斗[9]，万象为宾客[10]。叩舷独啸，不知今夕何夕。

上下。⑤岭表经年：词人于隆兴二年（1164）起知静江府（治今广西桂林），兼广南西路经略安抚使，于乾道二年（1166）被言官弹劾落职，前后大约两年。岭表：岭外、岭南，今广东、广西、海南地区。经年：一年，或一年以上。⑥“孤光”二句：表示自己心地光明磊落、冰清玉洁。苏轼《西江月》：“中秋谁与共孤光。”王昌龄《芙蓉楼送辛渐》：“洛阳亲友如相问，一片冰心在玉壶。”⑦萧骚：稀疏。骚：一作“疏”。⑧西江：西来的大江。湖南境内的澧水、沅水、资水，均由西而注入洞庭湖，再由洞庭湖而注入长江。有人把这里的“西江”释为长江，不妥。宋人道原《景德传灯录》卷八：襄州居士庞蕴“后之江西，参问马祖云：‘不与万法为侣者是什么人？’祖云：‘待汝一口吸尽西江水，便向汝道。’居士言下顿领玄要”。挹：吸。⑨北斗：北斗星，由七颗星组成，状如长柄勺。屈原《九歌·东君》：“援北斗兮酌酒浆。”⑩万象：宇宙万物。

【导读】

隆兴元年（1163），宋军在符离战败之后，主和派再次得势，汤思退复相，张浚被贬，曾在张浚的都督府参赞军事并继张浚任建康留守的张孝祥也被弹劾落职。隆兴二年，汤思退罢相，张孝祥起知静江府（治今广西桂林），兼广南西路经略安抚使，但不过两年，于乾道二年（1166）又被弹劾落职。这首词，就写在词人由桂林北返、途经洞庭湖之时。

词的上片，描绘了一个水天一色、上下交辉的境界，一个天人合一的境界。“表里俱澄澈”这五个字，既是词人对这个境界的最好的概括，也可以说是对他的品行、操守的最好的概括。于是在词的过片，他就写到自己这一两年在岭表的为人，虽然遭到言官的弹劾，可是他坚信自己是冰清玉洁的。他很坦然，可以“稳泛沧浪空阔”。也正因为心理上没有任何负担，他很自然地豪放起来，想象着“尽挹西江，细斟北斗，万象为宾客”的壮观景象，不禁“叩舷独啸，不知今夕何夕”。

这首词的艺术感染力是很强的。这种感染力不仅来自那个“素月分辉，明河共影”的自然世界，更来自那个“孤光自照，肝胆皆冰雪”的心灵世界，来自词人的人格，来自他的豪放和洒脱。魏了翁云：“张于湖有英姿奇气，著之湖湘间，未为不遇。洞庭所赋，在集中最为杰特。方其吸江斟斗、宾客万象时，讵知世间有紫微青琐哉！”（《跋张于湖〈念奴娇〉词真迹》）

第十五讲

辛派词人（中）

辛弃疾词

辛弃疾（1140—1207），字幼安，济南历城（今属山东）人。在宋代词人当中，他是一位最有传奇色彩的人物。他首先是一位抗金的英雄，然后才是一位词人。绍兴三十一年（1161），完颜亮南侵，中原地区义军烽起，辛弃疾聚众 2000 人，投奔义军领袖耿京，被任命为掌书记，奉表南归。高宗皇帝在建康（今南京）召见了他，任他为右承义郎。恰在这时，叛徒张安国杀害了耿京，提着他的头去金营领赏。辛弃疾闻信，立即带领一帮兄弟闯入金营，割下张安国的头，送到高宗的行在。辛弃疾由此声名大噪。先做江阴签判，任满后改广德军通判。乾道四年（1168），通判建康府，上过两道非常有名的折子——《美芹十论》和《九议》，规划恢复，议论英伟。这之后，他又先后做过滁州知府、江东安抚司参议官、仓部郎官、江西提点刑狱、江陵知府兼湖北安抚使、隆兴知府兼江西安抚使、大理少卿、湖北转运副使、湖南转运副使、潭州知府兼湖南安抚使。在湖南，他一手创建了有名的“飞虎军”，雄镇一方。淳熙八年（1181），遭到谏官的弹劾，被罢官。他在江西上饶的带湖，盖了一百间房子，名稼轩，自号稼轩居士，一住就是10年。绍熙三年（1192），他再次出山，任福建提点刑狱，第二年任福州知府兼福建安抚使，不久又遭到谏官的弹劾，乞归，在江西铅山的瓢泉住了八年。嘉泰三年（1203），第三次复出，任绍兴知府兼浙东安抚使，嘉泰四年改任镇江知府。开禧元年（1205），第三次因谏官的弹劾而落职，再次回到铅山，开禧三年九月卒，享年67岁。

辛弃疾的一生是战士的一生，也是词人的一生。为官25载，下野21年，真的是大开大阖，三起三落。起伏跌宕的人生经历，使他的创作风云满纸，气象万千，著有《稼轩长短句》。《全宋词》收其词629首。

水龙吟

登建康赏心亭[①]

楚天千里清秋，水随天去秋无际。遥岑远目[②]，献愁供恨，玉簪螺髻[③]。落日楼头，断鸿声里[④]，江南游子。把吴钩看了[⑤]，栏杆拍遍，无人会[⑥]、登临意。

休说鲈鱼堪脍，尽西风、季鹰归未[⑦]？求田问舍，怕应羞见，刘郎才

【注释】

①建康：今江苏南京。赏心亭：据《景定建康志》：“赏心亭在下水门之城上，下临秦淮，尽观览之胜。”②遥岑：远山。③玉簪螺髻：形容远山像女人头上的玉簪，又像螺旋形的发髻。韩愈《送桂州严大夫同用南字》：“江作青罗带，山如碧玉簪。”皮日休《缥缈峰》：“似将青螺髻，撒在明月中。”④断鸿：孤雁。⑤吴钩：古时吴地打造的兵器。⑥会：理解。

气[8]。可惜流年，忧愁风雨，树犹如此[9]。倩何人唤取[10]，红巾翠袖[11]，揾英雄泪[12]？

⑦季鹰：张翰，字季鹰。《世说新语·识鉴》载：西晋张季鹰，吴地人，在洛阳做官时，见秋风起，思念家乡的鲈鱼脍和莼菜羹，于是辞官归去。理由是："人生贵得适意尔，何能羁宦数千里以要名爵？"⑧刘郎：刘备。《三国志·陈登传》载：许汜与刘备共论天下人物。许汜说：陈元龙（登）乃湖海之士，豪气不除。从前我遭难时，经下邳，见陈元龙。他根本没有接待我的意思，好久都不和我讲话。自己睡上面的大床，让我睡下面的小床。刘备批评他说：你向来享有国士之名，如今天下大难，皇帝失所，希望你能忧国忘家，有救世之意。而你呢，居然一心买田置地，没有一句有价值的话可供采纳。陈元龙最不欣赏的就是这一点，他怎么可能和你讲话？如果是我，连小床都没你睡的。我要睡在百尺楼上，让你睡地下，岂止是上、下床之别？⑨树犹如此：《世说新语·言语》载：东晋大司马"恒公（温）北伐，经金城，见前为琅邪时种柳，慨然曰：'木犹如此，人何以堪！'攀枝折条，泫然流涕"。庾信《枯树赋》作"树犹如此"。⑩倩：请。⑪红巾翠袖：代指美女。⑫揾：揩拭。

【导读】

这首词大约写于乾道五年（1169），词人时任建康府通判。他是一位著名的爱国英雄，一生力主抗金、恢复中原。他的理想是“了却君王天下事，赢得生前身后名”（《破阵子》）。但是，连君王本人都不想“了却天下事”，因此他的这个理想就无法实现。可是他不想放弃。既不愿意像张季鹰那样，为了全身保命，借口家乡的鲈鱼鲜美而一走了之；更不愿意像许汜那样，当国家危难之秋，居然一门心思地买田置地。他希望能够带兵出征，收复失地，一统中原。可是没人给他这个机会，没人理解他的心曲。他只能在“落日楼头，断鸿声里”，仰天长啸，拍遍栏杆。这首词，就是写这种报国无门、英雄失落的悲愤。这是一首豪放词，不过这种豪放并不是一路豪言壮语，而是包含了许多的悲愤和苍凉，因而显得悲壮慷慨，令人难以为怀。

菩萨蛮

书江西造口壁[①]

郁孤台下清江水[②]，中间多少行人泪？西北望长安[③]，可怜无数山。

青山遮不住，毕竟东流去。江晚正愁余[④]，山深闻鹧鸪[⑤]。

【注释】

①造口：地名，或称皂口，在今江西万安县西南30公里。高宗建炎三年（1129），金兵大举南侵，分两路渡江。一路是主力军，陷建康（今南京），直指临安（今杭州），追宋高宗，扰乱浙东。另一路从湖北进军江西，追隆祐太后（哲宗的皇后，高宗的伯母）。隆祐由南昌仓皇南逃，到造口弃舟登陆，至虔州（今江西赣州）才获得安全。赣西一带受到金兵的烧杀抢掠，一片惨象。罗大经《鹤林玉露》载："南渡之初，虏人追隆祐太后御舟至造口，不及而还。幼安由此起兴。"②郁孤台：古台名，在今江西赣州市西南角，为一郡名胜。《舆地纪胜》卷32载："江南西路赣州南康郡，郁孤台在郡治，隆阜郁然，孤起平地数丈，冠冕一郡之形胜，而襟带千里之山川。……唐李勉为虔州刺史，登临北望，慨然

曰：‘余虽不及子牟，而心在魏阙也。’改郁孤为望阙。”清江：赣江，经过郁孤台下向北流去。③西北望长安：用李勉登台北望的典故。长安：这里指北宋首都汴京。④愁余：使我感到忧愁。屈原《九歌·湘夫人》：“目眇眇兮愁予。”愁余，即“愁予”之假借。⑤鹧鸪：鸟名。左思《吴都赋》：“鹧鸪南翥而中留。”刘逵注：“鹧鸪如鸡，黑色，其鸣自呼。或言此鸟常南飞不北，豫章已南诸郡处处有之。”或言此鸟的叫声似“行不得也，哥哥”。

【导读】

这首词写于孝宗淳熙三年（1176），作者时任江西提点刑狱，途经造口。发端两句从近处写水，歇拍两句从远处写山，过片两句山、水合写，结拍两句回到自身。该词结构非常严谨，感情则波澜起伏：回顾40多年前人民遭受金兵的掠杀，为之悲伤；想到中原大地至今未能收复，为之慨叹；看到江水终于冲破重重障碍，东流而去，为之激动；听到鹧鸪一声声“行不得也”的鸣叫，为之忧愁。

摸鱼儿

淳熙己亥[①]，自湖北漕移湖南[②]，同官王正之置酒小山亭[③]，为赋。

更能消几番风雨[④]？匆匆春又归

【注释】

①淳熙己亥：宋孝宗淳熙六年

去。惜春长怕花开早，何况落红无数。春且住。见说道⑤，天涯芳草无归路。怨春不语。算只有殷勤⑥，画檐蛛网，尽日惹飞絮⑦。

长门事⑧，准拟佳期又误⑨。蛾眉曾有人妒⑩。千金纵买相如赋，脉脉此情谁诉⑪？君莫舞⑫，君不见，玉环飞燕皆尘土⑬！闲愁最苦⑭。休去倚危栏⑮，斜阳正在、烟柳断肠处。

(1179)。②自湖北漕移湖南：辛弃疾在这一年由湖北转运副使调任湖南转运副使。漕：漕司的简称。漕司即转运司，掌一路财赋及谷物转运等事务。③王正之：名正己，字正之，作者的旧交。辛弃疾调离后，由王正之接任，故称同官。小山亭：在湖北漕司衙内。④更：又，还。消：经得起。⑤见说：听说。⑥算：算来，想来。⑦惹飞絮：留住飞絮。⑧长门事：用汉武帝陈皇后事。司马相如《长门赋序》云："孝武皇帝陈皇后，时得幸，颇妒，别在长门宫，愁闷悲思，闻蜀郡成都司马相如天下工为文，奉黄金百斤，为相如、文君取酒，因于解悲愁之辞。而相如为文以悟主上，陈皇后复得亲幸。"⑨准拟：拟定，约定。佳期：指汉武帝和陈皇后相会的日子。⑩蛾眉：女子的眉毛，代指美女。屈原《离骚》："众女嫉余之蛾眉兮。"⑪脉脉：感情很深的样子。谁诉：向谁诉说。⑫君：指工于嫉妒的人。有人说是指王正之，不妥。莫舞：不要太得意。⑬玉环：杨玉环，唐玄宗的宠妃，善妒。安史之乱爆发后，随玄宗逃往蜀中，经过马嵬坡时，被缢死。飞燕：赵飞燕，汉成帝的皇后，善妒，后废为平民，自杀而死。⑭闲愁：这里指上述种种痛苦。⑮危栏：高楼上的栏杆。

【导读】

这首词，发端就不同凡响。陈廷焯讲："'更能消'三字，是从千回万转后倒折出来，真是有力如虎。"（《白雨斋词话》卷一）接着便由"惜春"写到"留春"，由"留春"写到"怨春"，层层转折、层层深入地写出了青春易逝、年华虚度的哀怨。下片说自己之所以年华虚度，是因为遭人嫉妒。尽管历史上那些工于嫉妒的人，最终都没有好下场。可是，在现实生活中他们毕竟还很得意，还占着上风。这就引出"闲愁最苦"四字，委屈之中包含着无助、无奈和幽怨。末了以景结情，照应开头，余味不尽。

这首词的词眼在一个"怨"字，上片怨春，下片怨人。联系作者的个性和处境来看，显然是有所寄托的。作者曾在《论盗贼札子》中说："生平刚拙自信，年来不为众人所容，恐言未脱口而祸不旋踵。"可见"蛾眉曾有人妒"之说，原非无据。作者本是一个带兵打仗的人，让他去湖北管钱粮，已非所愿；现在又让他去湖南管钱粮，更是失望。想到自己的年华在蹉跎中老去，而国家的前途则如烟柳斜阳，一片黯淡，能无怨乎？据说，孝宗皇帝看到这首词后虽"不加罪"，但"颇不悦"（罗大经《鹤林玉露》卷四），原因恐怕就在这里。

祝英台近

晚春

宝钗分[①]，桃叶渡[②]，烟柳暗南浦[③]。怕上层楼[④]，十日九风雨。断肠片片飞红[⑤]，都无人管，更谁劝、啼莺声住？

鬓边觑[⑥]。试把花卜归期，才簪又重数[⑦]。罗帐灯昏，哽咽梦中语。是他春带愁来，春归何处，却不解、带将愁去。

【注释】

①宝钗：钗的美称。钗：古代妇女别在发髻上的一种首饰，由两股合成。在古代，夫妇或情人离别时，有将钗分成两股，各持一股以作纪念的风俗。白居易《长恨歌》："惟将旧物表深情，钿合金钗寄将去。钗留一股合一扇，钗擘黄金合分钿。"②桃叶渡：渡口名，在今南京秦淮河与青溪合流处，据传因王献之曾于此地送别他的爱妾桃叶而得名。《隋书·五行志》："陈时盛歌王献之桃叶之词曰：'桃叶复桃叶，渡江不用楫。但渡无所苦，我自迎接汝。'"桃叶渡由此成为送别爱人之地的一个代称。③南浦：向南的水滨。参见张元幹《贺新郎》（梦绕神州路）注⑨。④层楼：高楼。⑤飞红：飘落的花瓣。⑥鬓边觑（qù）：斜看鬓边所插的花。觑：斜视，偷看。⑦"试把"二句：用花瓣的数目来占卜爱人归来的日期，卜过了，才簪在头上，又取下来，重数一次。

【导读】

这首词写春愁，用代言体。作品把一个思妇的心理写得非常真实、细腻和传神。“宝钗分”三句写离别，“怕上层楼”五句写别后之伤春，“鬓边觑”三句写用花瓣占卜归期，“罗帐”五句写梦中的哽咽和幽怨。沈谦《填词杂说》云：“稼轩词以激扬奋厉为工，至‘宝钗分，桃叶渡’一曲，昵狎温柔，销魂意尽，才人伎俩，真不可测。”说明稼轩词具有多样的风格，而豪放悲壮不过是其中的一种。

黄苏《蓼园词选》认为此词“必有寄托”，联系稼轩南归后的遭遇和心情，联系唐五代以来词的传统，黄苏的话不能说全无道理，但说“必有”，毕竟有些武断。其实，这首词的好处就在“有寄托”和“无寄托”之间，说它有吧，很难指实；说它没有吧，又很难排除。这就增强了作品的艺术张力，丰富了读者的想象空间。

青玉案

元夕

东风夜放花千树①，更吹落，星如雨②。宝马雕车香满路。凤箫声动③，玉壶光转④，一夜鱼龙舞⑤。

蛾儿雪柳黄金缕⑥，笑语盈盈暗香去。众里寻他千百度，蓦然回

【注释】

①花千树：形容元宵之夜的灯火灿烂，像千树花开。唐人苏味道《观灯》：“火树银花合，星桥铁锁开。”②星如雨：形容焰火像雨一样地从天上洒落下来。③凤箫：即排箫，形状似凤，故名。《风俗通·声音》：“《尚书》：舜作箫韶九

首[7]，那人却在，灯火阑珊处[8]。

成，凤凰来仪，其形参差，像凤之翼。”或云箫的美称。亦可参见李白《忆秦娥》注①。④玉壶光转：指月亮慢慢地落下。玉壶：比喻月亮。唐人朱华《海上生明月》：“影开金镜满，轮抱玉壶清。”⑤鱼龙舞：指舞蚌壳灯、舞龙灯之类。夏竦《奉和御制上元观灯》：“鱼龙漫衍六街呈，金锁通宵启玉京。”⑥蛾儿雪柳黄金缕：蛾儿、雪柳、黄金缕，都是妇女头上的装饰品，用彩绸或彩纸制成。周密《武林旧事·元夕》：“元夕节物，妇人皆戴珠翠、闹娥、玉梅、雪柳……。”⑦蓦（mò）然：突然，猛然。⑧阑珊：稀落，稀疏。

【导读】

这首词写元宵夜之所见。上片，第一句写灯，第二句写焰火，第三句写车马，第四句写音乐，第五句写月光，第六句写鱼龙舞。过片两句，写热闹之境的女性；结拍四句，写冷清之境的女性。

作者描写了两个境界：一个热闹，一个冷清；使用了两幅笔墨：一幅浓墨重彩，一幅白描；体现了两种不同的倾向：对热闹之境无动于衷，对冷清之境则千百度地寻求。这样写，与词人在政治上失意之后宁可闲居乡里，也不肯与主和派同流合污的心情是相吻合的，或者说，正是这种心情的形象反映。梁启超称这首词“自怜幽独，伤心人别有怀抱”（梁令娴《艺蘅馆词选》），可谓精当。

王国维在《人间词话》里，称“众里寻他千百度，蓦然回首，那人却在，灯火阑珊处”这几句，为“古今之成大事业、大学问者”所必经过的第三种之境界，也就是成功的境界，胜利的境界，这是他的联想或引申，作为读者，他有这个权利，但是与辛弃疾本人的用意无关。

沁园春

灵山齐庵赋[1]，时筑偃湖未成[2]。

叠嶂西驰，万马回旋，众山欲东[3]。正惊湍直下[4]，跳珠倒溅，小桥横截，缺月初弓[5]。老合投闲[6]，天教多事，检校长身十万松[7]。吾庐小，在龙蛇影外[8]，风雨声中[9]。争先见面重重。看爽气、朝来三数峰[10]。似谢家子弟，衣冠磊落[11]，相如庭户，车骑雍容[12]。我觉其间，雄深雅建，如对文章太史公[13]。新堤路，问偃湖何日，烟水濛濛？

【注释】

①灵山齐庵赋：在灵山齐庵做成此词。灵山：在上饶境内，是一座绵延百余里的大山。齐庵：作者当时的住所。②偃湖：作者所开挖的一个人工湖。③“叠嶂”三句：谓重叠的山峰向西奔驰，忽然又掉头向东，有如万马回旋之势。④惊湍：指瀑布。⑤“小桥”二句：谓小桥横架在瀑布中间，形状像缺月，又像刚刚拉开的弓。⑥合：应当，应该。投闲：闲居。⑦检校：掌管。⑧龙蛇：形容松树屈曲的枝干。苏轼《游灵隐高峰塔》：“古松攀龙蛇，怪石坐牛羊。”⑨风雨声：比喻松涛之声。⑩爽气朝来：语出《晋书·王徽之传》：“西山朝来，致有爽气耳。”爽气：清新的空气。⑪“似谢家子弟”二句：以谢家子弟的衣冠比喻山容树色之俊美。谢家子

弟：指东晋名门望族——谢氏家族的年轻人。《晋书·谢玄传》载谢安问："子弟欲何豫人事，而正欲使其佳?"玄答曰："譬如芝兰玉树，欲使其生于庭阶耳。"衣冠磊落：服饰庄重、大方。⑫"相如庭户"两句：以司马相如的车马比喻山容树色之雍容。《史记·司马相如传》："相如之临邛，从车骑，雍容闲雅甚都。"雍容：从容而有威仪。⑬"雄深雅健"两句：用司马迁的文章比喻山容树色之雄健。《新唐书·柳宗元传》载韩愈评价柳宗元的文章说："雄深雅健，似司马子长。"雄深雅健：气度高雅恢弘，雄健有力。太史公：即司马迁，字子长。曾官太史令，人称太史公。

【导读】

这首词写于淳熙八年（1181）以后，绍熙三年（1192）之前，即词人遭到谏官的弹劾，第一次被罢官，闲居江西上饶的那段日子。

这是一首很奇特的写景词。发端三句用"万马回旋"之势来形容灵山的西而复东的走向，已觉雄奇劲健；接着写"惊湍直下"的瀑布、有如"缺月初弓"的小桥以及形如"龙蛇"、响如"风雨"的"长身十万松"，亦非等闲之笔。下片，词人用了"谢家子弟"的"衣冠"、司马相如的"车骑"、太史公的"文章"等一连串的比喻，来写灵山的山容树色，以人喻物，更非一般人所能想象。杨慎《词品》卷四云："说松而及谢家、相如、太史公，自非脱略故常者，未易闯其堂奥。”

西江月

夜行黄沙道中[1]

明月别枝惊鹊[2]，清风半夜鸣蝉。稻花乡里说丰年。听取蛙声一片。

七八个星天外，两三点雨山前[3]。旧时茅店社林边[4]。路转溪桥忽现。

【注释】

①黄沙：即黄沙岭，在江西上饶的西面。②明月别枝惊鹊：语出苏轼《次韵蒋颖叔》：“月明惊鹊未安枝。”别枝：斜伸出去的枝丫。③“七八个星”两句：语出五代卢延让《松门寺》：“两三条电欲为雨，七八个星犹在天。”④社林：土地庙周围的树林。

【导读】

这首词写江西上饶乡间的夏夜之景，疏朗明快，如诗如画。歇拍两句写丰收在望的热闹景象，结拍两句写山回路转的惊喜之感，均给人以深刻的印象，表达了对乡村生活的留恋，体现了词人内心闲适的一面。

清平乐

村居

茅檐低小[1]。溪上青青草[2]。醉里吴音相媚好[3]。白发谁家翁媪[4]？

【注释】

①茅檐：茅屋的房檐。②溪上：溪水边。③吴音：这里指江西

大儿锄豆溪东[5]。中儿正织鸡笼。更喜小儿亡赖[6]，溪头卧剥莲蓬。

上饶一带的口音。上饶旧属吴国，故称。媚：柔媚。④翁媪（ǎo）：老公公和老婆婆。⑤锄豆：在豆田里除草。⑥亡（wú）赖：顽皮。亡：通“无”字。

【导读】

这首词所描绘的，是一幅和谐的村居生活图景。茅屋虽然低小，但是屋旁有溪水流过，水边上还长着青青的野草，可见居住环境之和谐；一对老年夫妇，喝到有几分醉意之后，用柔媚的吴语亲切地交谈；大儿在豆田锄草，中儿在家里编鸡笼，小儿在溪头剥吃莲蓬，一家老小各司其职，各得其所，可见家庭生活之和谐。这幅和谐的生活图景，是远离名利场、远离是非之地的乡村才有的，是写实，也是词人所构筑的赖以寄托身心的一个精神家园。

破阵子

为陈同甫赋壮词以寄之[①]

醉里挑灯看剑[②]，梦回吹角连营[③]。八百里分麾下炙[④]，五十弦翻塞外声[⑤]。沙场秋点兵。

马作的卢飞快[⑥]，弓如霹雳弦惊[⑦]。了却君王心下事，赢得生前身后名。可怜白发生。

【注释】

①陈同甫：陈亮，字同甫，婺州永康人（今属浙江）。《宋史》本传称他“为人才气超迈，喜谈兵，议论风生，下笔数千言立就”。刘熙载《艺概》云：“陈同甫与稼轩为友，其人才相若，词亦相似。”②挑灯：拨亮灯光。③梦回：梦醒。吹角连营：驻地相连的各个兵营都吹响了号角。④八百里：健壮的牛。麾：军旗。麾下：指军中。炙（zhì）：烤肉。《世说新语·汰侈》：“王君夫有牛，名八百里驳。常莹其蹄角。王武子语君夫：‘我射不如卿，今指赌卿牛，以千万对之。’君夫即恃手快，且谓驳物无有杀理，便相然可，令武子先射。

武子一起便破的。却据胡床，叱左右速探牛心来。须臾炙至，一脔便去。”苏轼《约公择饮是日大风》：“要当啖公八百里，豪气一洗儒生酸。”⑤五十弦：指瑟。《史记·封禅书》：“太帝使素女鼓五十弦瑟，悲，帝禁，不止，故破其瑟为二十五弦。”李商隐《锦瑟》：“锦瑟无端五十弦，一弦一柱思华年。”翻：演奏。⑥马作的卢飞快：马像的卢一样飞快。作：像，若。的卢：快马。《相马经》：“马白额入口齿者，名曰榆雁，一名的卢。”《三国志·蜀书·先主传》引《世说》：相传刘备在荆州时遭遇危难，骑的卢“一跃三丈”。⑦霹雳：雷声，这里比喻射箭时弓箭的响声。《隋书·长孙晟传》：“突厥之内，大畏长孙总管，闻其弓声谓为霹雳，见其走马称为闪电。”

【导读】

这首词是写给友人陈亮的。作品在布局上非常有特色。全词共10句，用9句写过去，写青年时的英雄壮举，写得轰轰烈烈，一气贯注，只用最后一句写现实，写晚年的落寞。然而正是这一句，有如当头棒喝，一句唤醒，令人生出无限感慨。觉得英雄事业早已成空，只有这满头白发，才是避不开的现实。

西江月

遣兴

醉里且贪欢笑，要愁那得工夫。
近来始觉古人书。信著全无是处。
昨夜松边醉倒，问松我醉何如。
只疑松动要来扶。以手推松曰去。

【导读】

这首词，真是一首“遣兴”之作，即兴到笔随之作，一个典故都不用，这在向来喜欢“掉书袋”的稼轩词里，实在是非常难得的。有人以为，“近来始觉古人书，信著全无是处”出自《孟子·尽心下》“尽信书则不如无书”这句话，似乎有些勉强。孟子是说书不可全信，稼轩是说书全都不可信。一个是理智之言，一个是愤激之语，后者不一定来自前者。即如鲁迅先生也讲过“我以为要少——或者竟不——看中国书”这样的话（见《华盖集·青年必读书》），难道也是出自于《孟子》吗？

稼轩说这样愤激的话，是有感于在现实生活中许多人都不讲是非，不讲原则，只想着个人的私利，不顾国家的根本利益，完全违背了古圣先贤的教诲。不是说古人的书真的一无是处。

当然，这首词最精彩的地方还是在下片。写醉态，写狂态，写得栩栩如生，活灵活现。这叫豪放，只是这豪放之中，又包含着几分颓废，这与上片的精神是相融的。

永遇乐

京口北固亭怀古[①]

千古江山，英雄无觅孙仲谋处[②]。舞榭歌台[③]，风流总被[④]，雨打风吹去。斜阳草树，寻常巷陌，人道寄奴曾住[⑤]。想当年，金戈铁马，气吞万里如虎。

元嘉草草，封狼居胥，赢得仓皇北顾[⑥]。四十三年[⑦]，望中犹记，烽火扬州路[⑧]。可堪回首，佛狸祠下，一片神鸦社鼓[⑨]。凭谁问，廉颇老

【注释】

①京口：古城名，故址在今江苏镇江市。《元和郡县志》：“孙权自吴（今苏州市）徙治丹徒，号曰京城。后徙治建业（今南京市），于此置京口镇。”北固亭：又称北固楼，在今镇江市东北北固山上，晋人蔡谟为储军备而建。②孙仲谋：孙权，字仲谋，三国时吴国的国主。③舞榭（xiè）歌台：歌舞的楼台。榭：高台上的建筑物。④风流：英雄的流风余韵。⑤寄奴：南朝宋武帝刘裕的小名。刘裕生长在京口，又曾在这里起兵。东晋末年，刘裕率

矣，尚能饭否⑩？

兵北伐，先后灭南燕、后燕、后秦，一度收复洛阳、长安等地，最后推翻东晋，做了皇帝。⑥“元嘉草草”三句：指刘裕的儿子刘义隆（宋文帝）北伐事。《宋书·王玄谟传》：“玄谟每陈北侵之策，上（宋文帝）谓殷景仁曰：‘闻玄谟陈说，使人有封狼居胥意。’”于是，在准备不充分的情况下，于元嘉二十七年（450）命王玄谟伐魏，结果大败。后魏的军队一直追杀到长江北岸，声称要渡江。都城震恐，内外戒严。宋文帝登烽火楼北望，对北伐之举表示忏悔。元嘉：宋文帝的年号。草草：草率，马虎。封：古代在山上筑坛祭天的仪式。狼居胥：山名，在今内蒙古自治区西北部。《史记·霍去病传》：霍去病追击匈奴至狼居胥，封山而还。仓皇北顾：于匆忙败退中，回首北望。《宋书·索虏传》载刘义隆诗：“北顾涕交流。”⑦四十三年：作者于绍兴三十二年（1162）南归，到写这首词的嘉泰四年（1204），刚好四十三年。⑧烽火扬州路：指南归之前，作者在长江以北抗金的事。路：宋代的行政区划名。扬州属于淮南东路，该路辖今江苏北部、安徽东北一带，治所在扬州。⑨“佛狸祠下”二句：佛狸：后魏太武帝拓跋焘的小名。他当年打败王玄谟，追杀至长江北岸的瓜步山，在山上建立行宫，即后来的佛狸祠。神鸦：去庙里吃祭品的乌鸦。社鼓：社日祭神时的鼓声。
⑩“凭谁问”三句：意谓我虽老，尚能为国家出力，可是有谁关心我、重视我呢？典出《史记·廉颇蔺相如列传》：“赵使者既见廉颇，廉颇为之一饭斗米，肉十斤，被甲上马，以示尚可用。赵使者还报曰：‘廉将军虽老，尚善饭；然与臣坐，顷之，三遗矢矣。’赵王以为老，遂不召。”

【导读】

嘉泰三年（1203），辛弃疾第三次复出，任绍兴知府兼浙东安抚使。次年，改任镇江知府，时年65岁。当时韩侂胄正准备兴师北伐，辛弃疾一方面对北伐表示大力支持，一方面也希望韩侂胄等人要做好充分准备，不要重蹈当年刘义隆、王玄谟之覆辙。这首词就是在这个背景之下写成的。作品缅怀了孙权、刘裕等人的英雄事业，批评了刘义隆、王玄谟的行事草率，也表达了自己虽然年老，但仍能为国家效力的愿望。词的风格沉郁苍凉，是《稼轩词》中的名篇。明人杨慎甚至认为：“辛词当以京口北固亭怀古《永遇乐》为第一”（《词品》）。这首词的毛病是用典太多，宋人岳珂曾当面提出过批评，辛弃疾本人也承认他的批评“实中余痼”。好在典故虽多，但都还恰当，且有一股沉雄之气贯穿始终，不显窒碍。

南乡子

登京口北固亭有怀

何处望神州？满眼风光北固楼[①]。千古兴亡多少事？悠悠。不尽长江滚滚流[②]。

年少万兜鍪[③]，坐断东南战未休[④]。天下英雄谁敌手？曹刘[⑤]。生子当如孙仲谋[⑥]。

【注释】

①北固楼：即北固亭。参见辛弃疾《永遇乐》注①。②不尽长江滚滚流：语出杜甫《登高》："无边落木萧萧下，不尽长江滚滚来。"③年少：指孙权。他继承兄长孙策为吴主时，年方 19 岁。万兜鍪（dōu móu）：指他统率着强大的军队。兜鍪：头盔，这里代指士兵。④坐断东南战未休：孙权当时雄踞东南，与魏、蜀两国频繁交战。坐断：占据。⑤曹刘：曹操和刘备。《三国志·蜀书·先生传》载，曹操对刘备说："今天下英雄，惟使君与操耳。"⑥生子当如孙仲谋：《三国志·吴书·吴主传》裴松之注引《吴历》：曹操与孙权战于须坞（今安徽巢县一带），失利，见孙权"舟船、器杖、军伍整肃，喟然叹曰：'生子当如孙仲谋，刘景升儿子（刘琮）若豚犬耳'"。

【导读】

这首词与《永遇乐》（京口北固亭怀古）写在同

一时间，同一地点，且同是怀古之作，但风格不一样。《永遇乐》沉郁苍凉，这一首则激昂慷慨。

辛弃疾早年对孙权这个历史人物的评价并不算高（见《美芹十论·自治第四》）。何以在他的晚年出任镇江知府的时候要一再地赞美这个人呢？这是由于他痛感南宋的那帮苟且偷安的君臣太没出息，连个孙权都不如。他又不便明说，只好借死人来批活人。

第十六讲

辛派词人（下）

一、陈亮词

陈亮（1143—1194），字同甫，人称龙川先生，婺州永康（今属于浙江）人。孝宗隆兴初（1163），上《中兴五论》，不报，退而著书十年；淳熙五年（1178），更名同，六次上书，极言时事，被大臣所阻挠，归乡里；十一年（1184），因酒后狂言，“当路见憎”，被捕入狱，孝宗释之；光宗绍熙元年（1190），因家僮杀人，再次入狱，以辛弃疾等人解救，得不死；绍熙四年（1193），策进士，光宗亲自擢为第一，授建康府节度判官，未赴任而卒，享年52岁。

陈亮一生力主抗金，两次下狱，举进士第一，却没有做过一天的官，是个有名的爱国志士和传奇人物。《宋史》本传称他“为人才气超迈，喜谈兵，议论风生，下笔数千言立就”。他是南宋著名的哲学家，提倡“实事实功”，反对空谈性理，在当时的“浙东学派”里自成体系，称为“永康学派”。长于为文，亦能词，“与稼轩为友，其人才相若，词亦相似”

（刘熙载《艺概》）。他说自己作词“本之以方言俚语，杂之以街谭巷歌，抟搦义理，劫剥经传，而卒归之于曲学之律，可以奉百世豪英一笑”（《与郑景元提干》）。这就是“以文为词”的自我表白。著有《龙川词》。《全宋词》收其词74首。

念奴娇

登多景楼①

危楼还望②，叹此意、今古几人曾会？鬼设神施，浑认作、天限南疆北界③。一水横陈，连岗三面，做出争雄势④。六朝何事，只成门户私计⑤？

因笑王谢诸人，登高怀远，也学英雄涕⑥。凭却江山，管不到、河洛膻腥无际⑦。正好长驱，不须反顾，寻取中流誓⑧。小儿破贼⑨，势成宁问强对⑩？

【注释】

①多景楼：在京口（今江苏镇江）北固山之甘露寺内，北临长江。唐时临江亭故址，宋知润州军州事陈天麟于孝宗乾道六年（1170）重建。②还望：即环望。还：通“环”。③“鬼设神施”两句：说江山的布局就像鬼神的特意安排，人们简直就把长江看成了天然地划分南北的疆界。浑：简直。④“一水横陈”三句：讲京口的地理位置。说长江在北面横过，东西南三面则山冈环绕，形成北向争雄的势态。⑤“六朝何事”两句：说六朝人干了些什么呢？他们只是把这优越的地理环境，当成保护私家利益、偏安一隅的屏障。六朝：指东吴、东晋、宋、齐、梁、陈这六个朝代，全都是偏安东南一隅的短命王朝。⑥“因笑王谢诸人”三句：典出刘义庆

《世说新语·言语》：“过江诸人，每至美日，辄相邀新亭，藉卉饮宴，周侯中坐而叹曰：‘风景不殊，举目有河山之异。’皆相视流泪。惟丞相王导愀然变色曰：‘当共戮力王室，克复神州，何至作楚囚相对！’”王谢：瑯琊王氏和陈郡谢氏这两大家族，于“永嘉之乱”后南迁，是东晋初期两个在政治上最有势力的家族。王谢诸人：泛指东晋初期南迁的一部分上层人物。⑦凭却：倚仗着。河洛膻腥无际：指金人占领的中原地区。河洛：黄河与洛水，代指中原。膻腥：金人系游牧民族，多食牛羊肉，故云。⑧寻取中流誓：追寻当年祖逖的踪迹。《晋书·祖逖传》：祖逖领兵北伐，“渡江，中流击楫而誓曰：‘祖逖不能清中原而复济者，有如大江！’”⑨小儿破贼：据《资治通鉴》卷105：淝水之战时，谢安之弟谢玄、侄谢石、子谢琰大破秦兵80万，“谢安得驿书，知秦兵已败。时方与客围棋，摄书置床上，了无喜色，围棋如故。客问之，徐答曰：‘小儿辈遂已破贼。’”⑩势成宁问强对：意谓大势有利于我，又何必在乎它是强敌呢？强对：犹言劲敌。

【导读】

陈亮的朋友、浙东学派的领袖人物之一叶适，在《书龙川集后》一文中，说陈亮“有长短句四卷，每一章就，辄自叹曰：‘平生经济之怀，略已陈矣’”。这首《念奴娇》，就是陈亮通过描绘京口一带的地理形势，陈述自己“经济之怀”的作品。作者在《戊申再上孝宗皇帝书》中也曾有过类似的表述：“京口连冈三面，而大江横陈，江傍极目千里，其势大略如虎之出穴，而非若穴之藏虎也。”“天岂使南方自限于一江之表，而不使中国而为一哉！”作者的意思是，要充分利用京口的有利形势，主动出击，恢复中原，而不要像六朝人那样，只把它作为一个偏安东南、营一己之私的天然屏障。这是很具有英雄气魄和战略眼光的。读陈亮的词，要注意把他的词和他的相关文章“对读”，这样才能准确地领会他的思想和情感。

在南宋词里，以登多景楼为题材的作品是很多的，而陈亮这一首要算最好。词人在这里不但表达了可贵的爱国热忱，还对京口一带的独特的地理形势作了生动的描绘，并且提出了主动出击的战略主张，这是南宋其他以抗敌报国为题材的词所难以做到的。

水龙吟

春恨

闹花深处层楼[①]，画帘半卷东风软。春归翠陌，平莎茸嫩[②]，垂阳金

【注释】

①闹花：盛开的花。②平莎茸嫩：平原上一片茸嫩的草。③迟日催花：春天的日子长了，

浅。迟日催花[3]，淡云阁雨[4]，轻寒轻暖。恨芳菲世界，游人未赏，都付与、莺和燕。

寂寞凭高念远，向南楼、一声归雁。金钗斗草[5]，青丝勒马[6]，风流云散。罗绶分香[7]，翠绡封泪[8]，几多幽怨！正销魂，又是疏烟淡月，子规声断。

像是在催促花季的到来。《诗经·七月》："春日迟迟。"④淡云阁雨：云淡雨止。阁，同"搁"。⑤金钗：女子的首饰，这里代指女子。斗草：一种以草赌输赢的游戏。⑥青丝勒马：指用青丝做的缰绳勒住马，表示不愿离去。⑦罗绶：罗带。⑧翠绡：翠绿的手帕。

【导读】

这首词上片伤春，下片念远。"金钗"数句回忆过去，"正销魂"三句回到现实。它的布局、用语、风格等与北宋以来的婉约词是一样的。这说明，以悲歌慷慨见长的陈亮，同辛弃疾一样，也能写缠绵悱恻的词，只是不怎么在这上面用力罢了。

二、刘过词

刘过（1154—1206），字改之，号龙洲道人，吉州太和（今江西泰和）人，客昆山，依妻族而居。为人尚气节，好饮酒，以功业自许；博涉经、史、百家之书，喜谈古今治乱之理，尤喜谈兵；曾多次上书臣宰，陈恢复方略，不被采纳。绍熙五年（1194），上书光宗，言辞剀切，备受称许，可惜屡试不第，漂泊江湖，以诗词寄食四方。与陆游、辛弃疾、陈亮等相友善。宁宗天禧二年（1206）卒于昆山，享年53岁。著有《龙洲词》。《全宋词》收其词78首。

唐多令

安远楼小集[①]，侑觞歌板之姬[②]，黄其姓者，乞词于龙洲道人，为赋此《唐多令》。同柳阜之、刘去非、石民瞻、周嘉仲、陈孟参、孟容，时八月五日也。

芦叶满汀洲，寒沙带浅流。二十年重过南楼。柳下系船犹未稳，能几日，又中秋。

黄鹤断矶头[③]，故人曾到否？旧江山浑是新愁[④]。欲买桂花同载酒，终不似、少年游。

【注释】

①安远楼：一名南楼，旧址在今武汉市武昌区蛇山之上，于宋孝宗淳熙十三年（1186）建成。此楼附近有著名的黄鹤楼。②侑觞（yǒu shāng）歌板之姬：在酒席上唱曲劝饮的歌女。侑觞：劝酒。歌板：歌唱时手里拿着的拍板。③黄鹤断矶头：指黄鹤矶上不见黄鹤飞来。黄鹤矶：在今武汉市武昌区蛇山之上，上面有著名的黄鹤楼。参见岳飞《满江红·遥望中原》注①。④浑是：全是。

【导读】

刘过那些歌抗战、吟恢复的词，虽然慷慨激昂，但是难免给人“豪放太过”的感觉，缺乏应有的艺术韵味。不像这首《唐多令》，虽然不是抗金报国一类的重大题材，但是，由于包含了深重的人世沧桑之感，写景又富有特色，抒情又比较有节制，反倒令人回味无穷。据《词苑丛谈》卷三引《山房随笔》云："过此词，楚中歌者竞唱之。"可见它在当时的影响是很大的。宋末元初，著名词人刘辰翁在临安沦陷之后曾步此词原韵，一连和了七首之多。

三、刘克庄词

刘克庄（1187—1269），字潜夫，号后村，兴化莆田（今属福建）人，出身世家，以荫补将仕郎，官至龙图阁学士。他是有些传奇色彩的人，活了83岁，一生六次罢官，六次复出。淳祐六年（1246），以"文名久著，史学尤精"特赐同进士出身，时年60岁。他一生主张抗金，恢复中原，为人有节概，至晚年却谄媚贾似道，为世人所讥。

刘克庄文名久盛，兼擅诗、文、词。他的诗与陆游、杨万里齐名，并称"渡江三大家"，有4500余首诗传世；他的文章"典丽清新，腴赡简古"，时人以小东坡目之；他的词与刘过、刘辰翁齐名，并称"三刘"，有人甚至认为"与放翁、稼轩犹鼎三足"（冯煦《宋六十一家词选例言》），著有《后村长短句》。《全宋词》收其词268首。

沁园春

梦孚若[①]

何处相逢？登宝钗楼[②]，访铜雀

【注释】

①孚若：名方信孺，字孚若，莆田人，作者的好友。曾三次

台[③]。唤厨人斫就，东溟鲸脍[④]，圉人呈罢，西极龙媒[⑤]。天下英雄，使君与操，余子谁堪共酒杯[⑥]？车千辆，载燕南赵北，剑客奇才[⑦]。

饮酣鼻息如雷。谁信被晨鸡轻唤回[⑧]？叹年光过尽，功名未立，书生老去，机会方来。使李将军，遇高皇帝，万户侯何足道哉[⑨]！披衣起，但凄凉四顾，慷慨生哀。

出使金朝，以“不少屈慑”闻名于世。②宝钗楼：故址在今陕西咸阳市，汉武帝时所建，宋时为著名的酒楼。③铜雀台：故址在今河北临漳县西南，曹操所建。④厨人：厨师。斫（zhuó）：用刀砍。东溟：东海。脍：细切的鱼片。⑤圉（yǔ）人：掌管养马的人。西极龙媒：西域出产的骏马。《汉书·礼乐志》载《郊祀歌》：“天马徕，从西极……天马徕，龙之媒。”古人认为天马与神龙同类，天马来，就是神龙要来的预兆。所以又称天马为龙媒。⑥“天下英雄”三句：语出《三国志·蜀书·先主传》：曹操对刘备说：“今天下英雄，惟使君与操耳。”又白居易《哭刘梦得》：“杯酒英雄君与操。”使君：古代对州郡长官的称呼，曹操所云使君，指刘备。余子：其他的人。⑦车千辆：一作“车千乘”。燕南赵北：指燕、赵（今河北、山西一带）之地的豪杰之士。韩愈《送董邵南序》：“燕赵古称多感慨悲歌之士。”剑客奇才：语出《汉书·李陵传》：“臣所将屯边者，皆荆楚勇士，奇才剑客也。”⑧被晨鸡轻唤回：用祖逖中夜闻鸡起舞的典故，参见张元干《贺新郎》（曳杖危楼去）注⑥。⑨“使李将军”三句：语出《史记·李将军列传》：李广英勇善战，屡建奇功，然不得封侯。汉文帝对他深表同情，对他说："惜乎，子不遇时。如令子当高帝时，万户侯岂足道哉！"

【导读】

这首词的构思是比较别致的。词人梦见自己在中原沦陷区与已故的志同道合的友人方信孺相遇。他们一同登宝钗楼，一同访铜雀台，一同吃东海的大鲸，一同啖西域的骏马，一同把酒论天下英雄，可以说是尽情尽兴地豪放了一把。后来，他那如雷的鼾声，居然被晨鸡唤醒。醒来之后，才发现自己年光过尽而功名未立，临到老了机会方来；而自己的好友方信孺则已然作古，简直就是生不逢时。想到这里，不禁披衣坐起，凄凉四顾，慷慨生哀！

这首词，上片很豪放，下片则很悲壮，以文为词的特点比较明显，词风属于辛稼轩一路，是刘克庄的代表作品之一。陈廷焯《白雨斋词话》卷六谓此词"沉痛激烈，几欲敲碎唾壶"，可以说是既准确又形象的评价。

玉楼春

戏林推①

年年跃马长安市②，客舍似家家似寄③。青钱换酒日无何④，红烛呼卢宵不寐⑤。

【注释】

①林推：一位姓林的节度推官。宋代官制：在节度使下设推官，掌管勘问刑狱等事。这个林推官，可能是林起初，莆田人，

易挑锦妇机中字⑥，难得玉人心下事⑦。男儿西北有神州，莫滴水西桥畔泪⑧。

做过平海军节度推官；也可能是林兴宗，也是莆田人，做过泉州节度推官。②长安市：长安的街市。长安：这里指临安（今杭州）。③寄：客居，寄居。④青钱换酒日无何：每天除了将钱买酒，不再有别的事。青钱：颜色发青的钱。古代的铜钱因成色不同而分为黄钱和青钱。日无何：日无何事。《汉书·袁盎传》："能日饮，无何。"⑤呼卢：赌博时的叫喊声。据宋人程大昌《演繁露》卷六：古代的樗蒲戏具有五木，相当于后世的骰子。五木共五子，一子两面，一面黑色，画牛犊；一面白色，画雉。投子时，五子俱黑，叫做卢；四黑一白，叫雉；三黑二白，叫枭；二黑三白，叫犍。其中，卢为最高之采。故称赌博为呼卢，或呼卢喝雉。又唐李肇《国史补》云：樗蒲法：其骰五枚，上黑下白，黑者刻二为犊，白者刻二为雉。投掷时，全黑者为卢，二白三黑为雉，二黑三白为犊，全白者为白。以卢、雉、犊、白四采为贵。⑥挑：刺绣的一种方法。锦妇：织锦的妇女。锦妇机中字：即锦书，妻子写给丈夫的情书，参见李清照《一剪梅》注③。⑦玉人：美人，这里指妓女。⑧神州：这里指西北沦陷地区。⑨水西桥：具体地址不详，应是指妓女们聚集的地方。

【导读】

这首词名为“戏林推”，实为一首很严肃的“劝世”之作。他奉劝天下的男人：不要年复一年地在城里飞车走马，不要总是把家当旅馆，把旅馆当家；不要一天到晚去喝酒，也不要通宵达旦去赌博；不要辜负了妻子的真情，不要上了妓女的当。一个真正的男人，心里应该想着沦陷区的人民，想着国家的统一大业，不要想着寻花问柳，不要去那红灯区里洒些没出息的眼泪！

宋代是一个享乐成风的时代。在北宋，是“垂髫之童但习鼓舞，斑白之老不识干戈”（孟元老《东京梦华录》）。这样丢了半壁江山之后，一部分人着实痛心疾首了一阵子，可是不久又患了集体健忘症，又开始文恬武嬉起来，所谓“山外青山楼外楼，西湖歌舞几时休？暖风薰得游人醉，直把杭州作汴州”（林升《题临安邸》）。直到最后，把全部的江山都丢了。一个经济、文化都很发达的农耕民族，为什么总是被那些落后野蛮的游牧民族所欺负？除了气候和地理环境等客观方面的原因，从主观上来讲，就是缺乏忧患意识，把享乐看得太重。我们看看宋词里的那些作品，真正与享乐无关的并不多。像刘克庄这样的劝世、警世之作，原是十分少见的。这样的作品不但在过去有劝世、警世之意，在今天也是如此。

清平乐

五月十五夜玩月

风高浪快，万里骑蟾背①。曾识姮娥真体态②。素面元无粉黛③。

身游银阙珠宫④。俯看积气濛濛⑤。醉里偶摇桂树⑥，人间唤作凉风。

【注释】

①蟾（chán）：蟾蜍，神话中住在月宫里的动物。《后汉书·天文志》刘昭注引张衡《灵宪浑仪》："羿请无死之药于西王母，姮娥窃之以奔月……是为蟾蜍。"这里作为月的代称。②姮（héng）娥，即嫦娥。③素面元无粉黛：嫦娥本来不施脂粉，容颜洁白。《文选·月赋》李周翰注："月色白，故云素娥。"④银阙珠宫：均指月宫。⑤积气濛濛：云气濛濛。《列子·天瑞》："天，积气耳，亡（无）处亡气。"⑥桂树：段成式《酉阳杂俎》讲，传说月亮中有一棵五百丈的桂树。

【导读】

这首词写梦游月宫。它的前六句写词人梦见自己乘风破浪到了月宫，看到了嫦娥的真面目，看到了云层里的濛濛雾气。这种描写还不能说有多少特异之处，我们在唐人李贺的《梦天》一诗里，可以感受得到。真正的特异之处是在结尾两句。这种想象，在前人的作品里是没有的。和李贺的诗相比，它是另一种豪放，另一种浪漫。

四、刘辰翁词

刘辰翁（1232—1297），字会孟，号须溪，吉安庐陵（今江西吉安）人，理宗景定三年（1262）进士。因对策触犯贾似道，置于丙等，请为赣州濂溪书院山长；五年，入福建转运司幕，不久转入福建安抚司幕；度宗咸淳元年（1265），为临安府教授；四年，入江东转运司幕；咸淳五年（1269）以后，闲居在家；恭帝德祐元年（1275），入文天祥江西幕府，参与抗元；宋亡不仕，以著述终其身；元成宗大德元年（1297）卒，享年66岁。

刘辰翁是一位有主见、有气节的知识分子，“登第十五年，立朝不满月”（刘将孙《须溪先生集序》）。宋亡之后，隐居不仕。其词多涉时事，寄托遥深，为辛弃疾一派之后劲，著有《须溪词》。《全宋词》收其词354首。

柳梢青

春感

铁马蒙毡[①]，银花洒泪[②]，春入愁城。笛里番腔[③]，街头戏鼓，不是

【注释】

①铁马蒙毡：指元军的战马身上披着一层毡子，用以防寒。

歌声④。

那堪独坐青灯？想故国、高台月明⑤。辇下风光⑥，山中岁月⑦，海上心情⑧。

②银花洒泪：形容银色的焰火像泪雨一样洒落下来。银花：银色的焰火。③番腔：少数民族的腔调。这里指元人的音乐。④不是歌声：不成曲调。这是一种主观感觉，有轻视元人之意，也有怀旧之意。⑤“想故国”句：用李煜《虞美人》“故国不堪回首月明中”词意。⑥辇（niǎn）下：天子脚下，这里指临安。辇：皇帝车驾。⑦山中岁月：指南宋亡国后，作者隐居山中的日子。⑧海上心情：对海上抗元志士的思念、向往之情。南宋都城临安沦陷之后，许多爱国志士从海上逃亡，在今福建、广东一带坚持抗元，有许多可歌可泣的表现。

【导读】

刘辰翁亲身经历了临安的沦陷与南宋的灭亡。他的心情是非常沉痛、非常悲愤的。这首词就是写词人对异族文化的抗拒，对南宋故都的怀念，对海上抗元志士的感佩，以及对隐居生活的孤独、悲伤和不甘。

南宋灭亡之后，绝大多数的知识分子痛心疾首，怀念故国，义不仕元，真正投降的人并不多，体现了难得的民族气节。这一方面是由于宋代统治者对知识分子的优待，超过以往任何一个朝代，使得绝大多数知识分子对这个王朝怀有感恩心理；一方面是由于宋代的文化在当时的世界上是一种最先进、最发达的文化，怀念故国，义不仕元，也体现了知识分子对宋代文化深深的眷念。

第十七讲

姜派词人（上）

南宋词坛的另一派可以姜夔为代表，简称“姜派”。代表人物有姜夔、史达祖、吴文英、周密、王沂孙、张炎等。这一派词人的生活视野比较狭窄，题材也比较单一，风云气少，儿女情多。有时候，他们也在作品中寄托一点“国家兴亡”之感，但也只是哀怨，缺乏动人的力量。他们继承了周邦彦的传统，严守音律，讲究炼字、炼句，词风典雅而含蓄，又好作咏物词，好用典故，文人化的色彩非常浓厚。

需要说明的是，姜夔、张炎和吴文英的词风还不全一样。姜、张比较“清空”，吴则比较“质实”。他们对清代的“浙西派”和“常州派”，各有深远的影响。

一、姜夔词

姜夔（1155—1221），字尧章，饶州鄱阳（今江西鄱阳）人。他的父亲姜噩中过进士，做过汉阳知县，卒于任所。姜夔早年孤贫，20岁后，北游淮、楚，南历潇、湘。淳熙十三年（1186）识萧德藻于长沙。萧是著名诗人，与尤袤、范成大和陆游齐名，他见了姜夔，以为“四十年作诗，始得此友”，遂以侄女妻之。次年，姜夔与萧德藻同归湖州（今属浙江），卜居苕溪之上，与弁山之白石洞天为邻，后来潘柽就为他取字为白石道人。姜夔与杨万里、范成大的关系都很好。绍熙二年（1191）冬，姜夔载雪访范成大，送范两首咏梅词——《暗香》、《疏影》，范大喜，以歌妓小红赠之。绍熙四年（1193）起，姜夔出入贵胄张鉴之门，依之10年。庆元二年（1196）左右，曾上书论雅乐，进《大乐议》一卷，《琴瑟考古图》一卷，因与太常议不合而罢。庆元五年（1199），复上《圣宋铙歌鼓吹》14首，宁宗皇帝下诏让他参加礼部考试，未能及第，从此布衣终生。嘉泰三四年（1203—1204）间，曾与辛弃疾往来酬唱，辛氏“深服其长短句”。60岁以后，姜夔旅食金陵、扬州、嘉兴等地，晚景凄凉，约在嘉定十三四年（1221年左右）去世，贫不能殡，由友人吴潜等出资安葬于钱塘门外。

姜夔一生布衣，没有功名，没做过官，但为人清高，有品格，所与往来者多当世诗词名流。他不仅通晓音乐，长于诗词，还工于书画，精于鉴赏，著有《白石道人歌

曲》。《全宋词》收其词87首。

扬州慢

淳熙丙申至日①，予过维扬②。夜雪初霁③，荠麦弥望④。入其城，则四顾萧条，寒水自碧，暮色渐起，戍角悲吟⑤。予怀怆然，感慨今昔，因自度此曲⑥。千岩老人以为有黍离之悲也⑦。

淮左名都⑧，竹西佳处⑨，解鞍少驻初程⑩。过春风十里⑪，尽荠麦青青。自胡马窥江去后⑫，废池乔木，犹厌言兵。渐黄昏、清角吹寒，都在空城。

杜郎俊赏⑬，算而今重到须惊⑭。纵豆蔻词工，青楼梦好，难赋深情⑮。二十四桥仍在⑯，波心荡、冷月无声。念桥边红药⑰，年年知为谁生？

【注释】

①淳熙丙申至日：宋孝宗淳熙三年（1176）。至日：指冬至日。②维扬：扬州。《尚书·禹贡》："淮海维扬州。"③霁（jì）：雪后转晴。④荠（jì）麦弥望：满眼都是野生的麦子。荠麦：野生小麦。弥望：满眼。⑤戍角：军营里吹出的号角。⑥自度此曲：自己创制《扬州慢》这个曲调。⑦千岩老人：萧德藻，字东夫，号千岩老人，绍兴三十年（1161）进士，在当时很有诗名。姜夔曾跟他学诗，又是他的侄女婿。黍离之悲：怀念故国的悲情，参见张元幹《贺新郎》（梦绕神州路）注④。⑧淮左：宋代在淮水下游的南岸设置淮南东路，称为淮左。扬州是淮南东路路治所在地，唐宋时期南方最大的都市。⑨竹西：竹西亭，扬州的名胜，在扬州城东禅智寺左侧。杜牧《题扬州禅智寺》："谁知

竹西路，歌吹是扬州。”⑩初程：初次到扬州。程：行程。⑪春风十里：指唐时繁华的扬州。杜牧《赠别》“娉娉袅袅十三余，豆蔻梢头二月初。春风十里扬州路，卷上珠帘总不如。”⑫胡马窥江：指高宗建炎三年（1129）及绍兴三十年（1161），金兵两次南下，占领扬州，这座城市遭到惨重的破坏。⑬杜郎：唐代著名诗人杜牧。俊赏：卓越的鉴赏能力。⑭算：料想。须：一定。⑮“纵豆蔻词工”三句：意谓纵然写得像《赠别》和《遣怀》这样的好诗，如果看到今天的扬州这副模样，也难以表达他内心的悲痛。豆蔻词：即《赠别》，参见注⑪。青楼梦：典出杜牧《遣怀》：“落魄江湖载酒行，楚腰纤细掌中轻。十年一觉扬州梦，留得青楼薄倖名。”⑯二十四桥：扬州的名胜，旧址在今扬州西郊。有三种解释：一说，相传古代曾有二十四个美人吹箫于此。杜牧《寄扬州韩绰判官》：“青山隐隐水迢迢，秋尽江南草木凋。二十四桥明月夜，玉人何处教吹箫？”一说，指城内的二十四座桥，宋人沈括《梦溪笔谈·补笔谈》曾记其名，但已不全。一说，指吴家砖桥。清人李斗《扬州画舫录》卷15云：“二十四桥即吴家砖桥，一名红药桥。”⑰红药：芍药花。王观《扬州芍药谱》："扬之芍药甲天下。"

【导读】

继宋高宗建炎三年（1129）之后，绍兴三十年（1161）金兵再次南下，占领扬州，给这座城市及其附近地区造成了更为严重的破坏。据史书记载，至孝宗乾道六年（1170），扬州所在的淮南东路荒芜农田仍达40万亩以上。这首词作于淳熙三年（1176），此时离"寇平"已有16年，可这里仍是一片"四顾萧条"之景。

姜夔这首词，不仅真实而形象地描写了两次遭到金兵蹂躏之后扬州的残破景象，更真实而形象地描写了战争给人们心理上带来的创痛。"自胡马窥江去后，废池乔木，犹厌言兵"这15个字虽不激烈，但沉痛无比，非他人所能道。

这首词所用之典，全都与杜牧有关。这是因为杜牧笔下的扬州曾给人们留下非常旖旎、非常浪漫的印象，将杜牧笔下的扬州与自己笔下的扬州相比，可以收到一种强烈的艺术效果。

点绛唇

丁未冬过吴淞作①

燕雁无心②，太湖西畔随云去。数峰清苦。商略黄昏雨③。

第四桥边④，拟共天随住⑤。今

【注释】

①丁未：宋孝宗淳熙十四年（1187）。吴淞：即吴淞江，源出太湖，自太湖东北流经吴江、苏州、松江、嘉定等地，至上

何许[6]？凭阑怀古。残柳参差舞。

海会合黄浦江入海。②“燕(yān)雁无心”两句：自北方而来的大雁，无心在太湖西岸停留，随着天上的云继续向南飞去。燕雁：自北方而来的大雁。燕：古国名，在今河北北部和辽宁南部。③商略：商量，酝酿。④第四桥：即吴江城外的甘泉桥，以泉水在全国排位第四而得名。⑤天随：唐代诗人陆龟蒙，自号天随子。此人辞官之后，隐于吴江之甫里镇，常泛舟太湖，时人称为江湖散人。姜夔每以陆天随自比，如其《除夜自石湖归苕溪》：“三生定是陆天随，又向吴松作客归。”⑥何许：如何，怎样。

【导读】

“数峰清苦，商略黄昏雨”这两句写景文字，向来为人们所称道。词人用拟人的手法，写出山峰的清瘦之容，以及雨意垂垂欲下的神态，确实非常独到。然此词的好处并不仅仅在这两句。陈廷焯《白雨斋词话》卷二云：“白石长调之妙，冠绝南宋，短章亦有不可及者。如《点绛唇·丁未冬过吴淞作》，通首只写眼前景物，至结处云：‘今何许？凭阑怀古，残柳参差舞’。感时伤事，只用‘今何许’三字提唱。‘凭阑怀古’以下，仅以‘残柳’五字了之。无穷哀感，都在虚处，令读者吊古伤今，不能自已，洵推绝调。”陈廷焯的赞美虽有些过头，但也表明：这首词的好处不仅仅在“数峰清苦”这两句，结尾三句也是很值得回味的。

长亭怨慢

予颇喜自制曲，初率意为长短句[①]，然后协以律，故前后阕多不同。恒大司马云："昔年种柳，依依汉南；今看摇落，凄怆江潭。树犹如此，人何以堪。"[②]此语吾深爱之。

渐吹尽，枝头香絮，是处人家，绿深门户。远浦萦回，暮帆零乱向何许[③]？阅人多矣，谁得似长亭树？树若有情时，不会得青青如此。

日暮，望高城不见[④]，只见乱山无数。韦郎去也，怎忘得、玉环吩咐[⑤]？第一是早早归来，怕红萼无人为主[⑥]。算空有并刀[⑦]，难剪离愁千缕。

【注释】

①率意：随意。②"恒大司马"七句：据《世说新语·言语》载：东晋大司马"恒公（温）北伐，经金城，见前为琅邪时种柳，慨然曰：'木犹如此，人何以堪！'""昔年种柳"以下六句，出自庾信《枯树赋》。③何许：何处。④望高城不见：语出唐欧阳詹《赠太原妓》："驱马渐觉远，回头长路尘。高城已不见，况复城中人。"⑤"韦郎"两句：据范摅《云溪友议》卷中载：唐韦皋游江夏，与姜家小青衣玉箫有情，约以少则五载，多则七年来娶，因留玉指环一枚。八年不至，玉箫绝食而死，以玉指环着于中指而葬。后韦皋晚年镇西川，得一歌妓，亦名玉箫，观之，乃真姜氏之玉箫也，而中指有肉环隐出，不异留别之玉环也。韦郎：这里泛指男性恋人。⑥红萼：红梅。这里代指女性。⑦并刀：并州所产之刀，以锋利著称，可参见周邦彦《少年游》注①。

【导读】

大约自孝宗淳熙四年（1177）至光宗绍熙二年（1191），姜白石曾客居合肥，并且有过一段恋情。夏承焘先生讲，“合肥所遇，以词语揣之，似是勾阑中姊妹二人。”他后来写过多首怀念合肥情侣之作，这首词就是其中之一。序言引述恒温之语和庾信《枯树赋》，正文却专写别情，二者之间似不相应。夏先生解释说：“白石此类情词有其本事，而题序时时乱以他辞，此见其孤往之怀有不见谅于人而宛转不能自已者。”（夏承焘《姜白石词编年笺校・行实考・合肥词事》，上海古籍出版社 1981 年版，第 269—282 页）

用缪钺先生的话来讲，姜白石词的特点叫做“以江西派诗人作诗之法作词”。“江西诗派之长在‘清劲’，短处在‘生硬’，白石用江西诗法作词，故长短亦相同。所谓清者，即洗尽铅华，屏弃肥秾，所谓劲者，即用笔瘦折，气格紧健。”“此在当时为新风格，与传统之仅贵婉媚幽约者有殊，若以传统之标准衡之，则‘亦未免有生硬处’，然其生硬，正其独诣也”。（缪钺《姜白石之文学批评及其作品》，见《缪钺说词》，上海古籍出版社 1999 年版，第 148—149 页）这首《长亭怨慢》很充分地体现了这个特点，全词清空如话，一气旋折，辞句隽澹，笔力遒健，此皆“清劲”之谓也。

鹧鸪天

元夕有所梦

肥水东流无尽期[①]，当初不合种相思[②]。梦中未比丹青见[③]，暗里忽惊山鸟啼。

春未绿，鬓先丝，人间别久不成悲。谁教岁岁红莲夜[④]，两处沉吟各自知。

【注释】

①肥水东流：据《嘉庆一统志》：肥水分为两支，其一东流经合肥入巢湖，其一西北流至寿州入淮。②相思：即相思子，又名红豆。王维《相思子》："红豆生南国，春来发几枝。劝君多采撷，此物最相思。"③梦中未比丹青见：谓梦中所见影像模糊，不及绘画中所见之真切。丹青：绘画所用两种颜料，代指绘画。④红莲：这里指灯。周邦彦《解语花·元夕》："露浥红莲，灯市花相射。"

【导读】

这首词也是怀念合肥情侣之作。据夏承焘先生考证，作者时年 40 余岁，距合肥初遇已 20 余年矣。作品写得很沉痛。水流无尽，即恨亦无尽，于是后悔当初相思之误。既恨既悔，遂形诸梦寐。其奈梦中所见模糊，不似画中之真切何？其奈模糊之梦，亦被山鸟唤醒，不得久驻何？过片谓春未绿，而人先老，既老，则麻木矣，颓丧矣。岂料每到元夕，依然触景生情，"沉吟"悲伤，诚所谓刻骨铭心，无可救药，悔而不悔是也。

鹧鸪天

正月十一日观灯[1]

巷陌风光纵赏时[2]，笼纱未出马先嘶[3]。白头居士无呵殿[4]，只有乘肩小女随[5]。

花满市，月侵衣，少年情事老来悲。沙河塘上春寒浅[6]，看了游人缓缓归。

【注释】

①宋代旧俗，正月十五元宵灯节前数日即开始试灯，谓之“预赏”。②纵赏：纵情游赏。孟元老《东京梦华录·正月》：“向晚，贵家妇女纵赏关赌。”③笼纱：蒙纱灯笼。吴自牧《梦粱录·元宵》：“公子王孙，五陵年少，更以纱笼喝道，将带佳人美女，遍地游赏。”④呵殿：前呵后殿，指达官显贵出游时，人们前呼后拥之状。⑤乘肩小女：坐在肩头的小女儿。黄庭坚《陈留市隐》：“乘肩娇小女，邂逅此生同。”⑥沙河塘：杭州街名，在余杭门内，以其门外为里沙河堰，因以沙河塘名街。此地居民甚众，碧瓦红檐，歌管不绝。苏轼《望海楼晚景》之五云：“沙河灯火照山红，歌鼓喧呼笑语中。”

【导读】

此词作于宁宗庆元三年（1197），时作者在杭州。作品写了正月十一日“预赏”之夜，自己作为一介寒士，肩头上顶着小女儿上街观灯的所见与所感。“笼纱”一句，写出华贵气象；“白头”二句，见出冷落人生；过片两句，谓风光依旧；“少年”一句，言情事皆非；结尾两句，落寞之情，淡淡出之，令人感慨不已。

暗 香

辛亥之冬[①]，予载雪诣石湖[②]。止既月，授简索句，且徵新声[③]，作此两曲。石湖把玩不已，使工妓隶习之[④]，音节谐婉，乃名之曰《暗香》、《疏影》[⑤]。

旧时月色，算几番照我，梅边吹笛？唤起玉人[⑥]，不管清寒与攀摘。何逊而今渐老，都忘却春风词笔[⑦]。但怪得竹外疏花，香冷入瑶席[⑧]。

江国，正寂寂，叹寄与路遥[⑨]，夜雪初积。翠尊易泣，红萼无言耿相忆[⑩]。长记曾携手处，千树压、西湖寒碧[⑪]。又片片、吹尽也，几时见得？

【注释】

①辛亥：宋光宗绍熙二年，即1191年。②载雪：冒雪乘船。诣：到，拜访。石湖：即著名诗人范成大。范晚年退居苏州西南的石湖，自号石湖居士。③止既月：住了一个月。授简：授以纸笔。徵新声：求新词。④工妓：乐工和歌妓。隶习：学习。⑤《暗香》、《疏影》：这两个词牌系姜氏首创，名称取自宋人林逋的《山园小梅》：“疏影横斜水清浅，暗香浮动月黄昏。”⑥玉人：美人。与：一同。贺铸《浣溪沙》：“玉人和月摘梅花。”⑦“何逊”两句：何逊为南朝梁代诗人，曾在扬州做官，他的《咏早梅》一诗很有名气。杜甫《和裴迪登蜀州东亭送客逢早梅相忆见寄》诗云：“东阁官梅动诗兴，还如何逊在扬州。”词人这里以何逊自比，意谓自己老了，

没有才华来赋梅花了。⑧瑶席：对宴席的美称。瑶：美玉。苏轼《和秦太虚梅花》："江头千树春欲暗，竹外一枝斜更好。"⑨寄与路遥：用南朝陆凯自江南寄梅花给好友范晔的典故。陆诗云："折梅逢驿使，寄与陇头人。江南无所有，聊寄一枝春。"⑩翠尊：深绿色的酒杯，这里指酒。红萼：红梅。耿：耿然于心，不能释怀。⑪千树：指梅林。宋时的杭州西湖，种梅最多，蔚为壮观。

【导读】

这是一首咏梅词。它的特点是通过对梅花这个中心意象的描写，表达了对一个女子的思念；通过对一个女子的思念，流露了一种深长的逝水流年之感。

上片，回忆自己曾在月下吹笛，笛声唤起那位女子在清寒中摘梅的日子，那该是一段多么温馨的日子！而今自己渐渐老去，才华也渐渐消失，却在一位诗人的家宴上再次闻到梅花的幽香，怎能不令人思绪万千？下片说，在这个飘雪的夜晚，天地一片沉寂，想折下一枝梅花寄予她，可是路途又如此遥远。只能对着这绿色的酒与红色的花深深地叹息，默默地饮泣。不能忘怀的是，当年和她携手西湖，观赏那映着一湖碧水的千树梅花，那是多么热闹的一番景象！如今梅花片片吹尽，曾经和自己一道赏梅的人，又何时才能重见呢？

疏影

苔枝缀玉①，有翠禽小小，枝上同宿②。客里相逢，篱角黄昏，无言自倚修竹③。昭君不惯胡沙远，但暗忆、江南江北④。想佩环、月夜归来，化作此月幽独⑤。

犹记深宫旧事，那人正睡里，飞近蛾绿⑥。莫似春风，不管盈盈⑦，早与安排金屋⑧。还教一片随波去，又却怨、玉龙哀曲⑨。等恁时⑩、重觅幽香，已入小窗横幅⑪。

【注释】

①苔枝：长有苔藓的梅枝，实为苔梅。范成大《梅谱》说绍兴、吴兴一带的梅花，“有苔须垂于枝间，或长数寸，风至，绿丝飘飘可玩。”又周密《武林旧事》卷七载宋高宗语：“苔梅有二种：一种宜兴张公洞者，苔藓极厚，花极香；一种出越上，苔如绿丝，长尺余。”②“有翠禽”两句：用隋代赵师雄在罗浮山遇美人的典故。据《类说》卷12引《异人录》：隋开皇中，赵师雄迁罗浮（在今广东），天寒日暮，在松林中遇一美人，同到酒店对饮，又有一绿衣童子来歌舞助兴。“师雄醉寐，但觉风寒相袭。久之，东方已白，起视大梅花树上，有翠羽（翠鸟）刺嘈相顾，月落参横，惆怅而已。”原来美人就是梅花神，绿衣童子乃是翠鸟所化。③无言自倚修竹：语出杜甫《佳人》：“绝代有佳人，幽居在空谷。……天寒翠袖薄，日暮倚修竹。”④昭君：名嫱，汉元帝时宫女，元帝为了对匈奴实行“和亲政策”，把她赐给匈奴的呼韩邪单于。⑤想佩环月夜归来：语出杜甫《咏怀古迹五首》之三咏王昭君诗：

"画图省识春风面，环佩空归月夜魂。"⑥"犹记深宫旧事"三句：用南朝寿阳公主"梅花妆"的典故。《太平御览·时序部》引《杂五行书》："宋武帝女寿阳公主日卧于含章殿檐下，梅花落公主额上，成五出花，拂之不去。皇后留之，看得几时。经三日，洗之乃落。宫女奇其异，竟效之。今梅花妆是也。"蛾绿：指女子的眉毛。⑦盈盈：原指女人形态美好。《古诗》："盈盈楼上女。"这里用美人代指梅花。⑧安排金屋：用汉武帝陈皇后故事。据《汉武故事》：武帝少时，其姑母长公主问他"欲得妇否？"又指着自己的女儿阿娇说："好否？"武帝答："若得阿娇作妇，当以金屋贮之。"⑨玉龙哀曲：指《梅花落》这只笛曲。玉龙：笛子名。李白《与史郎中钦听黄鹤楼上吹笛》："黄鹤楼上吹玉笛，江城五月落梅花。"⑩恁时：那时。⑪小窗横幅：挂在小窗上的画幅。

【导读】

前一首，是借梅花来写对一个女子的思念，表达一种深长的逝水流年之感；这一首，则是借几个与梅花有关的典故，来写一个女子的不幸的命运，象征自己落寞的人生。

"苔枝缀玉"三句，写一种温馨的邂逅；"客里相逢"三句，写一种不被人知的寂寞；“昭君不惯”四句，写一种失意的人生。词人的用意在于：用一种温馨的邂逅，来反衬一种不被人知的寂寞，反衬一种失意的人生。

“犹记深宫”三句，写一种被呵护的生活；“莫似春风”三句，写一种被宠爱的际遇；“还教一片”二句，写一种被遗弃的命运。词人的用意仍然是：用一种被呵护的生活，一种被宠爱的际遇，来反衬一种被遗弃的命运。最后两句照应开头，说这个时候见到的梅花，再也不是那个“有翠禽小小，枝上同宿”的鲜活而幸福的生命了，而是成了一个“已入小窗横幅”的没有生命的装饰品。

关于《暗香》、《疏影》这两首词的主题，历来众说纷纭。可参见夏承焘《姜白石词编年笺校》，上海古籍出版社 1981 年版，第 48—50 页；俞平伯《唐宋词选释》，人民文学出版社 1979 年版，第 229—230 页。读者自可通过“文本细读”，再联系作者的身世遭遇和有关典故的原始出处作出自己的判断，不必囿于某家之说，更不必迷信某个权威。再说，一个作品被读者读出多重意思未尝不是一件好事，至少说明了文学作品的多义性与丰富性，所谓“诗无达诂”，所谓“一千个读者有一千个哈姆雷特”是也。

二、张炎词

张炎（1248—1322?），字叔夏，号玉田，晚号乐笑翁，临安（今杭州）人，祖籍秦州成纪（今甘肃天水）。其六世祖张俊为南宋大将，封清河郡王，遂居杭州，富贵煊赫，盛极一时；曾祖张镃、祖父张濡、父亲张枢都是有名的词人。张炎以世家公子，“仰板姜尧章、史邦卿、卢蒲江、吴梦窗诸名胜，互相鼓吹春声于繁华世界，飘飘征情，节节弄拍，嘲明月以谑乐，卖落花而陪笑”（郑思肖《玉田词题辞》），过着诗酒风流、无忧无虑的生活。宋恭帝德祐二年（1276）三月，元兵攻陷临安，张濡被杀，家产被籍没，张炎由贵公子变为破家亡国之人，隐居浙东、西间者十年。元世祖至元二十七年（1290），他以缮写金字藏经之役被召赴大都（今北京），尝试求官，未能如愿。次年南归，漫游吴、越各地，曾在四明设肆卖卜。仁宗延祐二年（1315），归隐西湖之滨，与王沂孙、周密、郑思肖、邓牧等遗民交游酬唱，约在英宗至治二年去世。

张炎是姜派重要词人。《四库全书总目提要》称其“所作往往苍凉激楚，即景抒情，备写其身世盛衰之感，非徒以剪红刻翠为工。至其研究声律，尤得神解，以之接武姜夔，居然后劲”。张炎不仅长于词的创作，还长于词的理论批评，所著除《山中白云词》八卷外，还有《词源》两卷，是一部影响深远的词学专著。《全宋词》收其词302首。

高阳台

西湖春感

接叶巢莺①，平波卷絮②，断桥斜日归船③。能几番游？看花又是明年。东风且伴蔷薇住，到蔷薇、春已

【注释】

①接叶巢莺：语出杜甫《陪郑广文游何将军山林十首》之二：“卑枝低结子，接叶暗巢莺。”接叶：叶子茂密，相互接近。②平波卷絮：平稳的湖

堪怜。更凄然。万绿西泠[4]，一抹荒烟。

当年燕子知何处？但苔深韦曲[5]，草暗斜川[6]。见说新愁[7]，如今也到鸥边。无心再续笙歌梦，掩重门、浅醉闲眠。莫开帘。怕见飞花，怕听啼鹃。

水卷着柳絮。③断桥：在杭州西湖白沙堤东。周密《武林旧事》卷五："断桥，又名段家桥，万柳如云，望如裙带。"④西泠（líng）：桥名，在西湖白沙堤西。《武林旧事》卷五："西陵桥，又名西林桥，又名西泠桥。"⑤韦曲：在唐长安城南明德门外，韦氏世居于此，故名。这里代指西湖边上的某个世家故地。⑥斜川：在今江西星子和都昌两县之间，陶渊明有《游斜川诗并序》。这里代指西湖边上的某个景点。⑦见说：听说。

【导读】

有人认为，这首词写在临安沦陷前一年，即宋恭帝德祐元年（1275），理由是，这时候的张炎还没有遭受沉重的国难家祸，"还能游览西湖，还能很从容的'掩重门、浅醉闲眠'"。事实上，张炎笔下的西湖，已经没有任何生机可言了，有的只是一片荒凉，作者的心情也并非从容，而是很落寞，很颓丧。

有人又认为，"当年燕子知何处"这一句，写的是恭帝元年三月，元兵既迫，临安戒严，而朝官曾渊子、文及翁、潘文卿等数十人皆遁，朝中为之萧然这件事。这样理解未免狭隘，而忽略了文学作品的典型意义。事实上，“当年燕子知何处，但苔深韦曲，草暗斜川”三句，写的是世事沧桑，世家凋零，比刘禹锡的“旧时王谢堂前燕，飞入寻常百姓家”（《乌衣巷》）还要沉痛。

张炎论词，力主“清空”，尝云“词要清空，不要质实。清空则古雅峭拔，质实则凝涩晦昧。姜白石词如野云孤飞，去留无迹。吴梦窗词如七宝楼台，炫人眼目，碎拆下来，不成片断。此清空质实之说”。（《词源》）“清空”两字，是与“质实”两字相对而言的。清空的实质在“古雅峭拔”，具体来讲，就是“古雅”的情感内容与“峭拔”的艺术形式的统一。在内容上，要有身世之感，家国之忧，即便写男女之情，也不能“为情所役”，不能“失其雅正之音”；在形式上，要清劲疏宕，空灵蕴藉，既不能软媚熟艳，也不能质实晦涩。我们看这首词，以及下面要介绍的《解连环》和《甘州》两首，就都有这个特点。

解连环

孤雁

楚江空晚。怅离群万里，怳然惊散[1]。自顾影、欲下寒塘，正沙净草枯，水平天远。写不成书，只寄得、

【注释】

①怳（huǎng）然：失意之态。

②“写不成书”两句：大雁飞行时，有时排成“人”字，有时排成“一”字。孤雁排不成字，也就“写不成书”；由于

相思一点②。料因循误了，残毡拥雪，故人心眼③。

谁怜旅愁荏苒④？谩长门夜悄，锦筝弹怨⑤。想伴侣、犹宿芦花，也曾念春前，去程应转⑥。暮雨相呼，怕蓦地、玉关重见⑦，未羞他、双燕归来，画帘半卷⑧。

只有一只，故云“只寄得相思一点”。这里暗用《汉书·苏武传》“雁足传书”之典。③“料因循误了”三句：谓孤雁因不能成行，“写不成书”，便误了传达故人的心事。料：料想。因循：流连，徘徊不去。残毡拥雪：用“苏武牧羊”的典故。《汉书·苏武传》：匈奴人“幽武置大窖中，绝不饮食。天雨雪，武卧啮雪与毡毛并咽之，数日不死”。④荏苒：辗转不断，连绵不绝。⑤“谩长门”两句，写孤雁的羁旅哀怨之情。杜牧《早雁》：“仙掌月明孤影过，长门灯暗数声来。”长门：汉宫殿名。司马相如《长门赋序》：“孝武皇帝陈皇后，时得幸，颇妒，别在长门宫，愁闷悲思。”锦筝：筝的美称，其声哀怨。《晋书·桓伊传》：“抚筝而歌怨诗。”⑥去程应转：应转而飞向北方。⑦怕：张相《诗词曲语辞汇释》卷五云：“怕，用为反设之辞，犹云如其也，倘也。张炎《解连环》词……怕蓦地云云，言倘忽然重见旧时伴侣也。”玉关：玉门关。⑧“未羞他”两句：意谓当孤雁与自己的伙伴在“玉关重见”之日，再见到成双成对的燕子，也就没有什么感到羞愧的了。

【导读】

这首词写“孤雁”，流露出南宋遗民的“家国之恨”。“写不成书，只寄得、相思一点。料因循误了，残毡拥雪，故人心眼”诸句，用“苏武牧羊”、“雁足传书”的典故，表达了对那些被元兵掳掠北行的汉族同胞的怀念。张炎的祖籍在秦州成纪（今甘肃天水），在临安（今杭州）只是客居。元兵占领临安之后，杀了他的祖父，籍没了他的家产，他由一个“世家公子”沦落为一个漂泊无依的人，其实就是一只“孤雁”。“楚江空晚，怅离群万里，怳然惊散”，令人想到他和亲人的离散；“自顾影、欲下寒塘，正沙净草枯，水平天远”，令人想到他觅食无门的困窘；“谁怜旅愁荏苒？谩长门夜悄，锦筝弹怨”，令人想到他漂泊流离的痛苦；而“想伴侣、犹宿芦花，也曾念春前，去程应转。暮雨相呼，怕蓦地、玉关重见”诸句，则令人想到他对亲人的思念，希望有朝一日能与亲人团聚。

词人不直写“孤雁”思念“伴侣”，却写“伴侣”在思念“孤雁”，所谓“心已神驰到彼，诗从对面飞来”，令人想到杜甫在“安史之乱”中写下的《月夜》；他按下“孤雁”当下的处境不表，却想象着有朝一日“孤雁”在暮雨中与“伴侣”在“玉关重见”时的情景，又令人想到李商隐当年在长江三峡一带漂泊时写下的《夜雨寄北》。总之，作品的感情是非常沉痛的，构思也非常巧妙，句句写孤雁，又句句在写自己，亦物亦人，形神兼备。这首词问世之后，赢得无数读者的同情和叹赏，词人自己也有了一个新的雅号——张孤雁。

甘 州[1]

辛卯岁，沈尧道同余北归，各处杭、越[2]。逾岁，尧道来问寂寞[3]，语笑数日，又复别去。赋此曲，并寄赵学舟[4]。

记玉关踏雪事清游[5]，寒气脆貂裘[6]。傍枯林古道，长河饮马，此意悠悠。短梦依然江表[7]，老泪洒西州[8]。一字无题处，落叶都愁[9]。

载取白云归去，问谁留楚佩，弄影中洲？[10]折芦花赠远，零落一身秋[11]。向寻常、野桥流水，待招来，不是旧沙鸥[12]。空怀感，有斜阳处，却怕登楼。

【注释】

①甘州：即《八声甘州》。②"辛卯岁"三句：元世祖至元二十七年（1290），张炎和他的朋友沈尧道（名钦，号秋江）、曾子敬（名遇）同往大都（今北京），应召缮写金字藏经（实为求官），于辛卯年（1291）回到南方，沈居杭州，张居绍兴。北归：从北方回到南方。越：绍兴。③问：慰问。④赵学舟：名与仁，字元父，号学舟，张炎的朋友。他是宋朝的宗室，做过教授。⑤玉关：玉门关。张炎和沈钦等人这次并未到玉门关，这里是用玉关代指北地。⑥寒气脆貂裘：意谓北方寒冷，貂裘为之破裂。《战国策·秦策》：苏秦"说秦王，书十上而说不行。黑貂之裘弊，黄金百斤尽，资用乏绝，去秦而归"。戴表元《送张叔夏西游序》云：张炎"尝以艺北游，不遇。失意亟亟南归，愈不遇"。可见，这一句是借苏秦事写这次北上求官不得的苦衷。⑦短梦依然江表：意谓北上求官，乃生计所迫，本非

所愿。即便入睡时间很短，也还梦见江南。周邦彦《隔浦莲》：“屏里吴山梦自到，依然身在江表。”⑧西州：古城名，在今南京市西，这里代指杭州。《晋书·谢安传》：谢安病重还都，“闻当舆入西州门，自以本志不遂，深自慨失”。其甥羊昙，“为安所爱重。安薨后，辍乐弥年，行不由西州路。尝大醉，不觉至州门，痛哭而去”。这里借谢安事，表明自己“本志”在江湖，北上求官实非所愿。⑨“一字”两句：用“红叶题诗”之典，谓上次与友人分离之后，无处题诗以寄相思之情。参见周邦彦《六丑》注⑭。⑩“载取白云”三句，谓沈尧道这次临别之时，带走了白云，留下了楚佩。“载取白云”句：语出陶弘景《诏问山中何所有赋诗作答》：“山中何所有？岭上多白云。只可自怡悦，不堪持赠君。”“问谁留楚佩”两句：语出《九歌·湘君》：“捐余玦兮江中，遗余佩兮澧浦。”“君不行兮夷犹，蹇谁留兮中洲？”楚佩：湘夫人的佩玉。弄影中洲：临别时的徘徊、犹豫、不舍之态。⑪“折芦花”两句：折一片芦花赠给远行的朋友，自己也像这秋天的芦花一样飘零。⑫“向寻常”两句：回到野桥流水，旧时的沙鸥已经招不来了。意谓自己曾经求过功名，作为隐士之友的沙鸥已经对他有了疑虑。

【导读】

这首词对于了解张炎入元之后的一段经历和心境是很有帮助的。他曾经和朋友一起北上大都，应召缮写金字藏经，希望藉此求得一官半职。“傍枯林古道，长河饮马，此意悠悠”三句，既真实地描绘了北方的壮丽景色，也反映了他当时的豪迈心态。但是后来未能如愿，只得失意南归。一个南宋的世家子弟去投靠元蒙新朝，本来就是一件难为情的事，谁知最后竟然“未遇”，这就更加让他难为情了。“短梦依然江表，老泪洒西州”两句，以及“向寻常、野桥流水，待招来，不是旧沙鸥”两句，就是这种悔恨心情的真实表白。恐怕只有当年跟他一起北上的沈尧道等人才能理解他的这种心情，所以在“尧道来问寂寞，语笑数日，又复别去”的时候，他是如此的不舍，如此的落寞。“空怀感，有斜阳处，却怕登楼”三句，可以说是伤心、颓丧到了极致。

这首词包含了亡国之痛，包含了怀才不遇的苦闷，也包含了悔恨和落寞，其思想内容是丰富而复杂的，词人的遭遇和心境，也是值得理解和同情的。

第十八讲

姜派词人（下）

一、史达祖词

史达祖，字邦卿，号梅溪，祖籍开封，寓居临安（今杭州）。他的生年难以确考，据缪钺先生推测，大约在宋孝宗乾道六年（1170），比姜夔小十几岁。他早年应试不第，漂泊在扬州与荆楚一带，做过幕僚。宁宗庆元元年（1195），韩侂胄执政，用其为省吏，“奉行文字，拟贴撰旨，俱出其手。权炙缙绅，侍从简札，至用申呈”（《四朝闻见录》戊集“侂胄、师旦、周筠等本末”条）。开禧元年（1205），李壁使金，史达祖陪节北行。开禧三年（1207），韩侂胄因北伐失败，被主和派密谋诛杀，史达祖亦受黥刑，遭贬废。卒年无考。

史达祖曾为韩侂胄堂吏，受到信任，不免弄权。韩被杀后，史亦受黥刑而遭贬谪，后人遂认为史的为人不可取。这是有失公道的。缪钺先生指出：“平心而论，韩侂胄执政时，虽然专横跋扈，但毕竟与秦桧、贾似道等卖国投降者不同。他晚年主张北伐抗金，收复失地，因谋划粗疏，招致失败，而其志可谅。不过，韩侂胄因为排斥宰相赵汝愚，而当时以朱熹为首的道学家多是拥护赵汝愚的，韩于是称道学为‘伪学’，兴伪学之禁，打击朱熹等人。理宗以后，道学盛行，于是对韩更深加贬议……韩侂胄是粗人，需要有一个能够帮他起草文书之士，大概因为赏识史达祖的才能而予以重用，史达祖也不免借以弄权，遂致‘士大夫无廉耻者皆趋其门’。韩败，史遂以牵连得罪，这也是不足为怪的。不过，史达祖之为人也并非全无足取，他也曾伤痛南宋的偏安，有卫国抗金的想法，表现于词作中”（缪钺《论史达祖词》，见《缪钺全集》，河北教育出版社 2001 年版，第三卷，第 192 页）。史氏著有《梅溪词》。《全宋词》收其词 112 首。

双双燕

咏燕

过春社了①，度帘幕中间，去年尘冷。差池欲住②，试入旧巢相并。还相雕梁藻井③，又软语、商量不定。飘然快拂花梢，翠尾分开

【注释】

①春社：古代祭祀土地神的日子，在立春之后，清明之前。参见晏殊《破阵子》（燕子来时新社）注①。②差（cī）池：指燕子飞时尾羽参差不齐。

红影④。

芳径，芹泥雨润⑤。爱贴地争飞，竞夸轻俊⑥。红楼归晚，看足柳昏花暝⑦。应自栖香正稳⑧，便忘了、天涯芳信⑨。愁损翠黛双蛾⑩，日日画阑独凭。

《诗经·邶风·燕燕》：“燕燕于飞，差池其羽。”③相：仔细看。藻井：即天花板，用方木架成井形，上面画有水草。④红影：指花影。⑤芹泥雨润：谓燕子衔着湿润的芹泥筑巢。芹泥：指种有水芹菜的泥土。芹菜分两种，一种是水芹，一种是旱芹。⑥轻俊：轻快俊俏。⑦柳昏花暝：花、柳被黄昏时的雾气所笼罩。⑧应自：应该是。⑨天涯芳信：出门在外的丈夫或情人写给闺中人的书信。⑩翠黛双蛾：女子的眉毛，这里代指女子。

【导读】

这首词咏燕子，可以说是形神兼备。尤其是“差池欲住，试入旧巢相并。还相雕梁藻井，又软语商量不定”四句，写燕子初回旧巢时的试探、犹豫心理，“爱贴地争飞，竞夸轻俊”两句，写燕子低飞，展现自己轻盈俊俏之态的行为，简直就是惟妙惟肖。词人体物工细，又恰到好处地使用了诸如“度”、“欲住”、“试入”、“还相”、“商量”、“争飞”、“竞夸”等一系列动词，既生动地描写了燕子的行为，又准确地传达了它们的心理。“红楼归晚”以下数句，亦物亦人，写燕子因贪玩与贪睡，居然忘记了自己作为信使的职责，害得佳人愁眉不展，焦虑不安，更是妙趣横生。王国维《人间词话》讲：“咏物之词，自以东坡《水龙吟》为最工，邦卿《双双燕》次之。”可供参考。

绮罗香

咏春雨

做冷欺花①，将烟困柳②，千里偷催春暮。尽日冥迷，愁里欲飞还住③。惊粉重、蝶宿西园④，喜泥润、燕归南浦⑤。最妨它、佳约风流，钿车不到杜陵路⑥。

沉沉江上望极，还被春潮晚急，难寻官渡⑦。隐约遥峰，和泪谢娘眉妩⑧。临断岸、新绿生时，是落红、带愁流处。记当日、门掩梨花⑨，剪灯深夜语⑩。

【注释】

①做冷欺花：意谓春雨带来寒意，使花儿受到侵袭。做：使。这个字有做作之嫌，不太自然。②将烟困柳：意谓春雨下时，带来茫茫烟雾，笼罩着柳树。将：与。③冥迷：迷迷濛濛。欲飞还住：意谓雨一会下，一会停。④“惊粉重”句：意谓雨水打湿了蝴蝶的翅膀，使之沉重难飞，只能惊恐不安地栖宿在园林里。西园：泛指园林。⑤“喜泥润”句：意谓雨水湿润了泥土，燕子高兴地飞向水边之地。南浦：向南的水边。⑥“最妨它”两句：意谓最严重的是，下雨妨碍了恋人们驾车去杜陵约会。钿车：用金子和宝石装饰的车。杜陵：汉宣帝陵墓所在地，故址在今西安市东南，附近多富家子弟。这里泛指游乐、约会之地。⑦“还被”两句：语出韦应物《滁州西涧》：“春潮带雨晚来急，野渡无人舟自横。”官渡：官府设的渡口。⑧谢娘：唐时歌妓，这里泛指歌女。眉妩：即妩媚。⑨门掩梨花：语出李重元《忆王孙》：“欲黄昏，雨

打梨花深闭门。”⑩剪灯深夜语：语出李商隐《夜雨寄北》：“何当共剪西窗烛，却话巴山夜雨时。”

【导读】

这首词名为“咏春雨”，实际上没有对春雨作静态地、孤立地描摹，而是多视角地、富有联系地描写了春雨中的众生百态。包括花、柳、蝶、燕、人。从开头到“燕归南浦”，既是写雨中的花、柳、蝶、燕，也是写“春暮”的环境和气候，为下面写人事营造氛围。从“最妨它”开始，直到结尾，全是写人事。具体来讲，就是写男女情事。其中“最妨它”两句，写欲赴约而车马难行；“沉沉江上”三句，写欲过江而难寻官渡；“隐约遥峰”两句，写美人流泪的面容；“临断岸”两句，写美人凋零的命运。“记当时”两句，回忆当日之温馨，反衬今日之落寞。全词没有出现一个雨字，但句句都在写雨；既是写雨，又是写雨中的人生。亦物亦人，咏物而不滞于物，堪称咏物词的上乘之作。

二、吴文英词

吴文英（约1212—约1272），字君特，号梦窗，晚号觉翁。几乎所有介绍他生平的文字，都说他是四明人，其实四明只是一座山的名称，并不是一个行政区划单位的名称。这座山的具体位置在浙江鄞（yín）县（今宁波市鄞州区）西南150里。《鄞县志》说他是四明人，其实，准确地讲应是鄞县人。据《唐六典》介绍，江南道名山曰四明山，凡280峰，四面形胜，各有区分。群峰之中，有分水岭。石窗四面玲珑，中通日月星辰之光，亦名“四窗”，故曰“四明”。吴文英号“梦窗”，当缘于此。

据周密《浩然斋雅谈》卷下介绍，吴文英本姓翁，与翁元龙、翁逢龙是亲兄弟，后出继吴氏，故以吴为姓。此人一生不仕，以布衣出入侯门。绍定年间（1228—1233），游幕于苏州转运使署，为常平仓司门客，与施枢、吴潜、冯去非、沈义父等交游。置家于瓜径萧寺，地邻太湖，号荷塘小隐。淳祐（1241—1252）年间，往来于苏、杭，先后游于尹焕、吴潜、史宅之、贾似道之幕，与方万里、孙惟信、魏峻、姜夔等皆有交往；景定元年（1260），居绍兴，寄食于荣王赵与芮府中；晚年穷困潦倒。吴文英通音律，能自度曲。词集名《梦窗甲乙丙丁稿》。《全宋词》收其词341首。

八声甘州

灵岩陪庾幕诸公游[①]

渺空烟四远，是何年、青天坠长星[②]？幻苍崖云树[③]，名娃金屋[④]，残霸宫城[⑤]。箭径酸风射眼[⑥]，腻水染花腥[⑦]。时靸双鸳响[⑧]，廊叶秋声。

宫里吴王沉醉，倩五湖倦客，独钓醒醒[⑨]。问苍波无语，华发奈山

【注释】

①灵岩：山名。《吴郡志》卷八：“灵岩山即古石鼓山，在吴县西三十里，上有吴馆娃宫、琴台、响叶廊。山前十里的采香径，斜横如卧箭。”庾：仓库。钱大昕《十驾斋养心录》卷十：“提举常平司为仓司、庾司。”庾幕：仓幕，即提举常平仓司的幕僚。一说，庾幕，是对幕府僚属的美称。②青天

青[10]。水涵空[11]、阑干高处，送乱鸦、斜日落渔汀。连呼酒、上琴台去，秋与云平。

坠长星：意谓灵岩是天上坠下的一颗彗星。③幻：变幻，变化。④名娃：西施。娃：吴越一带对美女的称呼。金屋：吴王夫差为西施所建的馆娃宫。⑤残霸：指吴王夫差。盖吴王夫差曾一度称霸中原，但很快身死国灭，未能持久，故云。⑥箭径：灵岩山下的一条小溪，远望似卧箭，故名。吴王宫女常采香于此，故又名采香径。酸风射眼：语出李贺《金铜仙人辞汉歌》："东关酸风射眸子。"⑦"腻水"句：意谓花也染上了吴王宫女的脂粉之水的香味。杜牧《阿房宫赋》："渭桥涨腻，弃脂水也。"⑧"时靸（sǎ）"两句：《吴郡志》卷八载：相传吴王令西施辈穿木底鞋，"廊虚而响"，故名"响叶廊"，在灵岩山寺。靸：靸鞋，作动词用，即拖鞋。双鸳：女性的鞋子。⑨"宫里"三句：意谓吴王沉醉于酒色，导致亡国，范蠡却能保持清醒的头脑，在辅佐越王灭吴之后，功成身退，泛舟垂钓于五湖。《国语·越语》："反至五湖，范蠡辞于王曰：'君王勉之，臣不复入越国矣。'"又陆广微《吴地记》引《越绝书》逸文云："西施亡吴国后，复归范蠡，同泛五湖而去。"五湖倦客：指范蠡。五湖：即今太湖。醒醒：清醒。⑩"华发"句：意即"白发其奈山青何？”山长青，而人已老。⑪水涵空：水天相连。温庭筠《春江花月夜》：“千里涵空澄水魄。”

【导读】

这是一首怀古词，是词人当年游幕苏州时所作，可以名之为“苏州怀古”，其艺术成就似乎不在王安石《桂枝香》（金陵怀古）和苏轼《念奴娇》（赤壁怀古）之下。其境界之开阔，气势之豪迈，接近王、苏，在写法方面则有自己鲜明的特色。词的上片写了灵岩山上的许多古迹，如馆娃宫、采香径、响叶廊等，但都不用实笔，而是加入了许多想象，可以说是化实为虚，非常灵动。下片抒发历史和人生的感慨，非常沉痛，但不直说，而是含而不露，超妙入神。陈洵《海绡说词》评此词说：“换头三句，不过言山容水态，如吴王范蠡之醒醉耳。‘苍波’承‘五湖’，‘山青’承‘宫里’，独醒无语，沉醉奈何，是此词最沉痛处……北宋已矣，南渡宴安，又将岌岌，五湖倦客，今复何人？一‘倩’字有众人皆醉意，不知当时庾幕诸公，何以对此？”可作参考。

莺啼序

残寒正欺病酒，掩沉香绣户①。燕来晚、飞入西城，似说春事迟暮。画船载、清明过却，晴烟冉冉吴宫树②。念羁情游荡，随风化为轻絮。

【注释】

①沉香：沉水香，一种用沉香木做成的香料。绣户：有彩绘的门。②吴宫：临安（今杭州）的宫苑。临安古属吴地，五代时吴越王曾在此建都，当时又是南宋的都城，故称。

十载西湖，傍柳系马，趁娇尘软雾③。溯红渐、招入仙溪，锦儿偷寄幽素④。倚银屏、春宽梦窄⑤，断红湿、歌纨金缕⑥。暝堤空，轻把斜阳，总还鸥鹭。

幽兰旋老，杜若还生，水乡尚寄旅。别后访、六桥无信⑦，事往花委，瘗玉埋香⑧，几番风雨。长波妒盼⑨，遥山羞黛⑩，渔灯分影春江宿，记当时、短楫桃根渡⑪。青楼仿佛⑫，临分败壁题诗，泪墨惨淡尘土⑬。

危亭望极，草色天涯，叹鬓侵半苎⑭。暗点检、离痕欢唾。尚染鲛绡，亸凤迷归⑮，破鸾慵舞⑯。殷勤待写，书中长恨，蓝霞辽海沉过雁⑰，漫相思、弹入哀筝柱⑱。伤心千里江南⑲，怨曲重招，断魂在否？⑳

③趁：跟随。娇尘软雾：女子的车马行走时扬起的尘土。④“溯红”两句：意谓沿着一条花溪进入仙境，侍儿传来情书。溯：沿水逆行。红：这里指小溪中漂浮的红色花瓣。仙溪：这里指爱情女主角居住的地方。锦儿：原是钱塘名妓杨爱爱的婢女，这里代指女主角的婢女，由此可知女主角的身份。幽素：表达心曲的情书。⑤春宽梦窄：春长梦短，春宵一刻值千金之意。⑥“断红”句：意谓离别时，浸着胭脂的泪水打湿了扇子和衣服。歌纨：唱歌时手里拿着的纨扇。纨：细绢。金缕：金线绣的衣服。⑦六桥：在西湖的外湖，有映波、锁澜、望山、压堤、东浦、跨虹六桥，系苏轼任杭州太守时所建。⑧瘗（yì）玉埋香：葬玉埋香，指女子死亡。瘗：埋葬。⑨盼：美丽而明亮的眼睛。⑩黛：黑色的眉毛。⑪桃根渡：本名桃叶渡，渡口名，在今南京秦淮河与青溪合流处，因王献之曾于此地送别他的爱妾桃叶而得名。《隋书·五行志》：“陈时盛歌王献之桃叶之词曰：‘桃叶复桃叶，渡江不用楫。但渡无所苦，我自迎接汝。’”桃叶渡由此成为送别爱人之地的一个代称。桃根：桃叶的妹妹。这里不说桃叶渡而说桃根渡，是因为“记当时、短楫桃根渡”这一句的第七个

字必须用平声。⑫青楼仿佛：意谓女子当年居住的青楼犹在，只是人去楼空。⑬泪墨惨淡尘土：当年掺和着泪水留下的墨迹，已经蒙上了灰尘。⑭鬓侵半苎：鬓发白了一半。苎：一种白色的麻。⑮亸（duǒ）凤：垂下翅膀、无精打采的凤。⑯破鸾：破镜中的鸾鸟。范泰《鸾鸟诗序》载：某人捕获一只鸾鸟后，设法使它鸣叫，未能如愿。后来挂了一面镜子，鸾鸟以为镜中的影子就是自已的同类，悲鸣不已，“哀响冲霄，一奋而绝。”后人常用此典表现夫妇（情人）的生死离别。⑰蓝霞辽海沉过雁：用大雁传书之典，意谓音信全无。⑱哀筝柱：哀怨的筝音。柱：筝上用来系弦的小柱子。⑲“伤心”句：语出《楚辞·招魂》：“目极千里兮伤春心，魂兮归来哀江南。”⑳断魂：离魂。

【导读】

吴文英在苏、杭两州，曾先后纳有两妾。苏妾遭遣，杭妾早亡。他的词里，有不少怀念苏、杭两妾的作品。这首词乃怀念杭妾之作。观“别后访、六桥无信，事往花委，瘗玉埋香，几番风雨”数句，可知此人当死于别后。唐宋文人多狎妓纳妾，此亦当时风气。

这首词长达240字，是唐宋词里篇幅最长的词调。蔡嵩云《柯亭词论》云：“此调自梦窗后，佳构绝鲜。梦窗作三首，以‘残寒正欺病酒’

一首尤佳。此词第一遍写湖上羁人又当暮春。第二遍写昔日湖游遇艳情景。第三遍写重来湖上，物是人非，追寻旧游，都成陈迹。第四遍伤高叹老，抚时悲逝，总写感怀。竟体固章法井然，而三四两遍用大开大合之笔，纯自屯田、清真二家脱化而出。大力包举，一气舒卷，尤为仅见。”

风入松

听风听雨过清明，愁草瘗花铭[①]。楼前绿暗分携路[②]，一丝柳，一寸柔情。料峭春寒中酒[③]，交加晓

【注释】

①瘗（yì）花铭：北周时庾信所作的一篇铭文，这里代指葬花词。瘗：葬。②分携：分手。③中（zhòng）酒：醉酒、病

梦啼莺[4]。

西园日日扫林亭，依旧赏新晴。黄蜂频扑秋千索，有当时纤手香凝。惆怅双鸳不到[5]，幽阶一夜苔生[6]。

酒。张先《青门引》："残花中酒，又是去年病。"④交加：纷繁杂乱。秦观《满庭芳》："正絮翻蝶舞，芳思交加。"⑤双鸳：本指女人的鞋子，这里代指词人所思念的女子的踪迹。⑥幽阶一夜苔生：由庾肩吾《咏长信宫中草》之"全由履迹少，并欲上阶生"两句变化而来。

【导读】

吴文英的词，音律谐美，色彩斑斓，结构曲折，在两宋词坛可谓别具一格，但是好用典故，又未免堆砌词藻，雕琢字句，故在南宋，即有"凝涩晦昧"之讥。这首词却没有这些毛病，很有几分清空、自然之美。"黄蜂频扑秋千索，有当时、纤手香凝"这两句，体物工细，造语奇幻，人所未道，非常别致地表达了对苏妾或杭妾的怀念，向来为人们所称道。

三、王沂孙词

王沂孙（1233—1293），字圣与，号碧山，又号中仙，绍兴会稽（今浙江绍兴）人，因家住绍兴玉笥山下而别号"玉笥山人"。度宗咸淳十年（1274）以后，他与周密、唐珏、张炎等人多有交往和酬唱；元世祖至元间（1264—1294），曾为庆元路学正。其他事迹无考。他属于姜派词人，张炎称其"琢语峭拔，有白石意度"（《〈琐窗寒〉词序》）。其词多咏物之作，某些作品寄寓了国家兴亡之感。著有《碧山乐府》（又名《花外集》

或《玉笥山人词集》)。《全宋词》收其词68首。

眉　妩

新月

渐新痕悬柳[①]，澹彩穿花[②]，依约破初暝[③]。便有团圆意[④]，深深拜，相逢谁在香径[⑤]？画眉未稳，料素娥、犹带离恨[⑥]。最堪爱、一曲银钩小，宝帘挂秋冷[⑦]。

千古盈亏休问，叹慢磨玉斧，难补金镜[⑧]。太液池犹在[⑨]，凄凉处，何人重赋清景？故山夜永，试待他、窥户端正[⑩]。看云外山河，还老尽桂花影[⑪]。

【注释】

①新痕：形容新月像一道刚刚画出的弧线。②澹彩：微弱的月光。③依约：依稀，隐约。破初暝：划破傍黑的夜空。④团圆意：团圆的迹象。⑤“深深”句：写妇女七夕拜月的习俗。吴自牧《梦粱录·七夕》：“于广庭中设香案及酒果，遂令女郎望月瞻斗列拜。”⑥“画眉”两句：意谓新月就像没有画成的眉毛，猜想是嫦娥心怀离恨，无意画好。未稳：未妥，未完。料：猜想。素娥：嫦娥。⑦一曲：一支，一弯。银钩：银色的帘钩。宝帘：精美的窗帘。⑧“叹慢磨玉斧”两句：用“玉斧修月”的典故。唐段成式《酉阳杂俎》卷一《天咫》载：太和中，郑仁本的表弟与王秀才游嵩山，遇见一人，问其来历，其人曰：“君知月乃七宝合成乎？月势如丸，其影日烁其凸处也。常有八万二千户修之。予即一数。”言毕，打开随身包袱，有斧头、凿子等工具。曾觌《壶中天慢》：“何劳玉斧，千

古金瓯无缺。”玉斧：斧子的美称。金镜：月亮。⑨太液池：汉、唐宫中的水池，这里代指宋朝的宫苑池沼。陈师道《后山诗话》载，宋太祖赵匡胤于后池赏新月，学士卢多逊应制赋诗：“太液池边看月时，好风吹动万年枝。谁家玉匣开新镜，露出清光些子儿?”这里暗用此典。⑩“故山”两句：意谓长夜中的故国山河，正期待着月圆的一天。故山：故国山河。夜永：夜长。窥户：月光照进窗户。端正：形容月圆。韩愈《和崔舍人咏月二十韵》：“三秋端正月，今夜出东溟。”⑪云外山河：即月中山河。苏轼《和黄秀才鉴空阁诗》：“桂容如水鉴，写此山河影。”王十朋注引《酉阳杂俎》云：“佛氏言，月中所有，乃大地山河影也。”还老尽桂花影：一作“还老桂花旧影”。桂花影：月影。《初学记》卷一引虞喜《安天记》：“俗传月中仙人桂树，今视其初生，见仙人之足，渐已成形，桂树后生。”最后两句的意思是说：观月中山河之影，终究有团圆的日子，而故国山河，是不是也有这一天呢？

【导读】

这首词一如词题所示，写的是新月。上片写新月的形貌，说它悬挂在柳梢上，就像一条刚刚画出的弧线，就像嫦娥没有画完的眉毛，又像挽住窗帘的一支银钩；又说在那淡淡的月光之下，有女子在香径里祈祷，希冀着团圆的时刻。词人把新月的形象和神话传说、民俗活动结合起来，可以说是形神兼备。而“团圆”、“离恨”等字眼，则为下片埋下了伏笔。

过片承上启下。下片则以月之盈亏，喻国之兴亡。“叹慢磨玉斧”两句，以缺月难补，喻山河残破，难以收复。“太液池犹在”两句，谓宫苑虽在，但已不是北宋盛时的光景。“故山夜永”两句，是说长夜漫漫中的故国山河，仍在期待着圆月普照的一天。“看云外山河”两句，是说月亮毕竟有团圆的一天，而故国山河，是不是也会有这一天呢？

这首词当是写在南宋灭亡的前夕。所以，词人虽然为山河破碎而悲痛，但又怀着某种希望；虽然怀着希望，但这希望又显得渺茫。应该说是很真实、很典型地表达了当时一部分知识分子的思想感情。至于它的艺术成就，可以说，最突出的一点，就是亦物亦人，不粘不脱，形神兼备。所谓“不脱”，是说写新月就是写新月，不是写其他物象，做到“形似”；所谓“不粘”，是说写物而不粘滞于物，写新月而不止于写新月，还写了时事，写了兴亡之感，达到了“神似”，必如此，才能称作为“形神兼备”。沈祥龙《论词随笔》讲：“咏物之作，在借物以寓性情。凡身世之感，君国之忧，隐然蕴于其内，斯寄托遥深，非沾沾焉咏一物矣。”就是针对这类词而讲的。

齐天乐

一襟余恨宫魂断①，年年翠阴庭树。乍咽凉柯②，还移暗叶，重把离愁深诉。西窗过雨。怪瑶佩流空，玉筝调柱③。镜暗妆残，为谁娇鬓尚如许④？

铜仙铅泪似洗，叹携盘去远，难贮零露⑤。病翼惊秋⑥，枯形阅世⑦，消得斜阳几度⑧？余音更苦。甚独抱清商⑨，顿成凄楚？谩想薰风⑩，柳丝千万缕。

【注释】

①“一襟”句：用齐后饮恨死后魂化为蝉的典故。马缟《中华古今注》：“昔齐后忿而死，尸变为蝉，登庭树嘒唳而鸣。王悔恨。故世名蝉为齐女焉。”因蝉是宫人的魂灵所化，故称宫魂。②凉柯：秋天的树枝。③“怪瑶佩”两句：用玉佩和筝的声音比喻蝉的声音。瑶佩：玉佩；调柱：调弄筝的弦柱，也就是弹。④“镜暗妆残”两句：镜子蒙尘了，妆也弄坏了，为什么鬓发还这样美丽？镜：梳妆镜。娇鬓：女子美丽的鬓发。这两句用女人的鬓发比喻蝉翼。⑤“铜仙”三句：用魏明帝拆仙人捧露盘的典故。汉武帝为求长生，在建章宫内立铜柱，高20丈，上置仙人掌、承露盘，以承接天上降下的甘露（实为蝉尿），然后和玉屑服用之。李贺《金铜仙人辞汉歌序》：“魏明帝青龙元年八月，诏宫官牵车西取汉孝武捧露盘仙人，欲立置前殿。宫官既拆盘，仙人临载乃潸然泪下。”铅泪：铜人的眼泪。李贺《金铜仙人辞汉歌》：“空将汉月出宫门，忆君清泪如铅水。”⑥病翼：秋蝉的翅膀。⑦枯形：秋蝉的形体。⑧消得：

经得起。⑨清商：清高而哀怨的调子。⑩薰风：南风，夏天的风。

【导读】

这首词咏蝉。蝉有雄蝉和雌蝉。雌蝉不能发声；雄蝉则能鸣叫，被称为“昆虫音乐家”或“大自然的歌手”。雄蝉每天唱个不停，是为了吸引雌蝉来交配。交配过后，几周之内雄蝉和雌蝉就都死了。所以蝉的鸣叫，其实是预示着生命的完结，本身就是一个悲剧。古人认为夏蝉的鸣声热烈，秋蝉的鸣声凄厉，这与人的心境有关，与人的悲秋意识有关。

这首词写的是秋蝉，在词人看来，它有许多“离愁”，许多“凄楚”，也有对往日（夏日）的怀想。这种描写是很真实的，很切合秋蝉的“处境”和“身份”。

透过“宫魂”、“铜仙铅泪”这两个悲剧性的典故，以及一系列悲剧性

的字眼，人们普遍认为这首词寄寓了“家国之恨”，但具体与哪件史实有关，历来说法不一。陈廷焯讲：“‘镜暗妆残，为谁娇鬓尚如许。’当指王昭仪改装女冠”（陈廷焯《白雨斋词话》）。端木埰讲：“‘西窗’三句，伤敌骑暂退，燕安如故。‘镜暗’二句，残破满眼，而修容饰貌，侧媚依然，衰世之臣，全无心肝，千古一辙也”（端木埰《张惠言〈词选〉评》）。这些说法都像猜谜，不能令人信服。

这首词最早收入南宋遗民所编《乐府补题》。该书选录《天香》赋龙涎香八首，《水龙吟》赋白莲十首，《摸鱼儿》赋莼五首，《齐天乐》赋蝉十首，《桂枝香》赋蟹四首，共37首。所选词人有王沂孙、周密、张炎等14家，都是南宋遗民词人。南宋末年，元兵入会稽（今绍兴），元僧杨琏真伽发掘宋帝后陵，断残肢体，劫掠珍宝，大施暴虐。上述词人深怀遗民之恸，为此托物寄情，分咏莲、蝉、龙涎等物，以志其家国沦亡之恨。詹安泰先生指出：“据友人夏承焘考证，《乐府补题》中咏物诸词，皆作于元世祖至元十五年（1279）之后，则端木埰‘敌骑暂退，燕安如故’，时间不合，且《补题》中赋蝉，十词九用鬟鬓，实系赋孟后陵事”（参见詹安泰《花外集笺注》，广东人民出版社1995年版，第54页）。按：周密《癸辛杂识·别集》（上）载：徽、钦、高、孝、光、宁、理、度诸帝陵和孟、郑、韦、吴、谢诸后陵被挖掘后，“一村翁于孟后（即隆祐太后，哲宗的皇后）陵得一髻，其发长六尺余，其色碧绀，髻根有短金钗，遂取以归。以其为帝后遗物，庋置圣堂中，奉事之。”詹先生所云“孟后陵事”，即指此事（详见詹安泰《杨髡发陵考辨》，《詹安泰文集》，中山大学出版社2004年版，第356—376页）。

后　记

我的小学、初中、高中，都是在十年“文革”期间读完的。那是一个视唐诗宋词为“毒草”的年代，所以我们这一代人很少有机会接触到这些人类文化的瑰宝。

我父亲是懂一点古典诗词的。我见过他写的古体诗和对联。他在民国时期读过几年私塾，1949 年以后还在一所公办小学做过几年教导主任。他的学历不高，但记忆力很好，读过的书也不算少，但是他不敢教我。我还记得“文革”开始的那一年，红卫兵贴在我家门上的那张大字报：“曾某某，限令你在三日之内交出全部藏书，从此以后不许毒害青少年！”

在我印象中，他只教过我两首宋诗，一首是苏轼的《花影》，一首是黄庭坚的《清明》。那是在我读高中的时候。一个夏天的晚上，月光很好。他坐在门外的一把椅子上乘凉，手里拿着一把芭蕉扇，一边赶蚊子，一边念诵：

重重叠叠上瑶台，
几度呼童扫不开。
刚被太阳收拾去，
却教明月送将来。

我在屋子里听到了，就跑出来要他再念一遍，他就再念一遍，但是没有为我讲解。

还有一次，好像是个春夏之交的晚上，田野里似乎有青蛙的叫声。也是坐在门外的一把椅子上，他念出了“贤愚千载知谁是，满眼蓬蒿共一丘”这两句。我又从屋子里跑出来，问是谁的诗，还有没有？他就完整地念了一遍：

佳节清明桃李笑，
野田荒冢只生愁。
雷惊天地龙蛇蛰，
雨足郊原草木柔。
人乞祭余骄妾妇，
士甘焚死不公侯。
贤愚千载知谁是，
满眼蓬蒿共一丘。

念完之后，他还做了一点讲解。关于介子推的故事，我就是从他那里听来的。

父亲教给我的古典诗歌，也就这么多了。

我在上大学之前读到的词，只有胡云翼先生选注的《唐宋词一百首》。也是在读高中的时候，我认识了一位叫徐斯华的语文老师。他没有教过我，但是和我很谈得来。有一天，他悄悄地交给我一本《唐宋词一百首》，要我偷偷地看，不要让别人知道，看完了就还给他。这本书在我手上放了大约一个月，我几乎可背完全部的作品。

我和唐宋词的结缘，就是始于这本书。1979 年，词学界开始有人著文批评胡云翼。说他的《唐宋词一百首》和《宋词选》“重豪放而轻婉约”，不宜让年轻人阅读。我当时就有些困惑，心想胡先生的这两本书也收了不少婉约词呀！

2005 年，我在写作《词学的星空——20 世纪词学名家传》和《20 世纪词学名家研究》这两本书之前，系统地读了胡云翼先生的全部著述，发现词学界对他的批评是不公道的。胡先生确实重豪放，但是并不轻婉约。他一直强调唐宋词的风格具有多样性。如果一定要讲“重豪放而轻婉约”，那么龙榆生、夏承焘等词学名家都存在这个问题。客观地讲，“重豪放而轻婉约”，乃是 20 世纪 50 年代初至 70 年代末的一个时代通病，我们不能把一个时代的认知错误归咎在某一个人的身上。

本着这种认识，我在上海师范大学 2005 年 5 月召开的“纪念胡云翼先生诞辰 100 周年学术研讨会”上做了一个主题发言。我曾担心，我为胡先生辩护会不会招致某些学者的反对，没想到南京师大的钟振振教授比我说得更明确：“我们这一代人，就是因为读了胡云翼先生的书，才走上词学研究之路的。”苏州大学的杨海明教授则讲：“胡云翼先生的词学研究，才是真正现代意义上的词学研究。”武汉大学的王兆鹏教授也是这个观点。参加会议的人士，绝大多数都主张为胡云翼先生讨回公道，并且热情洋溢地肯定了胡先生在现代词学建设和词的知识普及方面所作的贡献。只有一个人拂袖而去。

我接着又在《文学遗产》杂志2006年第2期上发表了一篇《胡云翼先生的词学贡献》，全面介绍和总结胡先生在词学研究和词的知识普及方面所做的工作。这篇文章在学术界的反响比较大，后来又被收进《中国古代文学研究年鉴》（2006年卷）。在《词学的星空——20世纪词学名家传》和《20世纪词学名家研究》这两本书里，我又分别用了两章的篇幅介绍和评价胡云翼先生。我曾经不止一次地在心里说：“胡先生，当年是你的书把我引上词学研究之路，如今我已经为你平反了!”

关于《唐宋词十八讲》这本书的写作缘由，我已经在《唐诗十二讲》里做了交代，这里不再重复。

由于我平时的研究主要在词学和文学地理学这两个方面，我的不少观点，已经通过有关的论文和著作做了表述，这里不再重复。我所要强调的是，我对唐、五代、北宋词的评价是很高的；对于南宋词，我比较推崇李清照、蒋捷等人的词，不太推崇辛派词人的词，也不太推崇姜派词人的词。我认为，辛派不重词的音乐性，姜派不重词的通俗性，正是辛派和姜派，从两个不同的侧面断送了作为音乐文学的词。从此以后，词就不再是一种通俗的音乐文学了，而成了一种高度案头化、文人化甚至学者化的长短句的抒情诗。而李清照、蒋捷等人的词，则还保留着唐、五代、北宋词的基本特点。李清照主张词“别是一家”，强调词的音乐性；又习惯于

"以寻常言语度入音律"，保留了词的通俗性。如果后来的词人能够按照她的路子继续前进，那么，作为音乐文学的词可能还会有一个新的长足的发展。可惜李清照在词这一方面也是后继无人的。蒋捷的词可以说是介于辛派和姜派之间，有点像中唐诗坛的刘禹锡，予人以清新、爽朗的感觉，但是常州派、临桂派的词人都不太看好他，所以我也为他说了一点公道话。

若有不当之处，希望广大读者和同行专家提出宝贵意见！

曾大兴

2012 年 3 月 29 日于广州世纪绿洲寓所

曾大兴主要作品

1.《柳永和他的词》，学术专著，广州：中山大学出版社，1990 年初版，2001 年修订版。

2.《中国历代文学家之地理分布》，学术专著，武汉：湖北教育出版社，1995 年初版；北京：商务印书馆，2012 年修订版。

3.《英雄崇拜与美人崇拜》，学术专著，北京：中国文联出版社，1999 年版。

4.《词学的星空》，学术专著，石家庄：河北人民出版社，2009 年版。

5.《20 世纪词学名家研究》，学术专著，北京：中华书局，2011 年版。

6.《文学地理学研究》，学术专著，北京：商务印书馆，2012 年版。

7.《诗归》，古籍整理，武汉：湖北人民出版社，1985 年版。

8.《中国古代词曲经典导读》，普及读物，北京：高等教育出版社，2009 年版。

9.《唐诗十二讲》，教材，广州：中山大学出版社，2012 年版。

10.《唐宋词十八讲》，教材，广州：中山大学出版社，2012 年版。

11.《古代文学教学创新与大学生能力建设》，教学研究著作，广州：广东高等教育出版社，2006 年版。

12.《文学地理学》，论文集，北京：人民出版社，2012 年版。

英雄崇拜与美人崇拜
中国历代文学家之地理分布
文学地理学研究
20世纪词学名家研究
柳永和他的词
词学的星空